A E
& I

Venganza en Sevilla

Autores Españoles e Iberoamericanos

Matilde Asensi

Venganza en Sevilla

CAPÍTULO I

A finales de la estación seca del año de mil y seiscientos y seis, un día nublado y oscuro de principios del mes de octubre en el que el cielo parecía retener por la fuerza un agua abundante que deseaba derramarse como un diluvio, alguien golpeó la puerta de mi casa a la hora de la siesta con unos aldabonazos insolentes y fuera de toda medida. Nadie usaba esas formas groseras en Margarita, mi pueblo, la villa principal de la isla del mismo nombre en la que me había instalado apenas medio año atrás, luego de recuperar legalmente la herencia de mi tío Hernando y la de mis difuntos esposo y suegro. Para el resto del Caribe yo era Martín Nevares, mas, en Margarita, todos me conocían como la joven viuda Catalina Solís, dueña de una próspera latonería y de dos casas reformadas, la mía y otra que tenía en arriendo y que me procuraba muy buenas rentas. Mi vida era felicísima, regalada y alegre y dos mozos de buen porte y talle me hacían la corte desde el mismo día en que llegué al pueblo para reclamar mis herencias. Mi fama de mujer honesta, recogida y acaudalada obraba el resto.

Como decía, nadie hubiera osado presentarse a la hora de la siesta en una casa de bien metiendo en alboroto y rumor a todos los vecinos con aquellos golpes de alguacil. En toda la isla, por más del zumbido de los mosquitos, no se oía sino ladridos de perros y, de cuando en cuando, el rebuzno de un jumento, el graznido de un ave o el gruñido de un puerco. A tal punto, yo estaba dormitando en el patio bajo la sombra de mi hermosa palmera y de mis cocoteros mientras mi criada Brígida me abanicaba con una grande hoja de palma. Había tanta humedad en el aire que costaba respirar y era cosa de fuerza mayor permanecer sosegado hasta la caída del sol para precaverse de un mal váguido de cabeza que a muchos había llevado a la tumba.

Así pues, al oír los desaforados aldabonazos, abrí los ojos con presteza y vi, entre las ramas, las celosías del piso alto de mi casa.

—Ama... —Era la voz de mi criado Manuel desde la puerta del patio.

—¿Sí?

—Ama, un hombre que dice llamarse Rodrigo de Soria insiste en hablar con vuestra merced. Viene armado hasta los dientes y...

—¡Rodrigo! —exclamé, dando un brinco y echando a correr hacia la puerta del zaguán recogiéndome con las manos las vueltas de la saya (a veces, echaba de menos los calzones de Martín).

¡Por el Cielo, qué grande alegría! Seis meses llevaba sin saber nada de mi familia, salvo por algunas nuevas que mercaderes desapercibidos contaban en la plaza: que el viejo Esteban Nevares, de Santa Marta, había reñido con mengano, que María Chacón había subido los precios de la mancebía, que los palenques del Magdalena seguían prosperando... No obstante, pese a mi

6

grandísimo júbilo, tuve que recobrar el seso a la fuerza y detuve mi carrera cuando atravesaba el comedor. ¿Mi compadre Rodrigo en la isla Margarita y, por más, preguntando por mí, Catalina Solís, de quien él nada sabía ni conocía? Para Rodrigo, marinero de la *Chacona*, yo era Martín Nevares, hijo natural de su maestre, el hidalgo Esteban Nevares, que me prohijó tras rescatarme de una isla desierta y, que yo supiera, nadie le había dicho nunca que, en verdad, yo era una mujer y, por más, viuda de un latonero margariteño a quien, de pequeño, la coz de una mula había dejado con media cabeza y ningún entendimiento. ¿Rodrigo pidiendo ver a Catalina Solís...? Algo estaba aconteciendo en Santa Marta y no debía de ser bueno, me dije inquieta.

Mi compadre, impetuoso como era, no había podido permanecer a la espera en la puerta de la calle y así, con grande estruendo de pisadas sobre el suelo terrizo de la casapuerta le vi aparecer, con el chambergo en la mano, en el comedor y, como era de esperar, demudarse y quedar tan quieto como una estatua al verme con mis ropas de mujer y hasta con la toca de viuda sobre mi discreto peinado. A mí la emoción me apremiaba el pulso, mas él parecía haber muerto y estar luchando por resucitar, si bien sólo boqueaba como un pez.

—¿Martín? —farfulló al fin con grande esfuerzo. Reconocer a su joven compadre de lances y correrías por el Caribe en aquella atildada viuda de veinte y cuatro años era un revés mayor del que su dura mollera podía soportar. Olvidando mis últimas inquietudes, su turbación y las normas que la honestidad me imponía, yo, que sentía el mayor de los contentos por volver a verle, reí y avancé presurosa hacia él para abrazarle. Se espantó. Retrocedió con cara de estar viendo al diablo y le vi echar mano a la espada.

—¡Rodrigo, hermano! —exclamé, conteniéndome—. ¿Qué es eso de tentar tu espada en esta casa de paz y, por más, la de tu hermano Martín, en la que siempre serás bienvenido?

No se me escapaba que Rodrigo creía estar siendo víctima de alguna hechicería o encantamiento y que, a no dudar, se daba a Satanás por perder el juicio de aquella forma y en aquel momento.

—Pero, ¿qué desatino es éste? —bramó—. ¿Quién sois vos, señora mía, que tanto os parecéis a mi hermano Martín?

—Soy Martín, Rodrigo —repuse, impaciente y poco comprensiva con su natural desconcierto—. Ni señora mía ni nada. Soy tu compadre.

Rodrigo me miraba y me volvía a mirar y, en el entretanto, resoplaba como un caballo. Soltó el chambergo sobre la mesa y se llevó las manos a la cabeza para desenmarañarse los grises cabellos. Sus ojos estaban extraviados.

—Si eres, en verdad, mi hermano Martín —masculló con desprecio—, Martín Nevares, el hijo de Esteban Nevares, maestre de la *Chacona*, ¿qué haces vestido de dueña en tan manifiesta y vil locura?

—¿Acaso quien te envió no te confió la historia?

Su rostro, de piel curtida como el cuero por los muchos años en la mar, estaba hosco y oscuro. A no dudar, continuaba sumido en lo que él creía un mal sueño, mas, al poco, le vi finalmente suspirar y mirar en derredor con perplejidad y asombro, como si los muebles de mi casa y las paredes y los techos le fueran devolviendo

8

de a poco su cabal juicio. Yo no entendía, o no quería entender, a qué venía tanta martingala pues muchas veces había recelado, durante mis cinco años de marear en la *Chacona*, que Rodrigo conocía mi secreto. A lo que se veía, me había equivocado de largo, pues él había tenido para sí que realmente yo era un mozo mestizo de diez y seis o diez y siete años de edad.

Para ayudarle a avivar la memoria, con un gesto decidido me arranqué la toca de la cabeza y solté mis cabellos, que siempre mantenía del largo que usaba Martín por si en algún lance inesperado tenía que mudarme en él con presteza.

—¡Basta ya, Rodrigo! —ordené poniendo la voz grave que tan cabalmente conocía; y, en efecto, al oírla me miró con docilidad y su ceño se alivió—. ¡Sígueme al patio y explícame qué haces aquí, en mi casa de Margarita!

Mi compadre, el viejo y querido gariter o experto en naipes y fullerías, buen mareante, hombre noble y de corazón grande, obedeció mi orden con la diligencia con la que me obedecía en el jabeque mercante de mi padre.

—Brígida —le pedí a la criada cuando entré en el patio—, dile a Manuel que vaya al pozo a por agua fresca y, luego, trae una buena jarra de aloja[1] y dos vasos.

—No tenemos tiempo para bebidas —gruñó el atormentado Rodrigo, sin tomar asiento en la silla que Brígida había dispuesto para él—. Debemos partir ahora mismo.

—¿Partir? —Ya me lo había barruntado yo.

Rodrigo acechó como un halcón a la criada, que en-

---

1. Típico refresco de los siglos XVI y XVII, hecho con agua, especias y miel.

traba en la casa por la puerta de las cocinas, y sólo cuando dejó de verse su figura empezó a darme razones:

—Si es que eres valederamente Martín —empezó a decir—, has de saber que tu padre fue apresado por los soldados del gobernador de Cartagena el día lunes que se contaban once del pasado mes de septiembre.

El mazazo fue aterrador. No pude ni abrir la boca para soltar una exclamación. ¿Mi padre preso?

—¿Qué estás diciendo? —balbucí, al borde del desmayo—. Recuerda que don Jerónimo de Zuazo y mi padre hicieron grande amistad cuando burlamos a los Curvos y ayudamos a pacificar los palenques.

—Pues ya ves cuánto dura la amistad de los poderosos —exclamó Rodrigo, tomando asiento por fin—. Los alguaciles de don Jerónimo se personaron en la casa de Santa Marta y prendieron a tu padre por crímenes de lesa majestad contra la Corona Real de España.

—¿Crímenes de lesa majestad? —No había oído en toda mi vida barbaridad mayor ni más absurda.

—Los cargos son dos y muy graves: uno, por contrabando, y otro, que es el mismo, por mercadear armas con extranjeros enemigos, los flamencos de Punta Araya. Ya conoces que estamos en guerra con Flandes.

—¡Alguien se ha ido de la lengua, Rodrigo! —vociferé furiosa—. Nuestros tratos con Moucheron[2] eran sabidos por todos pero a nadie se le daba nada de ellos. ¿A qué viene ahora prender a mi padre?

—Una nueva Cédula Real ordena castigar con dure-

---

2. Daniel de Moucheron, aventurero y corsario zelandés, activo en el Caribe durante doce años. Muerto en Punta Araya en noviembre de 1605.

za el comercio con flamencos en todo el imperio y aún más el comercio ilícito. El rey quiere ahogar la economía de las provincias rebeldes por ver si se rinden —suspiró—. ¡Más nos hubiera valido tratar con ingleses o franceses! El gobernador de Cartagena necesita cabezas para cumplir las órdenes del rey, de cuenta que tu padre prendido está y cabe esperar lo peor.

Fruncí las cejas, ignorante de lo que quería decir con esas palabras, y él me lo aclaró:

—El trato ilícito con el enemigo en tiempos de guerra acarrea, sin solución, la pena de muerte.

—¿Qué? —grité, horrorizada. Mi angustia no podía ser mayor. Comencé a llorar en silencio, sintiendo con pujanza en mi interior aquel miedo que, de pequeña, había sentido en Toledo años ha, cuando la Inquisición se había llevado a mi verdadero padre a los calabozos para dejarlo morir allí de fiebres tercianas en mil y quinientos y noventa y seis. Ahora, diez años después y al otro lado del mundo, mi segundo padre también había sido hecho preso y yo, por lo que me pasó en Toledo, estaba cierta de no volver a verle con vida, como al otro, pues, incluso si evitábamos el ajusticiamiento —y había que evitarlo como fuera—, mi padre era ya un hombre viejo, muy viejo, que sufría de graves privaciones de juicio desde que tuvo que convertirse en contrabandista para pagar sus deudas a aquel villano ruin, a aquel bellaco descomulgado llamado Melchor de Osuna, de aborrecible recuerdo. Era menester rescatar a mi padre, viajar a todo trapo hasta Cartagena para conseguir su libertad. Ni por orgullo ni por salud resistiría mucho tiempo en prisión, viéndose con cadenas en los pies y esposas en las manos.

—Pues aún no lo conoces todo —añadió mi compadre, pasándose una mano por la frente en la que exhibía la marca húmeda y bermeja del chambergo.

—¿Puede haber más? —sollocé.

Rodrigo me lanzó una larga y dolorida mirada.

—Sosiégate, señora, y procura sosegar tu alteración pues no es menos pesaroso lo que aún debo contarte que lo que te he dicho hasta ahora. Ese mismo día lunes que se contaban once del mes de septiembre, el día que apresaron al maestre, el pueblo de Santa Marta fue atacado durante la noche por la urca flamenca *Hoorn* del corsario Jakob Lundch, del que habrás oído hablar.

Asentí y cerré los ojos con fuerza. Jakob Lundch llevaba más de dos años atacando nuestras costas y la sola mención de su nombre hacía que los niños lloraran de espanto. Sólo dos meses atrás el *Hoorn* había pasado cerca de Margarita mas, por fortuna, no se detuvo y siguió rumbo a Trinidad. En Mampatare, un villorrio portuario de la isla, se celebraron procesiones de agradecimiento y hubo fiestas en las poblaciones.

—En verdad, nadie sabe cómo acaeció —siguió contándome Rodrigo—. La nao flamenca debió de esconderse tras la pequeña isla del Morro hasta el anochecer y entonces entró en la bahía aprovechando la oscuridad, de cuenta que, antes de que los vecinos pudieran coger sus arcabuces, mosquetes y ballestas, los piratas los estaban apaleando y matando. Con el pueblo sojuzgado, se aplicaron en estuprar a las mujeres y en robar cuanto hallaban, hasta los cálices de las iglesias. Poco antes del alba, prendieron fuego a la villa y a las naves que había en el puerto, entre ellas la *Chacona*, y, luego, levaron anclas y zarparon. —Rodrigo se pasó las encallecidas manos por los carrillos—. Mas, como las desgracias nunca vienen solas, debes conocer que madre, que no había tenido tiempo de consolarse del apresamiento del maestre, se encontró de súbito procurando salvar las vidas de las mancebas a las que los flamencos, tras hacer abuso de ellas, habían atado a las pesadas camas para que no pudieran huir del fuego. La casa entera, la tienda y la mancebía desaparecieron. Las llamas las consumieron aquella noche con todas las mujeres dentro.

La sangre abandonó mi cuerpo y el alma se me escapó como un pájaro que huye.

—¿Qué... pasó con madre?

—Madre se salvó —dijo, y carraspeó—, mas por poco. No sé si seguirá viva. Cuando zarpé de Santa Marta para venir a buscarte, agonizaba en el palenque de Sando, el hijo del rey Benkos, que se hizo cargo de ella en cuanto llegó al pueblo atraído por los resplandores del incendio. La encontró malherida y abandonada en el suelo. De seguro que los vecinos que lograron huir la dieron por muerta, pues de otro modo se la hubieran llevado consigo. Quemada, lo que se dice quemada, no lo está mucho, tan sólo las piernas y los brazos, mas tiene el pecho abrasado por dentro y respira mal. Allí la dejé, al cuidado de Juanillo, el grumete, que por hallarse en el palenque aquellos días pudo conservar la vida. Yo me libré porque ha tres meses que me puse en relaciones con Melchora de los Reyes, una viuda de Río de la Hacha con quien pronto contraeré nupcias, y estaba disfrutando de su compañía. Conocí lo que te refiero dos días después de que aconteciera, cuando regresé a una Santa Marta quemada y desolada, y te juro, Martín, que me volví loco. Con estas mismas manos —y las tendió frente a mí, con las palmas hacia arriba— di sepultura a muchos vecinos que se descomponían al sol como animales abandonados. A nuestros compadres Mateo Quesada y Lucas Urbina, los enterré en el suelo sagrado de la iglesia; a Guacoa, a Jayuheibo y al joven Nicolasito, en la selva, y los tres juntos para que no estuvieran solos; a Negro Tomé, a Miguel y al pobre Antón los envolví en buenos lienzos de algodón antes de echarlos al fondo del carnero que abrí en la plaza. Trabajé como una mula, pues no había nadie para ayudarme en muchas leguas a la redonda.

Le oía y volvía a llorar, mas ahora sin sollozo alguno. Me sentía muerta por dentro.

—¿Por qué no los enterraron los cimarrones del palenque? —pregunté rabiosa, secándome los ojos con una fina holanda. Rodrigo, al ver mi femenil gesto, volvió a contemplarme como si no me conociera.

—¿Acaso ya lo has olvidado? Son africanos y conservan sus extrañas supersticiones. Sando ordenó a sus hombres que buscaran vivos y, luego, que abandonaran Santa Marta a uña de caballo por miedo a los espíritus.

A lo menos, me dije, madre había sobrevivido. Podría haber sido uno más de aquellos cuerpos abandonados al sol.

—Después de permanecer un tiempo en el palenque —continuó refiriéndome Rodrigo—, me dirigí a Santa Marta para esperar una nao que mareara hacia aquí. Muy pocas eran las que se acercaban lo bastante a la costa para divisarme y divisar lo acaecido, así que tardé algunos días en encontrar un maestre que aceptara traerme a trueco de trabajo. Fue muy duro esperar de aquella suerte, con la sola compañía de mi caballo en aquel pueblo sin almas, teniendo por amarga visión los restos quemados de la *Chacona*. De allá vine para cumplir la diligencia de traerte las tristes nuevas por deseo de madre y, también por su deseo, llevarte de regreso junto a ella. Como no puede hablar mucho, me rogó que viniera sin demora a Margarita y preguntara por la viuda Catalina Solís, una dueña que me daría razón de Martín. No dijo más y te juro, compadre, que tuve para mí que te habías amancebado con la tal Catalina. Jamás imaginé que fueras tú mismo.

No tenía fuerzas para sonreír. ¿Quién hubiera podido? Mas, a tal punto, mi terrible dolor me miró directamente a los ojos y me escupió con desprecio en el alma. ¿Cómo osaba deshacerme en lágrimas en tanto mi padre languidecía en una prisión de Cartagena, madre agonizaba en el palenque y los hombres de la *Chacona* y las mozas de la mancebía se pudrían bajo tierra? Me despejé la cara con el pañuelo y miré desafiante a Rodrigo.

—Por los huesos de mi padre y por el siglo de mi madre[3] —mi voz volvía a ser la voz grave de Martín—, que voy a remediar estos desastres o dejo de llamarme como me llamo y de ser hija de quien soy.

Rodrigo abrió la boca como para preguntarme de quién era hija o hijo exactamente mas se contuvo. No le hice caso. Tiempo tendría en el tornaviaje, si así lo deseaba, de demandarme lo que le viniere en gana. Lo importante ahora era partir con presteza.

—Espérame aquí —le dije—. Debo ejecutar las últimas prevenciones y cambiar por otros mis vestidos de dueña.

La lluvia que llevaba retenida todo el día en el cielo, empezó a caer de rebato con grande fuerza y brío, como

3. Fórmula habitual de juramento en los siglos XVI y XVII.

ocurre siempre en el Caribe, pero a mí nada se me daba de tales sucesos. Sólo podía pensar en mi padre, en su avanzada edad, en sus achaques y pérdidas de seso, en su debilidad de anciano... Si no llegaba pronto a su lado, moriría de pena y de vergüenza, atormentado por el deshonor, martirizado por una humillación que un hidalgo español como él no podía tolerar. Había que llegar presto al palenque de Sando para recoger a madre y llevarla al hospital del Espíritu Santo en Cartagena y, una vez allí, rescatar a mi padre por las buenas o por las malas. Estaba dispuesta a gastar en sobornos toda mi fortuna (que era mucha gracias al tesoro pirata que encontré en la isla desierta) o a matar al gobernador Jerónimo de Zuazo con mis propias manos si no firmaba la redención y libertad de mi padre.

—¡Brígida! —grité. La criada apareció al instante en la puerta de las cocinas portando una bandeja de latón sobre la que llevaba la jarra de aloja y los vasos.

—Voy a partir y no sé cuánto tiempo estaré fuera. Te dejo al cuidado de todo. Dile a Iñigo que mantenga abierta la latonería.

Brígida asintió con la cabeza.

—Y ahora, Manuel y tú llegaos hasta el molino y comprad un celemín[4] de harina de maíz, que no tenemos.

—¿Ahora, señora? —se espantó, pues era el momento de más calor del día y el molino estaba al otro lado de la villa.

—Ahora, Brígida. Para cuando volváis yo ya no estaré en la casa. Guardadla bien hasta mi regreso.

En cuanto mi criada salió, subí raudamente las esca-

4. Medida de capacidad equivalente a 4,6 litros.

leras hasta mi cámara y abrí el grande baúl de la ropa blanca donde tenía escondidas, al fondo y entre finas telas, las prendas de mi otro yo, Martín Nevares. Allí las había guardado seis meses atrás, cuando llegué a Margarita para ocuparme de mis recién heredadas propiedades. Por entonces, y aún ahora, deseaba mucho más ser Catalina que Martín, ser yo misma tras tantos años fingiendo ser mi pobre hermano muerto (argucia ideada por mi padre cuando me rescató de la isla para salvarme del terrible matrimonio por poderes que me había unido con aquel baboso descabezado de Domingo Rodríguez), mas lo que no podía imaginar el día que abandoné Santa Marta era que, entretanto yo disfrutaba de mi nueva condición de viuda libre y acomodada, mi familia iba a sufrir las horribles desgracias que la mala fortuna reserva para las gentes buenas y decentes.

Me quité el corpiño, las enaguas y la saya y me puse una camisa limpia de varón, el jubón, los calzones y las botas. De otro baúl que había bajo la cama recuperé mi hermoso chambergo rojo, un tanto ajado por falta de aire, y mis armas, mi bella espada ropera forjada por mi verdadero padre allá en Toledo y la daga para la mano izquierda. Todo lo ajusté al cinto y sólo entonces me contemplé en el espejo para comprobar el resultado.

—Bien hallado, Martín Nevares —le dije a mi reflejo, el reflejo de un agraciado mozo mestizo, alto de talla, fuerte de brazos, de pelo negro y lacio, anchas cejas negras y ojos brillantes.

Conforme y satisfecha con lo que veía, me asomé a la ventana y llamé a Rodrigo.

—¡Sube, compadre! —exclamé y él, al levantar la mirada y ver de nuevo a Martín, mudó el gesto huraño de su semblante por otro sonriente—. He menester una mula de carga.

—¡Aquí la tienes, hermano! —gritó, feliz, dando un salto en su silla y echando a correr hacia el fresco interior de la casa. En menos que canta un gallo lo tenía a mi lado.

—Cierra la puerta —le dije, en tanto me agachaba sobre una de las tablas del suelo y, con la punta de la daga, la separaba y levantaba. Luego, quité tres o cuatro más.

—¿Qué demonios haces? —preguntó.

Descansando apaciblemente sobre las gruesas vigas de madera que formaban el techo de la planta inferior, se vislumbraban en las tinieblas un par de grandes y pesados cofres de hierro.

—¿Recuerdas el tesoro pirata de mi isla?

—¡Pardiez! ¿Cómo lo iba a olvidar?

—Pues aquí tienes un tercio. Soy un hombre considerablemente acaudalado, hermano —le aclaré, ya metida en mi disfraz—, mucho más de lo que puedas suponer. Con lo que hay en estos cofres podría comprarme toda Margarita. Mucho fue lo que hallamos en la isla, sin duda, mas mi padre y yo lo acrecentamos con grande beneficio al convertirlo en doblones de oro.[5]

—Si esto sólo es un tercio, ¿dónde están las otras dos partes?

—A buen recaudo. Una en Santa Marta y la otra en el palenque de Sando.

—En Santa Marta no queda nada —objetó.

—Tranquilo, hermano, que no había ningún tesoro

5.   Equivalía a dos escudos (escudo doble, de ahí el nombre de «doblón») y un escudo equivalía a 400 maravedíes.

al alcance de Jakob Lundch. Sólo mi padre y yo sabemos dónde lo escondimos y, según me has referido, mi padre ya no estaba en la villa cuando arribó ese flamenco malnacido. Con esto —y empecé a sacar a la viva fuerza, entre estertores de agonía, el primero de los cofres— habrá suficiente para comprar favores.

—¡Aparta! —gruñó Rodrigo, propinándome un empellón—. ¿Cómo vas tú a poder con este peso?

Tras una efímera turbación, premié sus delicadezas asestándole tal taconazo en la canilla de la pierna que se le cortó el aliento.

—¡Maldito rufián, bellaco fullero! —vociferé soltando patadas a diestra y siniestra aunque sin conseguir darle porque se apartaba—. ¿Acaso piensas, villano rastrero, que sola yo no puedo porque soy mujer? ¡Olvídate de Catalina! ¡Me llamo Martín y soy tan capaz como tú de sacar ese cofre! ¿Acaso no me veías bogar en el batel con más brío que muchos compadres?

—¡Por mi vida! —dejó escapar, espantado—. ¿Pues no habías menester una mula de carga? ¡Lleva tú el grande tesoro y que se te rompa la espalda!

Y tal cual aconteció, en efecto. A duras penas logré llegar hasta el puerto con mis cofres en una carretilla, ocultos dentro de un arcón que cubrí con nuestros fardos y cestos para el viaje. Rodrigo, guardando las manos en la espalda, caminó a mi lado sin ofrecerme ayuda. A no dudar, se la habría agradecido, y mucho, pero se recoge lo que se siembra. De todos modos, él desconocía que yo, al igual que cortaba mi pelo de dueña del largo al uso entre los mozos de Tierra Firme, también trabajaba algunos días en mi latonería como uno más de los peones, con la intención de no perder la fuerza que había ganado en mis brazos y piernas cuando mareaba en la *Chacona*. Lo que sí era posible que ya no conservara, admití con pesar para mis adentros, era la buena maña que me daba en el arte de la espada, pues en aquellos seis meses no había podido ejercitarme con nadie. Confiaba en que Rodrigo, durante el viaje, se aviniera a practicar un poco conmigo.

—Te veo muy tranquilo, hermano —comentó mi compadre cuando nos detuvimos, por fin, frente a la rada—. A mí me costó tres días encontrar una nao mercante que navegara hacia aquí. ¿Qué harás con tu tesoro en este puerto hasta que aparezca un barco que lleve rumbo a Santa Marta y que, por más, quiera llevarnos de pasaje?

Solté las varas de la carretilla y la dejé descansar sobre la arena.

—¿Puedes ver —pregunté alzando el brazo y señalando un pequeño navío de popa llana y calado corto que fondeaba en mitad de la ensenada— aquel patache de cuarenta toneles con el casco pintado de rojo?

Rodrigo cabeceó, asintiendo, al tiempo que fijaba la vista en la nao.

—Es el *Santa Trinidad* y pertenece a Catalina Solís —le anuncié—. Aquí tengo un breve mensaje de su puño y letra en el que ordena al maestre que se ponga a la absoluta disposición de su pariente Martín Nevares.

Rodrigo se quedó de una pieza.

—¿Eres dueño de un patache de cuarenta toneles? —Parecía no poder aceptarlo.

—Esta pequeña nao —le aclaré— fue un capricho errado al que he dedicado más tiempo y dineros de los que merece. A principios de julio pasó por aquí la

Armada de Tierra Firme con destino a Cartagena para recoger la plata del Pirú. El *Santa Trinidad* era uno de los avisos de la dicha Armada. Estaba en malas condiciones tras cruzar la mar Océana y, por más, la *broma*[6] le había comido buena parte del casco. Pensé que, si lo mandaba reparar, siempre podría hacerme a la mar y visitar a mi familia en Santa Marta cuando fuera mi gusto. No volverá a cruzar la mar Océana, mas, como aviso que fue, es rápido y sirve adecuadamente a mis propósitos.

No se pudo reunir a todos los marineros antes de la medianoche, así que zarpamos al amanecer y, por estar la mar algo picada y soplar prósperos vientos de popa, nos fue forzoso dejarnos ir costeando sin engolfar en ninguna ocasión, tomando mucha precaución de los grandes bancos de arena que tan abundantes son en el Caribe y tan peligrosos para las naos. Por fortuna, el viejo piloto indio de nuestro patache poco tenía que envidiar al tristemente desaparecido Jayuheibo en cuanto a las cosas de marear y no le eran menester cartas ni portulanos porque conocía muy bien las aguas.

Así pues, guindamos velas y arrumbamos hacia Santa Marta y, según andaba de alterada la mar, tardamos dos semanas en llegar a nuestro destino, tiempo durante el cual di cumplida cuenta a Rodrigo de mi historia, de la que se admiró mucho, y mostró grandísimo orgullo al conocer el valor y el ingenio con que mi padre me había preservado de las desgracias que me hubieran afligido

6. Molusco *(Taredo Navalis)* que carcomía la parte de la madera del casco que estaba sumergida en el agua del mar (la llamada «obra viva»).

de haber acabado en manos de mi tío y de mi descabezado marido.

—¡Y que un hombre de tan grande corazón como el maestre esté preso y puesto de grilletes! —bramaba, revolviéndose en la cubierta como un toro en la plaza.

Mas yo sentía una grande confianza. Algo me decía que los caudales harían mucho por mi padre, que desde luego le salvarían la vida y que, en caso de no poder evitar un juicio, le procurarían los mejores licenciados para que su pena fuera insignificante. Con la mirada perdida en la mar, repasaba durante horas los asuntos que habría que poner en ejecución en cuanto atracáramos en Cartagena, uno de los cuales, y no el menos importante, sería comprar una casa en la que madre, cuando saliera del hospital, pudiera convalecer cómodamente de sus dolencias hasta que los asuntos de mi padre quedaran resueltos, pues ni ella ni yo consentiríamos en dejarle solo en manos de la mudable y oportunista justicia del rey. Por más, acaso consiguiera que don Jerónimo de Zuazo, en virtud de su amistad con mi padre, le diera cárcel decente, permitiéndole quedarse en esa casa que iba a comprar bajo la guardia y custodia de algunos soldados.

El día que se contaban veinte y uno del mes de octubre, pasadas ya tres horas de la mañana, las inmensas cumbres de la Sierra Nevada de Santa Marta aparecieron por el lado de babor del *Santa Trinidad*, que viró para entrar en la bahía dejando a un lado la islilla del Morro. Desde la nao el aspecto del pueblo era como un mal sueño: donde antes había casas ahora se extendía un manto de cenizas negras sobre el cual alguien había construido un par de frágiles bajareques y unos pocos bohíos. La residencia del gobernador seguía en pie aunque sin techos y con las blancas paredes manchadas de hollín. La ermita se había salvado, mas la iglesia era sólo un puñado de horcones quemados y el fuerte San Juan de las Matas, levantado cuatro años atrás, traía a la memoria un galeón cañoneado y hundido en aguas someras.

—Aquello es lo que resta de la *Chacona* —me dijo Rodrigo, señalando un trozo de tizón de la quilla y unas cuadernas calcinadas que sobresalían del agua. Veía tanto color negro por todas partes que el verde profundo de la selva, el blanco de las arenas y el turquesa brillante del mar dejaron de existir. Sufrí de ensueños terribles en los que veía a las gentes corriendo y gritando en mitad de la noche, las casas ardiendo con llamas que subían hasta los cielos y la sangre de mi familia y la de los vecinos haciendo charcos y grumos en la arena.

Ordené al maestre del *Santa Trinidad* que atracara y nos esperara mientras íbamos al palenque y volvíamos, y que acondicionara también su propia cámara para recibir a un herido grave. Luego, abandonamos el patache a bordo de un batel y bajamos a tierra. Uno de los pocos vecinos que había regresado y andaba por allí, Tomás Mallol, me reconoció al punto y empezó a dar voces:

—¡Amigos! ¡Eh, amigos! —gritaba agitando en el aire su chambergo—. ¡Es Martín, Martín Nevares! ¡El hijo de Esteban ha vuelto!

Las cinco o seis personas que intentaban reconstruir a duras penas sus casas y sus vidas salieron como de la nada y se congregaron en torno a mí para estrujarme, llorar en mis brazos, darme los pésames y suplicar mi ayuda, pues si éste había perdido a sus hijos, el otro se había quedado sin esposa y sin ganado, y el otro sin sus padres y sin su taller. Se alegraron mucho al conocer que madre vivía. Todos habían regresado recientemente a Santa Marta, tras permanecer escondidos en la selva, con los indios, recuperándose de su miedo y de sus heridas.

De súbito, junto a uno de los nuevos bajareques, asido a un garrancho por las riendas, vi a *Alfana*, el corcel zaino de mi padre, olisqueando la porquería del suelo con los ollares.

—*¡Alfana!* —le llamé. Enderezó la cerviz y sus orejas se volvieron hacia mí. Al reconocerme, soltó un breve relincho y tascó el bocado, tirando de las bridas con toda su fuerza.

—Se escapó durante el asalto —me explicó el vecino Juan de Oñate—. Regresó ayer como si supiera que ibas a venir hoy. Tiene heridas en la cresta y en la grupa, pero ya se le están curando.

Pasé un brazo sobre las crines de *Alfana* y le acaricié la frente.

—¿Dónde están los otros animales de la casa? —pregunté. Madre era muy aficionada a recoger todo tipo de bestezuelas para agregarlas a la familia.

—¡A saber! —se lamentó Rodrigo.

—¿Deseas acompañarme a buscar a madre al palenque de Sando? —le dije al corcel sujetando frente a mi boca una de sus puntiagudas orejas. *Alfana* piafó con fuerza y rapidez, como un potro joven.

Solté las bridas de la rama y, tirando de ellas, caminé en dirección a las gentes.

—Hacednos la merced, vecinos, de prestarnos otro caballo. Tenemos que ir a buscar a madre.

Abandonamos Santa Marta por el camino de los huertos y cruzamos a media tarde el río Manzanares. Pronto la oscuridad nos rodearía. *Alfana* no hizo ni un extraño pese a que, por correr a rienda suelta, la silla le rozaba la herida de la grupa (que yo le había limpiado y cubierto adecuadamente con hilas y ungüento de romero). El otro caballo, el que montaba Rodrigo, sí que se encabritó un tanto cuando prendimos las hachas de alquitrán, pues aún recordaba el fuego del asalto pirata. El alba nos pilló frente a las puertas del palenque. Los vigías nocturnos vieron nuestras luces y, entretanto nosotros desmontábamos, nos pidieron la gracia y, al saber quiénes éramos, empezaron a anunciar nuestra llegada a grandes voces. Antes de que la empalizada se nos acabara de franquear, vi al otro lado los rostros risueños de Juanillo, el grumete, y de Sando, el hijo del rey Benkos, que sonreía, sí, mas con esfuerzo, con fingimiento. Solté a *Alfana* y avancé peligrosamente hacia él.

—¡Dame buenas nuevas, hermano —exclamé mientras le sujetaba por los hombros y le sacudía a una y otra parte—, o te juro que me vuelvo loco!

—¡Eh, compadre! —se quejó—. ¡Suéltame! ¡La señora María está bien! ¿Qué miedo tienes? ¡Suéltame!

Hice como me pedía, mas sin creer en sus palabras. Juanillo, tan alto ya como Rodrigo, se puso a su costado para contemplar el suceso, divertido.

—¿Madre no ha muerto...? Pues, ¿por qué pusiste esa triste sonrisa al verme?

Sando me asió por el brazo, tras hacer un cortés saludo a Rodrigo, y sonriendo, ahora sí valederamente, me arrastró hacia el interior del palenque.

—¡Tengo muy mal despertar, hermano Martín! ¿Qué cara quieres que tenga si, por más, son los gritos del cuerpo de guarda los que me sacan de la cama?

—¿Entonces madre está bien? —pregunté aliviada.

—Acompáñame.

Le di un abrazo a Juanillo, que me pasaba casi una cabeza, y ambos, con Rodrigo, emprendimos el camino en pos de Sando por las callejuelas abiertas entre los bohíos hasta llegar frente a uno más grande. Muchos antiguos esclavos negros huidos, conocidos como cimarrones o apalencados, se congregaban en la entrada movidos por la curiosidad.

—¿Dais vuestro permiso, señora María? —gritó Sando.

—Pasa, pasa... —declaró una voz que, si bien ronca y jadeante, era, a no dudar, la de madre. Me sentí feliz.

—¡Mirad quién ha venido, señora María! —exclamó él, levantando el lienzo que hacía de puerta. Rodrigo y yo, encogidos, entramos. Un par de oquedades abiertas en los troncos y ramas que formaban las paredes dejaban pasar al interior la débil luz de la mañana. Sobre un lecho modesto, cubierta por una fresca y limpia sábana de lino y apoyando la espalda en dos gruesas almohadas, estaba madre, con su misma cara ancha, su nariz afilada y su mirada de halcón. Llevaba el pelo recogido con una redecilla y parecía estar desnuda bajo la sábana. ¡Qué feliz me sentí de volver a verla y, sobre todo, de verla viva!

—¡Martín, hijo! —exclamó al conocerme, tendiéndome unos brazos cubiertos de hilas que debían de dolerle mucho por el gesto que puso en la cara.

—Tengo para mí, madre —repuse acercándome y cogiéndole sólo las manos—, que mejor será no arrimarme demasiado por no hacerte daño.

—¿Cómo se siente, madre? —la saludó Rodrigo, allegándose también. Ella le miró con gratitud y aprecio.

—Gracias por traer a Martín, Rodrigo —le dijo con

una sonrisa burlona—. Ahora ya estás en conocimiento de todo, ¿verdad?, pues de otro modo no habrías podido encontrarle.

—Así es, madre —repuso Rodrigo—. La viuda de Margarita a la que vuestra merced me remitió, le mandó llamar al punto. Por cierto que es una dueña muy bella y de gracioso porte la tal Catalina Solís. Una auténtica beldad. Hubierais hecho un grande negocio con ella en la mancebía.

Clavé con toda mi alma el tacón de mi bota sobre uno de sus pies mas, el muy bellaco, continuó sonriendo como si no lo notara. Madre soltó una carcajada y, desasiéndome, subió pudorosamente el borde de su sábana. A pesar de sus muchos años (su edad debía de frisar los cincuenta), madre seguía siendo una mujer en verdad hermosa.

—Catalina Solís es una viuda honesta, Rodrigo —le explicó, socarrona—. Déjala allá en Margarita y que con su pan se coma su castidad. —El rostro se le entristeció al punto—. Ahora que Martín ha vuelto (siéntate en el borde de la cama, hijo), ya podemos rescatar a Esteban, a mi pobre Esteban —de su garganta salió un gemido que sonó como una tormenta; muy mal debía de tener el pecho si el aire le hacía esos ruidos por dentro—. ¡Me da tanta pesadumbre cavilar en lo solo y desatendido que está en esa lúgubre mazmorra de Cartagena! ¡Hay que sacarle de allí, Martín! ¡Haz lo que sea, hijo, pero tráelo de vuelta a Santa Marta!

—Lo haré, madre —repuse, acariciándole una mano para calmarla—, pero lo haremos juntos. Tú vendrás con Rodrigo y conmigo. He menester de ti para poner en ejecución muchas cosas importantes. Con todo, antes te llevaré al hospital del Espíritu Santo para que un médico te cure las quemaduras y te alivie el pecho.

—¡Pero si estoy bien, hijo! —afirmó, abriendo mucho los ojos con incredulidad—. Lo único que me mortifica es no poder fumar. ¿Es que no ves, acaso, cómo me muevo y no oyes lo bien que hablo? ¡Rodrigo!

Mi compadre dio un paso al frente.

—Rodrigo —continuó ella—, cuéntale a Martín cómo estaba yo antes de que te fueras.

—Ya se lo conté en Margarita, madre. Por más, le dije que temía encontrarte muerta al llegar. Por eso es tan grande mi admiración al verte en tan buen estado y tan vigorosa.

—¿Lo oyes, Martín? Y todo se lo debo a esa mujer de ahí, Damiana Angola —dijo señalando a una negra de mediana edad, de rostro amondongado y de baja estatura que se había retirado al fondo del bohío—. Damiana es una curandera de las buenas, de las de antes, de las que había en Sevilla cuando yo era joven y trabajaba en el Compás.[7]

La cimarrona, que portaba los crespos cabellos cogidos en una albanega de fustán, sonrió y, al hacerlo, la carimba de la esclavitud se le destacó en la mejilla diestra. Era una letra H muy grande y muy antigua, pues la piel había recuperado su tono oscuro y sólo brillaba un tanto con la luz de través, como las joyas.

—Llévate a Damiana, madre —propuso Sando desde la puerta—. Ella te quiere mucho y estará encantada de acompañarte.

7. El Compás de la Laguna era la zona de prostitución en la Sevilla del Siglo de Oro.

Madre le miró con suma dureza y él se amedrentó.

—Todo lo perdí en el asalto pirata. ¿Cómo podría pagar los servicios de una curandera tan buena? Antes, yo era una mujer acomodada, muchacho, mas ahora no me queda nada.

—Aquí estoy yo para eso —dije, respondiéndole—. A partir de ahora me haré cargo de tus gastos y de tus necesidades.

—¡No he menester caridad! —exclamó, incorporándose muy dignamente si bien sujetando con escrúpulos la sábana que la cubría—. ¡He menester el rescate de tu padre!

—Pues no discutas tanto y levántate de la cama —le espeté, poniéndome el chambergo y encaminándome al exterior del bohío—. Te espero afuera, madre. Y tú, Damiana, ¿deseas entrar a mi servicio o quedarte en el palenque? Me vendrá bien una buena criada a quien entregar el gobierno de la casa que voy a comprar en Cartagena y que, al tiempo, pueda cuidar de madre. Te ofrezco un salario de tres ducados[8] anuales. Y, por supuesto, vestido, calzado, comida y alojamiento.

Era una proposición excelente, más de lo que se pagaba a un criado libre, varón y blanco, mas como había visto que madre la apreciaba de verdad y, por otra parte, decía que su recuperación casi milagrosa era debida a sus expertos cuidados, me pareció que debía tratarla con un respeto especial.

—Con la cama y la comida tengo bastante, señor —adujo Damiana, secándose las manos con un trozo de paño.

—¡Que no, que no, Damiana! —exclamó madre, agi-

8. Moneda de oro equivalente a 375 maravedíes.

tando una mano enojada frente a la cimarrona—. ¡Si es gusto de mi hijo pagarte un buen salario, lo aceptas y no se hable más!

Como aquella discusión ya era cosa de mujeres y yo no quería que Rodrigo me viera interesada ni que Sando pensara que me ocupaba de estos asuntos, con paso firme salí del bohío y me reuní con mis dos compadres en la calle.

—Ahora mismo mandaré que preparen unas parihuelas —me dijo Sando.

—Y préstame dos hombres fuertes y un par de caballos. Luego, cuando regresen, te mandaré con ellos a *Alfana*, el corcel de mi padre, para que lo cuides en nuestra ausencia.

—Lo que necesites, hermano. ¿Cómo llegaréis a Cartagena?

—Tenemos un barco en la rada de Santa Marta —repuse.

—¡Aquí donde le ves, posee un patache de cuarenta toneles! —le espetó Rodrigo lleno de admiración.

Sando se echó a reír.

—¡Ya sé que nuestro Martín es un hombre rico! —exclamó—. ¡Qué grande ventura la de esa viuda de Margarita a quien, no lo pongo en duda, colmas de buenos regalos, hermano! Por cierto, ¿quieres llevarte algo de lo que tienes aquí?

Supe al punto que hablaba del tercio de mi tesoro que él custodiaba.

—Todo, compadre. Temo que, en Cartagena, me hará mucha falta.

Él asintió, comprensivo.

—Salva a tu padre, Martín. La justicia del rey de España no es buena. Es mala. No confíes en nadie.

—¿Conoce el rey Benkos nuestra desgracia? —quise saber, hablando de reyes.

—¡Estoy seguro de que aún la ignora! —se asustó Sando—. ¡Y espero que las nuevas tarden mucho tiempo en llegar a su palenque! Ya sabes lo que piensa de los españoles y lo poco que se le daría de pasar a cuchillo a unos cuantos. Formaría un ejército de cimarrones para asaltar la ciudad y liberar a tu padre. Todavía cree que es un grande rey africano.

Partimos una hora más tarde en dirección a la costa y no llegamos a Santa Marta hasta el día siguiente al anochecer, tras desenterrar los dos últimos cofres de mi tesoro que permanecían ocultos cerca del Manzanares. Resultó un arduo trabajo cruzar la selva llevando a madre con las parihuelas, aunque ella no se quejaba de nada y Damiana procuraba su bienestar con cariñoso esmero. En la villa, en cuanto los vecinos supieron de nuestra llegada, acudieron tristemente a saludarla y, entretanto los cimarrones llevaban nuestras cosas y las de madre hasta el patache, ella pasó un mal rato hablando de su desaparecida mancebía, de las mozas fallecidas, de la pérdida de la *Chacona* y sus hombres, y de la injusta detención de mi padre. En un descuido, sorprendí su mirada afligida posada sobre los restos de lo que antes fuera nuestra casa y me juré que la mandaría reconstruir tal y como estaba antes del ataque de Jakob Lundch para que mi padre y ella pudieran regresar a su hogar como si nada malo hubiera acaecido nunca.

Justo cuando acabábamos de zarpar en dirección a la nao, bogando aún a menos de veinte varas de la orilla, unos gritos nos detuvieron.

—¡Madre, madre! —el que la llamaba era un chiquillo mestizo de unos seis o siete años, descalzo y con los calzones raídos, que corría hacia el agua con dos grandes loros verdes en los brazos. Apenas podía con el peso de los pájaros y éstos garrían y aleteaban, asustados por la carrera.

—¡Mis loros! —gritó ella, feliz.

En cuanto los animales la vieron, emprendieron el vuelo. Madre ocultó los brazos en la espalda para que los papagayos no le hicieran daño en las quemaduras y se posaran, tal como hicieron, en sus hombros. A lo menos, de toda nuestra extensa parentela animal, *Alfana* y las aves se habían salvado. También a mí me dio alegría recuperarlas. Vendrían con nosotros y serían un motivo de contento para los malos días que aún tuviéramos que pasar.

El jabeque, sin recoger paño para aprovechar el buen viento, salvó con todas las velas tendidas las parcas treinta leguas que nos separaban de la hermosa ciudad de Cartagena y, así, en menos de dos jornadas nos hallábamos frente al puerto, prestos a dejar atrás la isla de Caxes. Eran tantas las naos que entraban y salían que resultaba costoso marear sin arañarse los cascos y fácilmente se distinguían los rostros de los hombres que faenaban sobre las cubiertas. Y, así, reparé en algunos viejos amigos de mi padre, mercaderes de trato como él, que partían para comerciar por toda Tierra Firme. Puesto que nuestro buen compadre Juan de Cuba no conocía mi nao *Santa Trinidad*, no advirtió nuestra presencia al pasar frontero de nosotros con su hermosa zabra,[9] la *Sospechosa*. Rodrigo y yo, alborotados, a voces le llamamos hasta rompernos los fuelles,

9. Barco menor, pequeño y ligero, de dos palos de cruz, originario del Cantábrico.

mas antes de que nuestras derrotas nos separasen irremediablemente, Juan de Cuba dio por fin en vernos y en reconocernos. El semblante se le demudó y comenzó a dar órdenes para demorar su barco y, a nosotros, a pedirnos con gestos que fuéramos a su encuentro. Movía los brazos y gritaba «*¡Santa Trinidad, detente!*», causándonos una muy grande preocupación. El maestre de mi barco se me acercó.

—¿Qué desea vuestra merced que haga?

—Suelta escotas —le dije.

—Estamos en la boca del puerto, señor —objetó.

—El mejor de los lugares para fondear un patache.

El *Santa Trinidad*, a su vez, estaba orzando para poner la proa al viento. Al poco, ya quietos y anclados, vimos a Juan de Cuba descender hasta un batel que habían echado a la mar.

Madre apareció entonces en cubierta, con sus loros en los hombros. El sol desveló en su semblante el mucho cansancio y la debilidad que la postraban.

—¿Qué ocurre? —preguntó mirando hacia todos lados.

—Aquí, madre —la llamé—. Viene Juan de Cuba a saludarnos.

Se animó y sonrió, apurando el paso.

—Traerá nuevas de Estebanico —afirmó, contenta.

Los hombres de Juan de Cuba bogaban resueltamente y en un santiamén se plantaron al costado de nuestro barco. Echamos la escala de estribor y el de Cuba inició el ascenso. Pronto llegó hasta nosotros y Rodrigo y yo le ayudamos a ganar la cubierta. Se plantó en jarras y, buscando con los ojos, encontró a madre. Al punto, la abrazó y comenzó a derramar amargas lágrimas. Los loros, entonces, volaron y se posaron en los flechastes altos del palo mayor.

—María, María... —se lamentaba.

Ella, con el miedo en el rostro, lo alejó de sí.

—¡Juan! ¿Qué pasa, Juan? —le preguntó en tanto el mercader continuaba vertiendo lágrimas—. ¿Ha muerto Esteban? ¡Habla, por Dios! ¿Esteban ha muerto?

—No, María, no ha muerto —masculló él, al fin, secándose los ojos y los carrillos con las manos—. Aunque mejor sería —dijo y suspiró hondamente—. Le han condenado a galeras.

—¿Cómo dice vuestra merced? —proferí, muerta de angustia.

Con breves razones, nos dio cuenta de los sucesos: mi padre había recibido castigo público de trescientos azotes en la plaza mayor de la ciudad el sábado que se contaban diez y seis días del mes de septiembre, tras un apresurado juicio que le condenó únicamente a cinco años en galeras por vender armas de contrabando a enemigos del imperio. Su vejez le salvó de la pena de muerte. Embarcó, pues, cargado de grilletes, en la nave capitana de la Armada de Tierra Firme (la misma Armada que yo había visto pasar por Margarita en el mes de julio), y partió con ella rumbo a La Habana pocos días después. No había vuelto a saberse nada de él.

—Para decir verdad —terminó contando—, aunque todos sus compadres le hicimos llegar alimentos, ropas y medicinas a la cárcel del gobernador, no le debieron de aprovechar en nada pues, cuando embarcaba en el galeón, no sólo no nos reconoció sino que andaba como bebido, dando traspiés y vacilando, con la mirada huida y las ropas sucias.

Madre lloraba desconsoladamente entre los brazos del mercader, el cual, como un viejo pariente, la sujetaba por los hombros y le acariciaba la cara.

—Y tú, muchacho —me dijo el de Cuba entrecerrando los ojos—, mejor harías en alejarte de Cartagena y de cualquier otra ciudad de Tierra Firme. ¿Acaso no sabes que corres peligro? ¡Estás loco si sigues mareando por estas aguas!

—¿Qué peligro corro yo, señor Juan? —me asusté.

—¿Es que no conoces que hay una orden contra ti por los mismos delitos que tu padre? —Negué con la cabeza, fuera ya de toda cordura. Juan de Cuba suspiró—. Los alguaciles y los corchetes te andan buscando por las principales poblaciones de la costa, incluso en Nueva España me han dicho que se te va a reclamar en breve con bandos y pregones, y, si alguien te viera y te delatara, muchacho, estarías perdido. No vayas a Cartagena por ninguna razón, pues ninguna es más importante que tu propia vida.

—¿El gobernador se ha vuelto loco? —preguntó Rodrigo a gritos, tentando su espada.

—Baja la voz, mentecato —le espetó el señor Juan—, que no se sabe quién puede estar escuchando.

Madre, desesperada, sacó la cabeza del pecho del mercader.

—El destino lo ha querido, Martín —sollozó, entre ahogos y toses. Me acerqué con premura para abrazarla—. Puesto que no puedes quedarte aquí sin arriesgar tu vida, ve en pos de tu padre, rescátalo y devuélvemelo.

—¿Que vaya adónde, madre? —balbucí, incrédula, sin aliento ni fuerzas en el cuerpo. Eran tantas las malas nuevas y tantos los infortunios que se abatían sobre nosotros que no me alcanzaba la razón para comprender lo que madre se esforzaba en decirme.

—¡A España, hijo! ¡A Sevilla! —jadeó, furiosa—. ¡Tienes que ir a Sevilla, Martín! Allí retienen a los condenados a galeras hasta que los embarcan para bogar.

—¿A España?

Madre me miró con desprecio y me alejó de ella con un empellón.

—¿Eres tonto, Martín? —resopló—. ¡Tu deber es salvar a tu padre!

Aunque torpe y dura de mollera por mi turbación, conocí que era cosa muy cierta. No me bastaba el ánimo, ni lo podían sufrir mis entrañas, pensar en mi padre atado y enfermo, muriendo solo al otro lado de la mar Océana.

—¡Eres su hijo! —me gritaba ella, fuera de sí, entre resuellos—. ¡Él te salvó a ti y tú se lo debes todo! ¡De cierto que mi pobre Esteban está esperando que seas la lima de sus cadenas y la libertad de su cautiverio!

Aunque de mi boca no pudieran salir palabras, mi corazón conocía que ella decía la verdad. Catalina Solís se lo debía todo a Esteban Nevares, incluso la vida. ¿Cómo negarle, pues, lo mismo que él me había dado?

—Tranquilízate, madre —susurré—. Iré a España, a Sevilla. A mi padre no le han de tocar en modo alguno. Le buscaré, le rescataré y le traeré de vuelta a Tierra Firme.

Al oírme, María Chacón se serenó. Dejó de toser y empezó a respirar con mayor soltura, aunque el pecho le seguía haciendo muy feos ruidos.

—Debo marcharme ya, María —anunció Juan de Cuba arreglándose el jubón—. Tengo compromisos importantes en Trinidad que no puedo descuidar.

—Aguarde un momento vuestra merced, señor Juan

—solté de improviso, sin creer yo misma lo que iba a decirle—. ¿En cuánto estimáis el precio de vuestra nao?

Mi jabeque, en su estado, no podía afrontar los peligros de una travesía tan penosa como la del regreso a España, mas la zabra de cien toneles del señor Juan no sólo podía sino que, por más, la haría en cuatro o cinco semanas, según la mar, aun llevando las bodegas repletas y toda su artillería. Si la Armada de Tierra Firme había partido de Cartagena poco después del día que se contaban diez y seis del mes de septiembre y si había hecho aguada en La Habana y zarpado rumbo a España con su cargamento de plata del Potosí, en estas fechas del año estaría aún lejos de atracar en las Terceras.[10] En caso de que todo hubiera discurrido bien, llegaría a Sevilla a mediados de diciembre. Como estábamos finalizando octubre, si yo podía disponer de la rápida zabra del señor Juan, arribaría casi al mismo tiempo que la Armada.

—¿Por qué te interesa el precio de mi nao, muchacho? —se extrañó el comerciante.

—¿Acaso no habéis oído que debo ir a Sevilla a buscar a mi padre?

—¿Con mi zabra? —se ofendió—. No podrías darme lo que vale, Martín Nevares, ni aunque trabajaras toda tu vida.

—Probad —le desafié.

—No, no voy a perder el tiempo en esto —se volvió a madre y le cogió una mano—. María, cuídate mucho. Hazme llegar nuevas tuyas en cuanto tengas ocasión.

10. Así se conocía el archipiélago portugués de las Azores, que servía de lugar de reabastecimiento tras cruzar el Atlántico en el viaje de regreso a España.

—¡Eh, mercader del demonio! —exclamé imitando las maneras con que mi padre le trataba cuando se encontraban en la mar o en las plazas—. ¡Decidme ahora mismo cuánto pedís por esa barca de pesca o juro que os atravesaré con mi espada!

Juan de Cuba se giró hacia mí, conmovido, con una sonrisa en el rostro.

—Hablas igual que tu padre, muchacho, pero insisto en que no puedes pagarla.

—Pídele una cantidad —le susurró madre, apretándole la mano con fuerza.

El mercader estaba cada vez más sorprendido.

—¿Quieres decir que dispone de caudales?

—Escuchad, señor Juan —le dije al mercader—. Deseo cerrar un buen trato con vuestra merced. Vos me vendéis la zabra con toda su carga y marinería y, por más, os quedáis con madre y la cuidáis hasta mi vuelta, y yo os pago lo que me pidáis sin regatear ni un maravedí. Decidme cuánto queréis.

Juan de Cuba nos miraba a madre y a mí sin saber si creernos o si estábamos de chanza.

—Supongo, muchacho, que conoces la ley real que obliga a cruzar la mar Océana en conserva, con las flotas. Si algún galeón de las Armadas te descubriera mareando solo, te consideraría pirata o corsario y te hundiría antes de que pudieras decir amén.

—Lo sé, señor Juan —afirmé.

—Y supongo asimismo que sabes que tampoco puedes entrar solo en ningún puerto de España.

Asentí.

—Y, por último, supongo que conoces —el preocupado mercader deseaba cerciorarse de que no se me escapaba del entendimiento el grande riesgo que corría— que las aguas de la mar Océana están infestadas de piratas y corsarios extranjeros a la caza de naos españolas.

Asentí nuevamente. Juan de Cuba suspiró.

—Pues, sea. En ese caso, mi zabra es tuya. Págame por ella lo que consideres justo, mas sabiendo que todo lo que tengo en el mundo está en sus bodegas. Los bastimentos de la carga son bastantes para la travesía. Hay fruta, carne, pescado salado, velas, vino... Acaso necesites más agua. De los hombres sólo puedo decir que son libres para decidir si te acompañan en tu viaje o si prefieren conservar la vida y volver con sus familias.

Quedamos mudos todos por un momento y, en el silencio, se oyó el ruidoso respirar de madre. Miré a Juanillo y a Rodrigo.

—¿Me acompañáis?

Ambos asintieron. Juanillo, para quien España sólo era aquel lugar distante y extraño del cual llegaban las flotas y las leyes que gobernaban el Nuevo Mundo, tenía cara de susto. En la frente de Rodrigo se veía decisión.

Aquella noche, pagué a Juan de Cuba dos mil y quinientos escudos (un millón de maravedíes) por la *Sospechosa* con todas las mercaderías. Sólo diez hombres de los treinta que formaban su dotación se determinaron a acompañarme. Los otros hubo que buscarlos en las tabernas del puerto de Cartagena a sabiendas de que allí sólo encontraríamos rufianes y maleantes. De este arduo trabajo se encargó Rodrigo, y de comprar los odres y toneles de agua dulce, Juanillo. En el entretanto, madre se despidió de mí con grandes lamentos y muchas lágrimas y me hizo entrega de una carta de presentación para una grande amiga suya de Sevilla, una tal Clara Peralta, prostituta como ella del Compás en sus tiempos de juventud. La había escrito aquella misma tarde.

—Ambas fuimos como hermanas —me dijo entre suspiros—. En esta misiva le explico el motivo de tu presencia en Sevilla y le pido que te trate como a un hijo, que te dé casa y comida y que te cuide y proteja como si fuera yo misma. Ve a buscarla en cuanto entres en la ciudad. Si acaso Clara hubiese muerto, su nombre y el mío te abrirán las puertas de las mejores mancebías de la ciudad. Allí encontrarás refugio.

—No te preocupes, madre. Todo lo haré como dices.

—¡Y una cosa más! —exclamó, alzando una mano en el aire para vedarme por adelantado cualquier objeción—. Damiana se va contigo.

—¡Damiana! —vociferé—. ¡Ah, no! Por ahí no paso, madre. Damiana se queda aquí, en Cartagena, en casa de Juan de Cuba, para cuidarte hasta que te pongas bien.

—Damiana —silabeó con tal ardor y fuerza que me asustó— es la mejor curandera que he conocido. Tu padre la necesitará mucho más que yo. Quiero que mi Esteban vuelva sano y salvo, tal cual estaba el día que se lo llevaron.

—Pero... ¡Porta la carimba de la esclavitud!

—Ella está de acuerdo en acompañarte —me explicó—. No tiene cartas de libertad, de modo que tendrás que falsificarle algunas o hacerla pasar por tu esclava. Mi hermana Clara te podrá dar los nombres de dos o tres buenos ejecutores de documentos ilegítimos.

Y, diciendo esto, me estrechó entre sus doloridos brazos y me besó cariñosamente en la mejilla.

—Vuelve pronto y vuelve con tu padre —murmuró

en mi oído antes de soltarme y de girar sobre sí misma para dirigirse hacia la borda, donde se hallaba la escala por la que tenía que bajar hasta el batel del señor Juan que iba a llevarla al puerto de Cartagena. Los dos grandes loros verdes, que no se habían movido de los flechastes en todo el día, alzaron el vuelo en pos de ella y desaparecieron de mi vista.

Yo también debía partir. Mi nueva nao, la *Sospechosa*, esperaba a su maestre. Pronto nos alejaríamos de Tierra Firme y era mi obligación fijar el rumbo hacia España lo más lejos posible de las derrotas habituales de las flotas, las Armadas y los piratas. Por fortuna, uno de los empeños de mi padre (absurdo, según mi anterior parecer) había sido obligarme a estudiar y convertirme en un buen piloto y mareante. Ahora daba gracias por su terquedad y por su extraña visión de lo que una mujer podía y debía poner en ejecución.

Cuando pisé por vez primera la cubierta de la *Sospechosa* supe que, de alguna manera, había llegado a otro de los destinos de mi vida. El primero fue mi isla desierta, que me deparó la experiencia y riqueza que ahora propiciaban la empresa que tenía por delante; el segundo, la casa de Santa Marta, mi primer hogar desde que abandonara Toledo en mil y quinientos y noventa y ocho; y el tercero, la *Sospechosa*, una zabra rápida de velas latinas con la que iba a cruzar la mar Océana como maestre. ¡Qué distinto este viaje de aquel que me trajo al Nuevo Mundo, en el que yo sólo era una niña inocente a la que habían casado por poderes con un descabezado!

Durante las siguientes cinco jornadas, fuimos completando la dotación, componiendo el matalotaje, llenando la bodega de toneles de agua y odres de vino, aderezando la zabra para el viaje, embarcando pólvora y proyectiles de hierro para los falcones así como arcabuces y mosquetes para los hombres. No puse el pie en tierra en ninguna ocasión. Me despedí del *Santa Trinidad* ordenando a su maestre que siguiera en Cartagena y se pusiera a las órdenes de María Chacón en primer lugar y, en segundo, del mercader Juan de Cuba. Cualquier servicio o trabajo que ellos solicitaran del jabeque debía llevarse a cabo sin discusión. Catalina Solís había expresado claramente que su pariente Martín Nevares podía disponer cualquier cosa respecto a la nao y Martín Nevares se la entregaba a María Chacón para que, en su ausencia, hiciera con ella lo que le viniera en voluntad.

Zarpamos de Cartagena el día lunes que se contaban treinta del mes de octubre del año de mil y seiscientos y seis con rumbo a Santo Domingo, en isla La Española, y, desde allí, sin perder de vista la costa, pasando cerca de Mona y del Cabo San Rafael, arrumbamos, de noche y con viento terral, hacia España —nordeste cuarta del este— y aquel primer día en la mar Océana hicimos veinte leguas. Durante las siguientes jornadas, en algunas ocasiones tuvimos que poner la proa al norte y en otras a la cuarta del nordeste y encontramos mucha hierba de esa que está en el mar. El viento refrescó y no era muy bueno para ir a España. Los hombres trabajaban duro para gobernar la zabra y mantenerla limpia. Al séptimo día tuvimos que hacer bordadas hacia el estesudeste y hacia el sudeste, mas avanzamos casi treinta leguas. Después, encontramos la primera calma chicha de las varias que sufrimos durante el viaje. El aire se aquietó sobre la mar y estuvimos parados dos días completos. Vimos muchos atunes y peces dorados, y pescamos algunos para hacerlos en la olla. El día que hacía quince de nuestra partida de La Española vimos la mar tan cuajada de hierba que temimos estar encallando en bajíos.[11] Rodrigo me preguntó, desazonado, si me hallaba completamente segura de la derrota que había elegido y, aunque le dije que sí, a fe que no las tenía todas conmigo. Había trazado una ruta intermedia entre la de ida al Nuevo Mundo, por el sur, y la del tornaviaje a España, por el norte, pero desconocía lo que en ella nos podíamos encontrar y aquella hierba tan espesa era algo extraño para mí. Mandé echar una plomada y, por fortuna, a ciento y cincuenta brazas aún no alcanzaba el fondo. El asunto duró muchos días y encontramos nuevas calmas que nos hicieron temer que jamás llegaríamos a España. Mas yo confiaba en el astrolabio y en el cuadrante y vigilaba de cerca la estrella del Norte que, eso sí, me parecía muy alta para nuestra posición.

Pronto la hierba se acabó y regresaron los buenos aires y la mar llana y limpia. De igual modo, empezamos a ver muchas aves en el cielo, de donde creímos estar, al fin, cerca de tierra. El frío creció tanto en aquellas nuevas aguas que, sin las ropas adecuadas, hubimos menester abrigarnos con grandes y peligrosos fuegos que prendíamos en el combés y que manteníamos encendidos todo el día. Damiana, la curandera, que porfiaba en permanecer honestamente alejada de la cubierta y pegada al coy que se le había dispuesto en el acceso a mi cámara, se ofreció a coser unas camisas hechas con el lienzo brite y el grueso hilo de cáñamo que llevábamos para reparar las velas. Era una mujer silenciosa y eficaz,

11.   Se trata del llamado mar de los Sargazos, en pleno océano Atlántico.

que todo lo que callaba lo convertía en servicio y en buenas obras. Me preocupaba que su ausencia de Cartagena perjudicara la salud de madre mas, como ésta lo había querido así, esperaba que, una vez en Sevilla, Damiana en verdad pudiera auxiliar a mi padre.

El día que hacía treinta de nuestra partida de La Española creció el viento. Las olas iban contrarias unas a las otras y la *Sospechosa* no podía pasar delante ni salir de entre ellas. El viento y la mar seguían creciendo. Los hombres hacían mil votos y ofrecimientos a todas las imágenes y casas de devoción que conocían. Mandé recoger velas. Tras seis horas de este cariz, con el cielo más negro que había visto nunca pese a ser mediodía, nos dábamos por perdidos. Yo lo sentía por mi padre, que moriría sin mi auxilio, y por madre, a quien entristecería y rompería el corazón. Al punto, el piloto, Luis de Heredia, pidió hablar conmigo y me advirtió de que aún corríamos un peligro mayor por sufrir la nao falta de lastre, aliviada de su carga por hallarse ya comidos los bastimentos y bebidos el vino y el agua, y que convendría henchir los toneles, odres y pipas vacíos con agua de la mar. Así lo hicimos en cuanto la tormenta nos lo permitió, con lo que se remedió en parte el problema y, aunque los turbiones y aguaceros prosiguieron cinco horas más, el cielo comenzó a mostrarse claro de la banda del este y mudó el viento hacia allí. En aquel punto, oímos un grito:

—¡Tierra por proa!

Juanillo, que ahora ya no era grumete sino marinero, había visto tierra al estenordeste. Yo conocía que estábamos cerca de la isla de la Madera.[12] Toda la noche la pasa-

---

12. El archipiélago portugués de Madeira.

mos barloventeando y, después de salir el sol, rodeamos la isla por ver dónde atracar y hacer aguada. Llegamos a una rada en la parte norte y ordené echar el ancla y que cuatro o cinco hombres fueran a tierra con el batel.

Al volver, contaron que habían hablado con gentes de la isla y supieron así que, en efecto, era la isla de la Madera, y mostraron lo que habían comprado: gallinas y pan fresco, agua dulce en abundancia y un vino muy bueno, así como cerdo curado y frutas. Con todo esto en las bodegas, me dispuse a partir pues la dicha rada no era un buen puerto y temí que se rompieran los cabos del ancla. Seguimos nuestro rumbo dejando atrás al día siguiente la isla de Porto Santo. España estaba a un tiro de piedra. Con todo, si había de darse la ocasión de topar con galeones de las Armadas o con barcos piratas, sería de allí en adelante. Una vez pasado el Cabo San Vicente, en la misma barbilla de la península, ningún peligro nos asaltaría, pues nos convertiríamos en una zabra mercante procedente de Sevilla con rumbo a Lisboa mas, hasta el Cabo, sin duda éramos, para cualquiera que se cruzase con nosotros, una zabra procedente de las Indias.

Y sí, vimos naos en abundancia, mas ningún galeón armado ni tampoco ningún pirata inglés, francés, flamenco o berberisco. Todas eran naos mercantes, portuguesas en su mayoría, que debían de llevar cargamentos de negros del África. La buena estrella nos acompañó y llegamos, nordesteando, hasta el Cabo San Vicente el día que se contaban ocho del mes de diciembre. Pocas jornadas después arribamos a la boca del río de Lisboa, a la costa de Caparica, donde, con grandes prevenciones y estando caído el sol, atracamos en el puerto de Cacilhas. Allí se iba a quedar la *Sospechosa* hasta nuestro regreso, y su piloto, Luis de Heredia, se haría pasar por el maestre cuando subiera a bordo el visitador real, si es que subía, pues, según me habían asegurado, Cacilhas era uno de esos puertos donde cualquier nao podía atracar sin sobresaltos, especialmente si se hallaba quebrantando las leyes.

Rodrigo, Juanillo, Damiana y yo esperamos hasta que aclaró el día para bajar a tierra. Tres marineros nos acompañaron y nos auxiliaron con nuestros pesados arcones. Allí mismo, en Cacilhas, compré un viejo coche, caballos y ropas de viaje para los cuatro: Juanillo se caló con alegría un feo sombrero de fieltro, sin toquilla ni cordones y algo descosido, e hizo todo lo que pudo por meter los pies en unas ceñidas botas de piel encerada aunque no lo logró por la falta de costumbre. Damiana se arropó con un ferreruelo y un manto grande para cubrirse la cabeza y envolverse entera; y Rodrigo y yo, que sí pudimos calzarnos buenas y robustas botas, nos cubrimos los cuerpos con dos gruesos gabanes lombardos de color verde y los rostros con anteojos de camino para protegernos del viento frío, el polvo, la lluvia y los lodos. A la caída del sol, partimos hacia Sevilla.

CAPÍTULO II

Sevilla aún era más grande y hermosa de lo que mis lejanos recuerdos decían. Ciudad imperial como ninguna en el mundo, dejó a Juanillo y a Damiana sin aliento, entretanto Rodrigo y yo, embelesados, hacíamos ver que, como españoles de origen, no nos sobrecogía su imponente presencia. «Quien no ha visto Sevilla, no ha visto maravilla», afirmaba el común proverbio y mucha verdad era, pues, cerrada enteramente por sus grandiosas murallas que bien podían alcanzar las nueve mil varas de largor, Sevilla elevaba al cielo las soberbias flechas de sus incontables campanarios y la majestuosa torre mora de su Iglesia Mayor[13] dejándose besar por las aguas del olivífero Betis[14] y las del arroyo Tagarete.[15]

Al cauce del Betis llegamos cuando aún no eran las diez del día, y, dejando a la siniestra el Castillo de Tria-

---

13. La catedral de Sevilla.

14. El Guadalquivir, que discurre por la parte occidental de la ciudad.

15. Pequeño afluente del Guadalquivir, inexistente en la actualidad por desvío de su cauce hacia el río Tamarguillo, que rodeaba la muralla de Sevilla a modo de foso por la zona sur.

47

na, en el cual se albergaban las cárceles y tribunales del Santo Oficio de la Inquisición (de aciago y aborrecible recuerdo para mí), cruzamos el río por el puente de barcas, embelesados por el grande número de galeras y navíos que allí mismo fondeaban junto a la que llaman Torre del Oro, cercana a la que llaman de la Plata.[16] Alcanzamos, pues, el Arenal, inmenso lugar entre el río y las murallas, donde gentes de todas las naciones se afanaban en sus muchos quehaceres y las voces y gritos que se escuchaban a la redonda nuestra hablaban en lenguas de todo lo descubierto de la Tierra. Sevilla, centro del imperio, puerta para todos llana, hervía en multitudes como el caldo de una olla al fuego. De allí, del Arenal, partían las flotas y las Armadas para el Nuevo Mundo y allí, al Arenal, volvían con las inmensas riquezas en metales, piedras y perlas.

—¿Hacia dónde nos dirigimos ahora, hermano? —me preguntó Rodrigo, que montaba al lado mío en tanto Juanillo, pendiente del gentío, gobernaba el carro tras nosotros, y Damiana, con los arcones de mi tesoro, se ocultaba en su interior.

Todo lo tenía pensado, pues las noches en blanco pasadas en las ventas del camino me habían servido para ello.

—Yo iré a enterarme si la Armada de Tierra Firme arribó ya a Sevilla —dije, alzando la voz para hacerme oír— y, si así fue, dónde está mi padre y cómo puedo verlo. Vosotros averiguad dónde vive Clara Peralta, la

16. Ambas torres existen todavía. La de la Plata es menos conocida porque se encuentra en el interior de un aparcamiento de vehículos al aire libre.

hermana de madre, y, luego, volved a buscarme hacia el mediodía. No andaré muy lejos.

—Recuerda tu carga —dijo, señalando el carro con una inclinación leve de cabeza.

—La recuerdo —repuse—, y la dejo contigo a buen recaudo. Con tu mal talle y la fea traza del carro, nadie sospechará lo que llevas.

—Que así sea —dijo arqueando las cejas, no muy seguro. Dio un tirón a las riendas y se dirigió hacia Juanillo, que sofrenó el tiro, y, luego de hablar, se dirigieron hacia la puerta de Triana, que lucía columnas a los lados y enormes estatuas en la parte de arriba. Todo era grande y majestuoso en Sevilla, hasta sus puertas camineras.

Miré en derredor y avancé hacia la Torre del Oro, por ver que allí estaba congregada una caterva de muchachos de la esportilla que descargaba las mercaderías de una galera italiana, dejando en la arena toneles, pipas, botijas y barriles. Acaeció, pues, que habiéndome allegado, detuve mi montura y, sin bajarme, busqué entre ellos a quien pudiera mejor servirme. Un mozo de hasta unos veinte años de edad, agraciado, de cabellos rubios, piel tostada y, pese al frío que hacía, mal vestido con unos raídos calzones de paño pardo y un capotillo, al verme allí parada, contemplándolos, dejó su carga y, con gesto insolente, se quitó la montera y me hizo una reverencia:

—¿En qué podemos servir a vuesa merced? —me preguntó, burlón.

En verdad debía de verme como un mozalbete perdido y fácil de timar, lo cual aún despertó más mi rabia. Si aquel truhán no hubiera sido tan apuesto y no hubiera tenido aquellos ojos claros tan hermosos, a fe que le habría dado una patada en los dientes con la punta de mi bota. Suspiré, lamentando que tanta lindura perteneciera a un bellaco de condición tan maliciosa y tan amigo de burlas.

—¿Ha arribado a Sevilla la Armada de Tierra Firme al mando del general Jerónimo de Portugal?

—Arribó la pasada semana, señor.

¡Mis cuentas habían sido acertadas! ¡Mi padre estaba en Sevilla!

—¿Conoces su cargamento?

El mozo arrufianado se extrañó de mi curiosidad.

—Adivino por vuestras ropas de viaje que sois recién llegado —dijo, creciéndose—. ¿A qué esas preguntas?

Busqué en mi faltriquera, bajo el gabán, y le lancé por el aire un ochavo[17] que él cogió graciosamente y de buena gana. Por su respingo, tuve para mí que hasta ese día no había contado más que en coronados.[18]

—¿Y a qué vienen las tuyas, bribón? Responde a lo que te demandé, si es que quieres más monedas.

—Dicen que traía en sus arcones cuatro millones y medio de ducados en oro y plata, perlas y piedras, y dos en añil, cochinilla y otras mercaderías.

—¿Cómo estás tan bien instruido? —me sorprendí.

—En Sevilla, señor, todo se conoce. Bien se aprecia que sois de fuera. Parecéis gitano, berberisco o, quizá, mestizo. ¿De qué tierra viene vuesa merced, señor gentilhombre?

17.   Moneda de cobre cuyo valor era de dos maravedíes.
18.   Moneda de vellón equivalente a la sexta parte de un maravedí. Era la moneda habitual de la gente humilde. Sancho Panza cuenta en coronados en el *Quijote*, llamándolos *cornados*.

Aquel esportillero malnacido era un curioso impertinente mas, si no respondía, podía formar una algarabía y llamar a los alguaciles de la puerta del Arenal, no muy distante.

—De Toledo. Acabo de llegar.

Se vio en sus ojos que me había comprendido. Me tomaba ahora por judío converso. Su gesto y su tono cambiaron al punto pues su nariz olisqueó caudales.

—¿Necesitáis un criado, señor? —se ofreció ansiosamente—. Yo conozco Sevilla como nadie. Aquí nací y aquí he vivido siempre. Mi nombre es Alonso, Alonso Méndez. Puedo ayudaros en todo cuanto preciséis y aun en más.

No me vendría mal su ayuda, me dije, mas no me parecía un sujeto de fiar y no quise comprometerme.

—¿Y el pasaje que vino con la Armada?

Alonso, con la montera en una mano y actitud servicial, se arregló los rubios cabellos echándoselos hacia atrás y se quedó en suspenso, pensativo.

—No venía más pasaje —dijo, al fin— que el que traía la capitana y eran unos condes, se dijo que los de Riaza, y un reo anciano que llevaron a la Cárcel Real.

Si hubiera visto una aparición o un fantasma no habría sido mayor mi sobresalto pues, a tal punto me turbé, que no pude hablar palabra por un buen espacio. ¿Los condes de Riaza? ¿Diego Curvo y su joven esposa en Sevilla? ¿Por qué? Sólo quedaba Arias en Tierra Firme para poner en ejecución los negocios sucios de la familia.

—¿Os encontráis mal, señor? —me preguntó el mozo. Yo tenía la mirada perdida en el río y no me tomé la molestia de responderle.

¿Qué se me daba a mí de lo que hicieran los Curvos

a los dos lados de la mar Océana? Habíamos sellado un tratado durante el juicio a su primo Melchor de Osuna por el cual ellos se comprometían a dejarnos en paz y nosotros a guardar silencio sobre sus fullerías comerciales. Lo único que me debía importar era que mi padre estaba en Sevilla y que yo tenía que rescatarlo.

—¿Dónde está la Cárcel Real?

—¿Conocéis donde se une la calle Sierpes con la plaza de San Francisco? —Me escudriñó el semblante, que yo tenía como de palo y, asintiendo confiadamente, echó a correr entre las gentes como asno con azogue en los oídos[19]— ¡Yo puedo llevaros, señor! ¡Seguidme!

No me iba a resultar fácil deshacerme de tan pertinaz y solícito criado. Di espuelas a mi caballo y partí en pos de él, cruzando la puerta del Arenal y siguiendo por la bulliciosa y espaciosa calle de la Mar hasta llegar a la Iglesia Mayor, la más suntuosa y rica que contemplarse pueda, en cuyas Gradas cercadas de cadenas se reunían los mercaderes para realizar los grandes negocios del Nuevo Mundo. Mas si algo me estaba sorprendiendo desde que había entrado en Sevilla no era tanto la ostentosísima riqueza de sus edificios e iglesias como la trágica pobreza en la que vivían sus gentes. O yo tenía la memoria muy flaca o mis años en Tierra Firme me habían hecho olvidar la miseria de los habitantes de España. A pesar de ser súbditos del rey más poderoso del orbe y de vivir en el más grande imperio, los españoles pasaban hambre y frío, carecían de lo necesario y sufrían de ese embrutecimiento que produce el prolongado infortunio. No era

19. En aquella época era común echar un poco de mercurio en las orejas de las caballerías para que corrieran más.

de extrañar, pues, que los más listos y valientes emigraran al Nuevo Mundo buscando una oportunidad para mejorar su situación y una vida nueva para sus familias. España era un gigante con los pies de barro y los Austrias no hacían más que empeorar la situación.

Desde la Iglesia Mayor, torciendo a la siniestra, el mozo rubio y yo marchamos recto hasta la plaza de San Francisco, de grande elegancia por sus pórticos y su señorial suelo empedrado, lugar en el que se hallaban la Audiencia, el Ayuntamiento de la ciudad y, por más, se realizaban las ejecuciones públicas y las fiestas de toros y cañas. Decenas de mendigos harapientos y ateridos pedían limosna por el amor de Dios bajo los soportales y a la redonda de una graciosa fuente culminada por una figura de bronce que dominaba la plaza desde un costado.

El mozo se detuvo al fin frente a un enorme edificio que lucía varios escudos de armas y, en lo alto, una grande estatua de la Justicia con una espada en ristre en una mano y un peso enfilado en la otra. Mucho me admiró la cuantiosa e incesante afluencia de gentes que entraban y salían por su puerta principal.

Detuve mi cabalgadura y desmonté, pensando en dejarla al cuidado de Alonso, mas éste tomó las riendas de mi mano y se alejó unos pasos para entregarlas a unos mozos malcarados que parecían tener por oficio el cuidado de las monturas, especialmente las de aquellos que visitaban la cárcel. Al punto lo tuve junto a mí, dispuesto a seguirme, y descubrí que me sacaba más de una cabeza y que era bien formado y robusto, aunque atufaba ásperamente a ajos crudos.

—¿Queréis entrar, señor? —me preguntó, mirando el tráfago de gentes que abrumaban la puerta.

—Debo hacerlo.

—Entonces, dejad que os ayude. ¿Buscáis a un reo?

Asentí, encaminándome hacia el edificio. Alonso me alcanzó.

—Decidme su nombre.

—No tengo por qué —razoné secamente—. No te conozco de nada y no preciso de tus servicios. Tengo para mí que te pagué bien en el Arenal. No me sigas.

—¡No sabéis lo que hacéis, señor! —me gritó—. La Cárcel Real es un infierno y no encontraréis a vuestro amigo si alguien como yo no os ayuda.

Me volví y le miré fijamente.

—¿Acaso la conoces por haberla habitado, Alonso?

El bellaco enrojeció.

—¿Qué mejor ayuda podríais desear? —repuso—. La Cárcel Real es un lugar de tan grande confusión que saldréis de ella robado, timado y tan desnudo como el día que vinisteis al mundo y, por más, sin haber encontrado al que buscáis.

El pensamiento de acabar desnuda en el interior de una cárcel de hombres fue lo que me decidió a consentir, aunque no sabía si un antiguo vecino de tan asqueroso lugar era la compañía que en verdad precisaba para hallar a mi padre.

—Decidme el nombre de vuestro amigo —insistió.

—No es un amigo. Es mi padre. Se llama Esteban Nevares, hidalgo de linaje, y llegó a Sevilla la pasada semana en la capitana de la Armada de Tierra Firme.

Casi pude oír el ruido que hacían las cavilaciones dentro de la testa rubia de Alonso. A pesar de ello, nada dijo. Se conformó con volver a examinarme el rostro buscando los restos de aquel judío de Toledo que ahora se asemejaba más, y mejor, a un joven mestizo de las Indias Occidentales.

—Sea —resopló—. Seguidme, señor. Encontraré a vuestro padre.

Si había algún lugar inmundo sobre la Tierra donde todos los crímenes, las miserias y las desgracias se reunieran bajo un mismo techo, ése era la Cárcel Real de Sevilla. Abriéndonos paso a codazos entre la muchedumbre, cruzamos la entrada y llegamos hasta una puerta junto a la que se hallaba, placenteramente sentado, un portero a quien parecían importarle un ardite las gentes que salían o entraban.

—A esta primera puerta se la conoce como la Puerta de Oro —me explicó Alonso—, porque mucho oro ha de pagar el reo al alcalde y a los porteros si quiere alojarse en la casa pública, donde recibe un trato de privilegio y dispone de aposentos con todas las comodidades.

Subimos unas escaleras y, al cabo, llegamos hasta unas rejas de hierro tan abiertas como la Puerta de Oro y con otro portero en todo semejante al anterior. Siete u ocho presos pobres se apoyaban en ella, como esperando algo.

—A esta puerta se la conoce como la Puerta de Cobre —volvió a explicarme Alonso—, porque a los que entran por ella les basta con disponer de dineros de cobre y vellón.

Uno de los presos que descansaba en la reja miró a mi flamante criado y le reconoció:

—¡Eh, Alonsillo! ¡Demonio de mozo! ¿Qué has hecho esta vez?

Alonso sonrió y los dos se fundieron en un abrazo de bravos, jactancioso y teatral.

—Estoy de visita, hermano, y he menester tu ayuda. Mi amo —y me señaló con el dedo— está buscando a uno de los reos nuevos, uno que llegó la pasada semana y que responde por Esteban Nevares.

—No digas más, muchacho —dijo el preso con el tono pomposo de un ministro de la corte. Luego, se volvió hacia el interior del corredor y gritó a voz en pecho—: ¡Hola! ¡A Esteban Nevares!

En lo que se tarda en dar un trago de vino, una voz tras otra empezaron a repetir el grito de llamada hasta escucharse como si llegara desde las entrañas de la Tierra. Al cabo, la Cárcel Real de pleno, en la mayor confusión y griterío del mundo, coreaba el nombre de mi padre hasta resultar imposible oír lo que Alonso intentaba decirme al oído:

—¡Dele vuesa merced tres o cuatro coronados a mi hermano!

—¿Qué dices?

—¡Que le dé vuesa merced cuatro o cinco coronados a mi hermano Ramón de Vargas!

Asentí, saqué las monedas y las puse en la mano callosa y mugrienta del tal Ramón, que las miró con avarienta alegría.

La algarabía se acalló de a poco y del nuevo sosiego surgieron otras voces, cada una más cercana que la anterior:

—¡Galera Nueva y Crujía! ¡Hola!

—¡Galera Nueva y Crujía! ¡Hola!

—¡Galera Nueva y Crujía! ¡Hola! —gritó, por fin, el baladrero más cercano.

Ramón de Vargas, que había hecho desaparecer las monedas en una bolsilla que ocultó en su seno, sonrió satisfecho.

56

—Ya sabes dónde está —le dijo a Alonso y éste asintió—. Pasa, que sabes llegar tú solo.

Alonso, en vez de entrar por la Puerta de Cobre donde trabajaba su amigo, giró talones a la siniestra y se encaminó hacia otra reja abierta de par en par que daba también a unos corredores.

—Ésta es la Puerta de Plata, señor, y es así conocida porque los presos que aquí se afligen deben pagar mucha plata si es que quieren vivir sin grillos.

Entramos por el corredor. Allí todo era muy grande, conforme al tamaño del edificio que había visto desde fuera. Lo que propiamente resultaba ser la prisión no consistía tanto en celdas o calabozos como en ranchos, o lo que es lo mismo, lugares donde se hacinaban trescientos o cuatrocientos presos separados sólo por mantas viejas que colgaban de luengas cuerdas. Cada uno de esos ranchos, me explicó Alonso, tenía su propio nombre, que venía dado por los delitos y el jaez de los reos que en ellos se juntaban y, así, en aquella galería, estaba el rancho de los Bravos seguido por el llamado Tragedia y, al fondo, el que llamaban Venta, porque en él pagaban a escote los presos nuevos.

—En los entresuelos —me explicaba Alonso mientras seguíamos caminando entre la confusa multitud en la que resultaba imposible distinguir los que eran inquilinos de los que sólo estaban de visita— hay otros cuatro ranchos: Pestilencia, Miserable, Ginebra y Lima Sorda.

—¡Pardiez! ¿Cuántos reos tiene esta prisión?

—De mil a mil ochocientos según el momento del año.

Y, ¿qué decir de la presencia de mujeres? No menos de trescientas o cuatrocientas mancebas de vida distraída zanganeaban por allí, llevando jarras de vino y asistiendo a las partidas de naipes como entretenidas de sus galanes. El lugar era sucio y lúgubre, y olía muy mal, a pozo de excrementos y a animales muertos, y, en alguna ocasión, se me revolvieron las tripas y me dieron bascas. Sentí temor de andar por allí, entre aquellas gentes de tan mala calidad, y me acobardaron los gritos, los golpes, las peleas, las voces malsonantes y amenazadoras, el barullo brutal. Sólo la necesidad de encontrar a mi padre, ya tan cercano, y de abrazarle y sacarle de allí me permitió seguir dando un paso después de otro.

Comenzamos a descender por una nueva escalera que daba a un patio cuadrado, de unos treinta pasos de anchura por otros treinta de largor, en el centro del cual había una fuente donde algunos se divertían echándose agua unos a otros. A la redonda del patio había unos catorce o quince calabozos, en uno de los cuales, me dijo Alonso, se daba el tormento. Había, asimismo, cuatro tabernas en las que se vendía vino, carne y bacalao, y algunas tiendas de fruta y aceite, todas ellas propiedad del alcalde y del sotoalcalde, que las arrendaban por catorce o quince reales al día.

Alonso se fue hacia la siniestra y entró en un corredor oscuro.

—Ésta es la Galera Nueva, señor. Aquí, en uno de sus ranchos, se encuentra vuestro padre.

¡Asqueroso albergue de aire apestado! ¡Allí, en aquella miseria hedionda en la que abundaban los peores facinerosos, bergantes, desalmados, blasfemos, perjuros, violadores y criminales habían encerrado a mi señor padre, al hombre más digno, honrado y bueno de todo lo conocido de la Tierra! Cuatro cirios allí y otros tantos allá y acullá iluminaban las tinieblas.

—¿Quién va? —gritó alguien.

—¡Alonso Méndez, a quien conoces! —respondió mi criado—. Voy a la Crujía, a ver a uno.

—Pasa, pues —gruñó la voz.

—Andad con tiento en este corredor, señor —murmuró mi criado—. Aquí, en la Galera Nueva, están los hombres que han cometido los delitos más grandes. Nosotros vamos al rancho llamado Crujía, donde están los galeotes, mas aquí se encuentran también los ranchos conocidos como Blasfemo, Compaña, Goz, Feria, Gula y Laberinto.

—¿Y quiénes los habitan? —susurré.

—No queráis saberlo. La hez de la humanidad, señor, su escoria más corrompida. Poned la mano en vuestras armas bajo el gabán y no las soltéis.

¿Mi padre estaba allí? En mi alma pujaban la rabia y el odio. Sonaban dentro de mi cabeza las palabras que me dijo mi compadre Sando, allá en el lejano palenque: «Salva a tu padre, Martín. La justicia del rey no es buena. Es mala.» ¡Qué grande razón tenía! Y eso que él no había visto la Cárcel Real, donde se ponía en ejecución la susodicha justicia del rey.

—Aquí debe de hallarse vuestro padre, señor —me dijo Alonso, apartando la manta que cubría una entrada.

No se veía nada. Todo eran sombras, sombras y hedor a sangre seca y a inmundicias humanas. Los gemidos de las gentes que allí se encontraban eran lo único que delataba su presencia. Mi criado se alejó y me dejó sola, a oscuras, tan agarrotada que no podía ni abrir la boca para llamar a mi padre, mas regresó al punto con una vela encendida.

—Me ha costado el ochavo que me disteis en el puerto —declaró.

—Te lo pagaré de nuevo —dije, arrancándosela de las manos y allegándome al preso que tenía más cerca. El hombre, tumbado sobre el suelo, se quejó, soltó una blasfemia y se llevó los brazos a los ojos para protegerse de la luz. No le cabían más picaduras de pulgas y de chinches en el cuerpo. El segundo roncaba y no se apercibió de mi presencia. El tercero despellejaba ansiosamente una rata gorda y gris entretanto se la iba comiendo cruda y se enfadó mucho cuando la luz reveló lo que hacía. Empezó a gritar e intentó disimular la rata en sus espaldas, creyendo que yo venía en voluntad de quitársela.

El cuarto preso era mi padre. Estaba tirado en el suelo como un perro sarnoso y moribundo, con la misma ropa que debía de llevar el día que le apresaron en Santa Marta, tres meses atrás. Una gruesa cadena de hierro le iba desde el pie hasta la pared y llevaba dos argollas en el cuello: de una salía otra cadena que iba igualmente a la pared y de la otra bajaban dos hierros que le llegaban hasta la cintura y a los que se asían dos esposas cerradas con un grueso candado en las que tenía las manos.

Costaba mucho reconocerle. Todo él era una pura llaga, sangrante e infectada. Estaba lleno de úlceras y pústulas y no tenía uñas ni en las manos ni en los pies. De su boca colgaba un hilillo de baba negruzca. Con todo, aquel triste ser era mi padre, el hombre alto de cuerpo, de nariz afilada y de piel del color de los dátiles maduros que mareaba por las aguas tibias y luminosas del Caribe al gobierno de su nao mercante. Era mi padre, mi muy querido padre Esteban Nevares, el buen mercader de trato de Tierra Firme que me había salvado la vida y me había prohijado, que me había enseñado a leer y a escribir y me había obligado a estudiar, a aprender a montar a caballo, a gobernar una nao y a enfrentarme a los problemas hasta resolverlos. Me arrodillé junto a él, dejé la vela en el suelo y, pasando los brazos bajo su escuálido cuerpo, le alcé y le abracé con todas mis fuerzas.

—¡Padre, padre! —exclamé en su oído, sollozando—. ¿Podéis oírme, padre?

No abrió los ojos ni emitió sonido alguno. Le busqué el pulso entre las argollas del cuello y se lo encontré. Su corazón aún latía, aunque muy débilmente.

—¡Padre! —grité fuera de mí. Cientos y cientos de gritos respondieron al mío desde todas las partes de la Cárcel Real. No sé si sería por burla o que en verdad había tal número de locos allí dentro.

Le abracé durante mucho tiempo sin que él despertara. Con un pañuelo que llevaba le limpié el rostro. Luego, como dejaría una madre a su hijo en la cuna, le recliné de nuevo sobre el sucio suelo y me incorporé. El criado, quien, sin que yo me hubiera apercibido, se había puesto de hinojos a mi lado sujetando la luz, se levantó también.

—Alonso —le dije—, ¿puedes poner en ejecución en esta cárcel algunas prevenciones para mejorar la situación de mi padre?

—Con dineros, aquí todo es posible.

—Sea. Aquí tienes un real de plata.[20] —Sus ojos se agrandaron hasta quedar tan redondos como la misma

20. Moneda de plata equivalente a ocho reales (treinta y cuatro maravedíes), también conocida como «real de a ocho». Fue la moneda más importante de su época, que sirvió de patrón económico (equivalente al dólar de hoy día) y, por tanto, se aceptaba y utilizaba en todos los países.

moneda que le entregaba—. Trae de presto una sopa caliente con mucha carne de alguna de las tabernas del patio. Y vino; trae vino también. Y consigue mantas nuevas. Dos o tres. Y haz lo que sea menester, ofrécele al alcalde lo que pida, para que mi padre disponga cuanto antes del mejor de esos aposentos de la casa pública que hay en la Puerta de Oro.

—Con esta fortuna puedo, incluso, portaros al barbero de la enfermería para que examine a vuestro padre, señor —declaró.

Entonces me volvió Damiana a la memoria, la curandera negra que madre, con su agudo y acertado juicio de siempre, me había hecho traer desde Tierra Firme.

—No, al barbero ni lo mientes —rehusé—. Le mataría en el tiempo de rezar un paternóster con sus sangrías y lavativas. Acaba presto los recados y vuelve. Te pagaré bien tus servicios y he menester que ejecutes algunos más.

Volví a sentarme en el duro suelo, junto a mi padre, y volví a tomarle en mis brazos como si fuera un recién nacido, acunándole y acariciándole por ver si se despertaba, mas no lo hizo. Empecé a narrarle que ahora tenía dos barcos nuevos, un patache y una zabra, y le evoqué cuán hermoso era marear bajo el sol por nuestras aguas de color turquesa allá en el Nuevo Mundo. Le hablé de madre, de María Chacón, la mujer a la que él cantaba, con su vozarrón grave y a pleno pulmón, aquella coplilla que decía: «Soy contento y vos servida, ser penado de tal suerte que por vos quiero la muerte mas que no sin vos la vida.» Se la canté al oído, aunque de nada sirvió pues continuó sin despertar.

Empezaba a recelar que aquel ladrón de Alonso se

había fugado con mi real de a ocho cuando oí fuertes pisadas en el corredor y, finalmente, vi entrar a un nutrido grupo de presos, con hachas encendidas, al frente del cual venía mi criado acompañado por un hombre cuya edad frisaría los treinta años y que lucía una barriga tan grande como un tonel.

—Señor —me dijo mi criado—, éste es el sotoalcalde de la Cárcel Real, don Pedro Mosquera. Señor don Pedro, éste es mi amo, el señor Nevares.

Me incorporé trabajosamente y, sacudiéndome las manos en el gabán, le saludé con una inclinación y puse mi chambergo a sus pies con un movimiento elegante.

—Mi nombre, señor, es Martín Nevares, soy hijo de este reo que agoniza en tan lamentables condiciones, el hidalgo don Esteban Nevares. Acabo de llegar a Sevilla desde Toledo y dispongo de caudales suficientes para darle a mi padre todas las comodidades que su cárcel le pueda proporcionar.

—No os preocupéis más por vuestro padre, don Martín —repuso gentilmente el sotoalcalde, cuya voz suave y fina se reñía grotescamente con su maciza gordura—. He dispuesto que sea trasladado a nuestro mejor aposento para reos y ya le están preparando una buena comida y ropa limpia. Me ha dicho Alonsillo que no queréis que le visite el barbero.

—No, no quiero. Yo mismo traeré a alguien que cuidará de él.

—Se hará como deseáis, señor. Si sois tan amable de alejaros un poco, don Martín, podré quitarle a vuestro señor padre los grilletes y el guardamigo.

Poderoso caballero es don dinero. Mucho me hubiera gustado darle un buen puntapié a aquel hideputa que mantenía en semejante infierno a los reos sin recursos. Era un ladrón y un bellaconazo, y seguro que se las daba de grande cristiano y que no faltaba nunca a las misas de domingo.

Los fornidos reos que habían acompañado al sotoalcalde traían unas parihuelas en las que pusieron a mi padre con todo cuidado. Salimos de la Crujía en procesión y en procesión abandonamos la Galera Nueva y cruzamos el patio, levantando grande expectación y alboroto. Los dos bastoneros que protegían al sotoalcalde hacían su trabajo a conciencia cuando los presos fanfarrones se acercaban más de lo que debían. De tal guisa, y entre gritos, insultos y burlas, subimos las escaleras, desandamos los corredores y llegamos a las dependencias del alcalde, en la Puerta de Oro, donde se encontraba la casa pública con los aposentos para los presos acomodados.

Dieron a mi padre una amplia cámara, limpia y caldeada por las ascuas de un brasero, y en ella había un lecho grande con un buen colchón de lana y buenas sábanas, mantas y almohadas. Unas mujeres aparecieron entonces y, con agua caliente y paños limpios, fregaron el cuerpo y las heridas de mi padre, que tenía la espalda en carne viva y llena de gusanos. Luego, le pusieron un camisón y, mientras una de ellas, con piadoso cuidado, procuraba que entrara en su boca un poco de caldo de gallina, yo me volví hacia mi criado, que permanecía a mi lado como una sombra, y le dije:

—Alonso, debo marchar. Volveré antes de una hora. —Abrí de nuevo la faltriquera y saqué un cuartillo—.[21]

21. Moneda de vellón equivalente a ocho maravedíes y medio.

Toma. Esto es para ti, por tus muchos y muy estimables servicios. A trueco sólo te pido que no abandones a mi padre hasta mi regreso, que procures por él como si fueras su propio hijo y que no permitas que se le haga ningún perjuicio.

Alonso, pasmado, tomó los dineros como quien toma maná del cielo. A tal punto, debía de considerar que yo era tan rico como un pirata berberisco.

—Id con Dios, don Martín —tartamudeó—. Cuidaré de don Esteban con mi propia vida.

No sabía si podía fiarme de él tanto como decía, mas no tenía otro remedio. Eché una última mirada al dulce anciano que agonizaba en el lecho y salí. ¡Si madre le viera!, me dije. Rechacé esos tristes pensamientos y apuré el paso. Era más de mediodía y en el Arenal me esperaba, largo tiempo ha, mi compadre Rodrigo con Juanillo y Damiana. Era menester que Damiana se pusiera al gobierno de lo que acaecía en aquel aposento carcelario para restaurar con premura la salud y la vida de mi padre si es que tal cosa aún era posible.

Acudí presto al Arenal y los hallé en el mismo lugar en el que los había dejado, aunque con algún disgusto por mi mucha tardanza. Al punto les relaté lo acontecido y Rodrigo se pelaba las barbas de rabia porque decía que era grandísima afrenta la que le habían hecho al maestre y que, por su vida, él iba a sacarlo de aquel agujero aunque tuviera que llevarse a muchos por delante. Juanillo y yo le detuvimos y le calmamos, siquiera porque no se lo llevaran por delante a él, que buena falta nos hacía, y así, por entretenerle del disgusto, le pregunté si había descubierto dónde vivía Clara Peralta. Su irritación se aflojó y, para mi sorpresa, soltó una grande carcajada:

—¡Anda, Juanillo, cuéntale a Martín! —dijo sin parar de reírse.

Juanillo, que también tenía el semblante risueño, anudó las riendas del tronco al freno del coche y, con muchos gestos de las manos, me refirió el suceso:

—Preguntamos a unos marineros y, siguiendo sus indicaciones, fuimos a dar con la entrada principal de la mancebía, que está aquí mismo, detrás de la muralla, y allí, en la puerta, al fondo de la calle Boticas, había un portero muy viejo que es quien se encarga de cerrar y abrir a las horas que manda el Cabildo.

—¡Abrevia! —le ordenó Rodrigo.

Juanillo, que desde su más corta edad le tenía un miedo terrible a Rodrigo por las maneras tiranas que con él se gastaba mi compadre, tragó saliva y volvió a sujetar las riendas.

—Bueno, pues el dicho portero —continuó, algo humillado—, que lleva toda la vida en el oficio...

—Y que hablaba de madre con grande afecto —añadió Rodrigo, sonriente.

—... se admiró mucho de que le preguntáramos por Clara Peralta, pues ya se cuentan más de quince años desde el día en que abandonó la mancebía pública.

—¿Es que murió? —pregunté, evocando el temor de madre.

—Detente y no sigas por ahí —me reconvino mi compadre—, que, aunque tienes negros los pensamientos por el dolor, a Clara Peralta no le ha acaecido nada malo.

—¡De malo, nada! —apuntó Juanillo—. ¡Bueno y muy bueno para ella!

—¡Y para su marqués! —soltó Rodrigo con otra carcajada.

—¿Su marqués? —andaba yo con la mollera corta por el cansancio.

—El marqués de Piedramedina —me soltó mi compadre como si fuera obligación mía conocer de toda la vida al tal marqués—, uno de los nobles de mayor abolengo de España, gentilhombre de la Cámara que, al parecer, fue grande amigo del rey Felipe el Segundo y tutor del rey actual, Felipe el Tercero. Era ya viejo cuando intimó con Clara en la mancebía y se enamoró perdidamente de ella. La sacó del oficio, le compró una casa en la calle de la Ballestilla, en el vecindario que dicen del Salvador, y, a despecho de su señora esposa la marquesa, vive allí con ella salvo cuando tiene que aparecer en público, pues entonces regresa a su palacio y hace sus fiestas y recepciones como si nada pasara. Lo sabe todo el mundo en Sevilla.

Me quedé muda de asombro.

—En resolución —terminó mi compadre, muy complacido—, Clara Peralta es lo que llaman una querida, una mujer servida o una mujer enamorada. ¡Y de un marqués!

Yo no estaba tan satisfecha como él. Clara ya no guardaría a madre en la memoria y, aunque así fuera, no aceptaría en su casa a gentes como nosotros, de baja condición, marineros, mercaderes, mestizos, negros y a cargo de un reo en la Cárcel Real. Cualquier ayuda que ella nos hubiera ofrecido gentilmente viviendo en la mancebía, como enamorada de un marqués de tan alto linaje ya no querría brindárnosla.

Me quité el chambergo, me desenredé los cabellos con los dedos de la mano y me lo volví a calar. Quizá, al final, tendríamos que buscar posada en Sevilla. En cualquier caso, la agonía de mi padre era lo más importante y Damiana, que no había abierto la boca en todo el día, tenía que encargarse prestamente de él.

—¿Dónde comeremos? —quiso saber Juanillo.

—En la cárcel podrás comer —le respondí, tirando de las riendas para conducir mi caballo nuevamente hacia la puerta del Arenal—. Hay bodegones en su patio.

—¿Es que se puede entrar? —se sorprendió Rodrigo.

—¿Que si se puede entrar? —Ahora fui yo quien soltó una carcajada—. Compadre, allí podría entrar uno de esos monstruos gigantescos que habitan el océano vestido con calzones bermejos y nadie le miraría.

Regresé con ellos a la plaza de San Francisco, que seguía abarrotada de gentes aunque era la hora de la comida, y desmonté. Unos niños sucios y descalzos se acercaron a pedir limosna.

—Vosotros dos —les dije a Rodrigo y a Juanillo entretanto despachaba a los pordioseros— os quedáis aquí. Vigilad el carro, pues me llevo a Damiana y no es éste lugar de confianza.

—¡Yo quiero ver al maestre! —exclamó Rodrigo, iracundo. Juanillo se inclinó hacia delante, con la misma intención.

—No, aún no —me negué—. En el carro llevamos una grande fortuna que debéis proteger y mi padre sólo precisa de Damiana. Dentro de un rato saldré para que uno de vosotros pueda entrar un momento, verle y comer.

Abrí la portezuela del carro y tropecé con el rostro amondongado y los ojos inquisitivos de la cimarrona.

—Hemos llegado —le dije, tendiéndole una mano. Ella comprendió. Cogió una bolsa que había llevado junto a su cuerpo todo el viaje y se la colgó del hombro antes de salir. Parecía fresca y descansada, como si estuviera dispuesta para ese momento desde que zarpamos de Cartagena. Bajó los estribos con soltura, sin ayuda mía, y se dirigió apaciblemente hacia la puerta de la Cárcel Real.

Ignorando a todos cuantos por allí deambulaban, caminamos hacia el aposento de mi padre. En cuanto abrí la puerta, Damiana se coló en el interior y se acercó a la cama. Alonso, con gesto inquieto, se allegó hasta mí.

—Ha venido el alcalde de la cárcel, don Martín —me explicó con grande recelo—, y ha preguntado por vuesa merced.

—¿Y?

—Parecía muy contrariado y molesto, señor. No me ha gustado.

—¿Ha dicho algo? —No se me daba nada ni del alcalde ni de lo que Alonso me contaba. Mis ojos acosaban los movimientos de Damiana, que estudiaba cuidadosamente a mi padre.

—Me ha mandado que le avisara de vuestra presencia en cuanto llegarais.

—Pues ve y hazlo.

Alonso sacudió la cabeza con pesar.

—No, señor, no lo haré. Conozco al alcalde y, por más, su advertimiento de mandarme azotar si vuesa merced escapaba me ha picado. Le he dicho que hoy ya no volveríais, que necesitabais encontrar alojamiento en Sevilla y que me habíais dejado a mí al cuidado de vuestro padre. Algo acontece que no me gusta.

Le miré y le di un golpecillo afectuoso en el brazo.

—Márchate, Alonsillo. Tampoco a mí me gusta lo

que dices del alcalde y no quiero darle razones para que te discipline.

—Pagáis bien. Quiero entrar a vuestro servicio.

—Pues no ha de ser, muchacho —rehusé—. Ya tengo, como ves, esclavos, y fuera me esperan mis criados con el carro en el que hemos venido desde Toledo. Si el alcalde te ha enseñado los dientes por mi causa, la mejor forma de obrar para ti es correr y alejarte de aquí a toda prisa.

Alonso se demoraba.

—¡Vete ya! —le grité de malos modos.

El esportillero bajó la cabeza y, abriendo la puerta, salió. Le olvidé al punto, pues Damiana me hizo una seña con la mano para que me acercara.

—Escuchad, señor —musitó cuando me tuvo a su lado—, vuestro padre ya está muerto. No queda en él más que una gota de vida y si no se ha marchado aún no es porque vaya a sanar y a vivir sino porque tiene algo pendiente aquí que no puede llevarse al otro mundo.

Asentí levemente con la cabeza al tiempo que las lágrimas comenzaban a rebosarme de los ojos. No me sorprendía lo que Damiana me anunciaba. Desde que le había visto en la Crujía conocía que estaba más allá que aquí.

—Aunque, señor, hay algo que sí puedo hacer por él y por voacé.

La miré sin comprenderla y sin dejar de llorar silenciosamente.

—Puedo despertarle, señor, puedo darle un cocimiento que hará que recupere la razón durante un breve tiempo, mas luego, y sin remedio, morirá.

—Y si no se lo das, ¿vivirá?

—No, señor Martín, no vivirá y, por más, se marchará de este mundo sin resolver lo que aún le ata a la Tierra.

—Sea, pues. Dale el cocimiento.

Entretanto Damiana se aplicaba en el brasero con sus hierbas y caldos, yo me senté en el borde de la cama de mi padre y le tomé una mano. No iba a poder rescatarle y devolverle al lado de madre. Había cruzado la mar Océana para salvarle y retornaría sin él. Me odiaba por ello. Hubiera deseado hallarme de nuevo en la cubierta de la *Chacona* y oír su vozarrón malhumorado: «¡Martín! ¡Miserable muchacho del demonio! ¿Dónde te has metido? ¿Es que no piensas trabajar? ¡Por mis barbas! ¡El barco zarpa y hacen falta tus enclenques brazos!» Sonreí al recordarlo. Le pasé una mano por el fino rostro, acariciándole, y le arreglé los cabellos sobre las almohadas. ¡Qué distinta hubiera sido mi vida si aquel padre que la fortuna me dio en el lugar del que había perdido en España no hubiera velado por mí y por mi futuro! ¿Qué haría desde ahora sin él, cómo seguiría viviendo? «¿Quién sabe...? Quizá algún día utilices tus dos personalidades, la de Catalina y la de Martín, según tu voluntad y conveniencia. Me gustaría, si tal ocurriese, estar vivo para verlo.»

—¡Oh, padre! —gemí, apoyando mi frente en su escuálido pecho—. ¡No os muráis!

Cuando alcé la cabeza, con la cara bañada en lágrimas, Damiana estaba dejando caer entre sus labios un hilillo de líquido amarillo.

—Permitidle respirar —me pidió la cimarrona, apartándose y poniendo una mano bajo el cacillo con el que le había nutrido para que no gotease. Obediente, me levanté y me alejé.

Al punto, mi padre empezó a gemir débilmente. Quise acercarme a él, mas Damiana me paró con la mirada. Era terrible ver cómo despertaba, sufriendo de tan grandes dolores, sin poder auxiliarle ni darle cobijo entre mis brazos. Sus quejidos y suspiros se hicieron más fuertes. Me tapé el rostro con las manos por no verle luchar por la vida de aquella manera. No era yo sino madre, con su amor, quien debería estar pasando a su lado esos últimos y terribles instantes. Estaba segura de que él también lo hubiera preferido, por eso me sobresalté como si una espada me hubiera atravesado el pecho cuando exclamó con voz débil:

—¡Martín!

Aparté las manos y vi que había abierto los ojos y que revolvía la cabeza sobre las almohadas. Tomando aire penosamente, me llamó de nuevo:

—¡Martín! ¡Martín! ¿Dónde te has metido?

Me allegué hasta él y le abracé con todas mis fuerzas, asombrada por aquel prodigio que Damiana acababa de obrar y feliz como nunca por verle recobrar el juicio. Él, con poca o ninguna fuerza, me devolvió el abrazo entretanto la cimarrona se retiraba discretamente al rincón del brasero y recogía sus avíos de curandera.

—No puedo ver, hijo —me dijo mi padre.

Y yo no podía hablar. Tenía un nudo en la garganta tan grande que ni el aire más fino me pasaba.

—¡Ah, ya me vuelve la memoria! —murmuró—. Todo me vuelve de a poco a la memoria. Todo.

Le abracé más fuerte.

—¿Dónde estamos, hijo? —preguntó.

—En Sevilla, padre, en la Cárcel Real de Sevilla.

Las lágrimas me rodaban copiosamente por el rostro y no podía hablar. Él quiso alzar una mano para rozarme el cabello mas no halló las fuerzas y la dejó caer, mustia, sobre el lecho.

—Ya decía yo que este olor no era el de mis costas —suspiró—. Estoy ciego, hijo, y muy cierto de que voy a morir en breve, de cuenta que apenas me queda tiempo para narrarte las cosas importantes que debes conocer. Cuánto lamento no poder verte, Martín, aunque quizá todo esto no sea más que un sueño y ni tú estás aquí ni yo estoy despierto.

—No hable vuestra merced —le supliqué—. Todo es real. Yo estoy aquí, en Sevilla, con vos. Dejadme contaros que madre os añora y que todos os están esperando en Tierra Firme.

Sonrió.

—¿María está viva?

Me quedé en suspenso. Mi padre deliraba. Él había sido hecho preso antes del ataque pirata a Santa Marta. No tenía por qué dudar de que madre se encontrase bien. Guardé silencio por no errar.

—¡Dime, hijo, si María sobrevivió al asalto de Jakob Lundch! —se enfadó, mostrando el genio vivo de sus mejores tiempos.

Ahora era yo quien estaba perdida y no sabía si soñaba.

—¿A qué os referís, padre? —murmuré.

—¡A lo que hizo ese pirata flamenco por orden de los Curvos!

Noté que se desvanecía entre mis brazos como si fuera de humo y le dejé caer suavemente sobre la cama.

—No se inquiete vuestra merced, padre. Madre está bien. Sobrevivió y ahora se halla en Cartagena, en casa de vuestro compadre Juan de Cuba, esperándoos.

—Yo no volveré a Tierra Firme, hijo mío. Dile a madre que siempre ha sido, y siempre será, la dueña y señora de mi corazón y de mis pensamientos. Tú deberás encargarte de ella, Martín. Tengo hecho testamento en un notario de Cartagena, el mismo a través del cual te prohijé. No puedo recordar su nombre.

—No os esforcéis, padre, todo se dispondrá a vuestro gusto.

—¿Qué pasó con la tienda, la mancebía y la nao? —preguntó ahogadamente.

—Ardieron, padre. Jakob Lundch no dejó piedra sobre piedra. Lo incendió todo después de saquear la ciudad.

—¿Y los hombres? ¿Y las mancebas?

En verdad no estaba segura de que aquellos preciosos instantes de vida tuviera que pasarlos sufriendo.

—Vivos también. Todos se salvaron.

—Mientes, muchacho —afirmó, y giró tristemente la cabeza hacia el otro lado.

—¡Padre! —exclamé, estremecida—. ¿Por qué no me creéis? ¡Vuestra merced no puede saber lo que ocurrió! ¡Os llevaron preso antes del ataque!

Estaría ciego, mas sus ojos fulguraron cuando volvió a posarlos en mí. ¡Cuán grande era su enojo!

—Hice un viaje muy largo desde Cartagena hasta aquí con la Armada de Tierra Firme —musitó.

—Lo sé, padre, lo sé.

—Y Diego Curvo iba en la misma nave que yo.

Enmudecí. Cuando Alonsillo me dijo que los condes de Riaza habían desembarcado de la capitana junto a un reo anciano, algo dentro de mí me había advertido de la sinrazón del asunto. Ya me temí entonces alguna desgra-

74

cia, mas, por la prisa que tenía de hallar a mi padre, no quise darle importancia.

—El muy hideputa —gruñó fatigosamente— aprovechaba los largos ratos de tedio en la mar para visitarme en la sentina, donde me tenían con grillos y cadenas. Se divertía golpeándome con una vara en las costillas y, después, se refocilaba como los puercos en lo que él llamaba la justicia de los Curvos.

—¿La justicia de los Curvos? —Yo sólo había oído hablar de la justicia del rey.

—No nos perdonaron lo de Melchor de Osuna, hijo, y no por lealtad a su miserable primo, al que han hecho castigar con dureza aquí, en España, sino porque gentes acaudaladas, distinguidas y de renombre como ellos no pueden permitir que chusma infame como nosotros, villanos ruines y de baja condición, les tengamos puesta la mano en la horcajadura.

Reflexioné con presteza sobre lo que acababa de oír. Que nos consideraran chusma de baja calidad y de mal pelaje resultaba natural porque lo éramos, tan natural como que ellos se juzgaran a sí mismos como gentes acaudaladas, distinguidas y de renombre. Por ello, lo que, a mi corto entender, explicaba en verdad semejante desafuero era que los Curvos sentían que cuando nos viniera en gana podíamos acabar con ellos para siempre pues, mientras viviéramos, habría quien conociese sus pillajes, artimañas y fullerías y, aunque les hubiéramos dado palabra de guardar silencio —¿cuánto vale la palabra de la chusma?—, no podían estar seguros de que no les explotara la pólvora en la bodega en cualquier momento y se les hundiera la nao. Tenían el miedo del animal acorralado y, como tal, embestían para defenderse, mas no se me alcanzaba eso de que Jakob Lundch hubiera asaltado Santa Marta, saqueado la ciudad y matado a la mitad del pueblo por orden de los Curvos.

—Escúchame, Martín, que no me queda tiempo —se ahogaba y se le quebraba la voz mas, terco y obstinado como era, se empecinaba en continuar el relato—. Voy a referirte la historia tal y como me la contó ese bellaco de Diego Curvo. Debes prestar mucha atención, hijo, para que todo este asunto no quede sin provecho.

—Os atiendo, padre. —Su semblante estaba adquiriendo un color entre bilioso y cenizo que no preludiaba nada bueno. Ciertamente, se moría a toda prisa.

—Los Curvos de aquí y los de Cartagena concibieron juntos, mediante cartas enviadas por avisos de la Casa de Contratación, todo este grande artificio. Esperaron hasta después de los esponsales de Diego Curvo con la joven Josefa de Riaza, que se celebraron en Cartagena el día de la Natividad de la Santísima Virgen.

—¡El octavo día del mes de septiembre! —exclamé, asombrada. A mi señor padre lo habían capturado el once.

—Justamente. Una vez estuvieron ciertos de que ya no podríamos, aunque quisiéramos, perjudicar el matrimonio que convertía a Diego en conde, vinieron a por nosotros.

Los Curvos conocían, porque yo les había hablado de ello en la carta que les mandé para sellar el pacto durante el juicio a Melchor de Osuna, que teníamos probanzas ciertas sobre la falsedad de la Ejecutoria de Hidalguía y Limpieza de Sangre de Diego, condición impuesta por la condesa viuda para que su hija Josefa pudiera matrimoniar (y no perder el mayorazgo) con un comerciante

76

de condición inferior. Por más, conocíamos que los cinco hermanos Curvo eran descendientes de judíos, lo que hubiera impedido absolutamente tal matrimonio, que los elevaba mucho socialmente.

—Aprovechando la nueva Cédula Real que condena a muerte a los que emprendan tratos con flamencos, creyeron que, obligando a don Jerónimo, el gobernador, a que me apresara por vender armas a Moucheron en el pasado, yo acabaría en la horca. Claro que corrían el riesgo de que hablara en tanto estaba preso, así que me hicieron azotar hasta que perdí el sentido. Por más, no podían ejercer la misma treta contra madre y las mancebas, que también debían de estar en conocimiento de todo, de manera que mandaron a Jakob Lundch a Santa Marta. Jakob Lundch es un pirata con el que realizan prósperos negocios. ¡Ellos sí tienen trato ilícito con flamencos!

—No quieren —dije— que quede vivo nadie que conozca sus provechosos secretos.

—Así es, hijo, mas tú te escapaste y tú eres quien más los mortifica, pues conocen que fuiste tú quien ideó el ardid contra ellos y contra su primo Melchor. Tu mudanza en Catalina para residir en la isla Margarita —hizo un visaje de desagrado pues siempre había deseado ardientemente un hijo que fuese su heredero—, te salvó la vida.

Ahora se me alcanzaba por qué había una orden contra mí en Tierra Firme y Nueva España por los mismos delitos que mi padre y por qué Juan de Cuba me había solicitado que no entrase en Cartagena. También se me alcanzaban ahora las advertencias de Alonsillo cuando regresé al aposento con Damiana: el alcalde de la Cárcel Real quería prenderme porque alguien, acaso él mismo, había advertido a los Curvos de mi presencia en Sevilla, junto a mi padre, un reo sobre el que debían de pesar órdenes de vigilancia muy precisas para que no conversara con nadie. Como no podía hacerlo dado su lamentable estado, el alcalde se había despreocupado y, por feliz ventura, fue el sotoalcalde quien atendió mi petición mas, en cuanto las nuevas habían llegado al primero, éste había informado a los Curvos y había recurrido a Alonsillo para cogerme. Corría tanto peligro en Sevilla como en Tierra Firme y todo porque los cinco hermanos eran, a no dudar, unos malditos hijos de Satanás.

—Escúchame bien, Martín —cada vez le costaba más hablar y jadeaba más afanosamente—, a Jakob Lundch lo mandaron a Santa Marta para matar a todos los nuestros y no dejar testigos, mas, por delante de todas las cosas, su misión principal era capturarte vivo a ti. La idea era hacerme prender a mí por la justicia y a ti por Jakob Lundch.

—¡No os fatiguéis, padre, por vuestra vida! —le supliqué—. Escuchadme vos: madre se salvó, Rodrigo se salvó, Juanillo se salvó y yo me salvé. Rodrigo, Juanillo y yo hemos venido juntos a Sevilla para rescataros.

—Ya es tarde para eso, hijo, mas escucha, escúchame bien. —Mi padre se moría ante mis propios ojos—. Como no te hallaron en Santa Marta aquella noche y no pudieron capturarte, obligaron a don Jerónimo a emitir una orden en tu contra. Te quieren vivo, hijo. Fernando Curvo, el hermano mayor, te quiere vivo.

—¿Y por qué, padre?

—Por amor a su primo, Melchor de Osuna, a quien le unía un fraternal apego. Como tú le perjudicaste, Fernando ha hecho juramento ante una tal Virgen de los Reyes de Sevilla de matarte él mismo con su espada.

—¡No está en su cabal juicio!

—Ninguno de ellos lo está. Son un saco de maldades y un costal de malicias. ¡Si hubieras oído las majaderías que contaba Diego sobre su familia, todo ufano y orgulloso! Créete que prefería pudrirme a solas en la sentina del galeón que recibir sus visitas.

Los ojos se le cerraron y la respiración anhelosa se le volvió ronca. Damiana dio unos pasos hacia el lecho y le puso la mano en la frente. Luego, me miró y sacudió la cabeza. Al punto mi padre volvió a entreabrir los ojos y, aunque no le servían para ver, me buscó con ellos y me tendió la mano.

—Sabía que vendrías —murmuró—. Te esperaba porque sabía que vendrías. Hay algo muy importante que debo pedirte antes de morir.

—Pídame lo que vuestra merced quiera, padre —lloré. Aquello era el final. Había vivido sólo para que la verdad que conocía no se marchara con él.

—Quiero que tomes venganza —declaró con voz carrasposa.

—¿Cómo decís, padre? —murmuré, cierta de haberle escuchado mal.

—¡Jura! —gritó. La muerte le había vuelto loco, me dije. Mi padre no era un hombre de venganzas y aún menos de poner a otros en ejecución de lo que él mismo no haría nunca.

—¡Padre, no sabéis lo que decís!

—Por Mateo, por Jayuheibo —empezó a listar—, por Lucas, por Guacoa, por Negro Tomé...

—Padre, hacedme la merced, callad.

—Por el joven Nicolasito, por Antón, por Miguel —se apagaba como una vela, mas insistía en continuar nombrando a nuestros compadres muertos—, por Rosa Campuzano y el resto de las mancebas...

—Padre, os lo suplico, deteneos.

—Por los vecinos asesinados de Santa Marta, por la casa, por la tienda, por los animales, por la *Chacona*... Por mí.

—¡Os lo juro, padre! ¡Juro que tomaré venganza!

—Bien, muchacho, bien —apenas se le escuchaba—. Ahora puedo morir tranquilo. No permitas que ni uno solo de los hermanos Curvo siga hollando la tierra mientras tu padre y los demás nos pudrimos bajo ella. Lo has jurado, Martín, en mi lecho de muerte.

De su pecho brotó un silbido, como el de un odre pinchado que suelta el aire.

—Lo he jurado, padre, mas recordad que me imponéis una dura tarea pues no soy Martín sino Catalina. ¿Cómo puede una mujer...?

La mano de Damiana detuvo mi parlamento. Con una señal me refrenó. Supe al punto que mi padre había muerto.

—Seáis Martín o Catalina —murmuró la cimarrona—, debemos salir de aquí.

Asentí.

—Vayámonos —dijo.

Como yo no me movía, Damiana me asió por un brazo y me alzó con grande esfuerzo.

—¡Vayámonos, señor!

—¿Y mi padre? —balbucí, sin dejar de mirarle.

—Vuestro padre ha muerto y no podréis cumplir el juramento que le habéis hecho si el alcalde os apresa.

—¿Quién le enterrará? —gemí. No podía abandonarle allí, no podía dejarle en manos del alcalde de la cárcel.

—¡Señor Martín! No son horas de melindres ni tiempos de afectaciones. ¡Os van a capturar! Ya se encargará alguien de darle cristiana sepultura.

Contaba luego Rodrigo que salí a la plaza de San Francisco llevada de la mano por Damiana, con la mirada perdida y tan muda como si me hubieran cosido la boca. En verdad, no guardé en la memoria ni un solo instante de aquel camino, ni tampoco de lo que vino después. Decía Rodrigo que, al verme con el semblante maciento y en tal estado de mansedumbre y tristeza, conoció al punto que el maestre había muerto y que, cuando quiso avanzar hacia mí, Alonsillo, encaramándose al pescante, se lo impidió, suplicándole que subiera al caballo y que Juanillo tomara las riendas pues debíamos alejarnos de la Cárcel Real a toda prisa y escondernos en lugar seguro porque venían a prenderme. Y es que Alonso no se había marchado como yo le había ordenado. Antes bien, como le había dicho que unos criados míos me esperaban en la plaza con un carro, los encontró, se dio a conocer y le dijo a Rodrigo que yo le había mandado que aguardara con ellos hasta mi vuelta.

Y tenía razón el mozo con lo de que venían a prenderme pues un numeroso piquete de soldados, con el alcalde y el sotoalcalde dando imperiosas órdenes desde la puerta, se desplegó prestamente por la plaza de San Francisco con intención de cerrarla y atraparme dentro. Por fortuna, el grande concurso de gentes que allí se congregaba les impidió vernos y dio tiempo a la curandera para llegar hasta el carro y meterme dentro. Yo sólo sé que no podía parar de llorar y que me ahogaba una pena infinita y que de la rauda carrera que emprendimos por las calles de Sevilla huyendo de los soldados ni supe nada ni oí nada, y eso que, según me contaba luego Rodrigo, escapamos de la plaza por los pelos y que Alonsillo hizo correr a los caballos a rienda suelta por callejones imposibles y que el carro golpeó paredes, puertas abiertas, balcones y montones de cestos y basuras para grande escándalo y perturbación de los vecinos que, a esas horas, dormían la siesta. Por fortuna, llegamos a la calle de la Ballestilla sin contratiempos, habiendo burlado a los soldados gracias a la mano firme de Alonsillo y a su vida de pícaro y vagabundo por Sevilla.

Cuando el carro entró en el patio de la casa de Clara Peralta, yo seguía llorando apoyada contra el pecho de Damiana. Durante aquella penosa huida de la que nada supe, hundida en la tristeza más oscura, me vi, en sucesión, nadando en aguas de odio y en mares de resentimiento contra los malditos Curvos que tanto daño nos habían hecho. Algo en mí pedía venganza y me lo pedía con grande vehemencia, de cuenta que podía comprender el extraño requerimiento de mi señor padre. Dos veces me habían robado injustamente a mi familia y la rabia de las dos veces se me acumulaba en una para que yo despertara de mi tonto sueño de doncella y tomara la decisión de poner en obra lo que se me había pedido, mas no porque me lo hubiera demandado mi padre en su lecho de muerte sino porque mi alma me lo reclamaba, mi odio me lo exigía y mi orgullo me lo ordenaba. Para que todo quedara dispuesto en su lugar apropiado, para que el mundo pudiera tornar a respirar y la vida volver a lo cotidiano, los Curvos debían desaparecer y si desaparecer era morir, morirían, y si debían morir a mis manos, yo misma los mataría uno a uno.

—Hemos llegado, señor —me dijo Damiana, soltándome del abrazo. Me incorporé y me sequé la cara con las mangas. Mi dolor se calmó un tanto y me sentí más fuerte, como si la rabia y el odio avivaran mi ánimo. Ya no volvería a llorar. Desde ahora, actuaría.

Fue entonces cuando desperté de mi ensueño y reparé en que estábamos en el patio de la casa de Clara Peralta, la enamorada del marqués que, según me parecía a mí, por su nueva y alta condición no se avendría a ofrecernos cobijo.

—¡Rodrigo! —grité enfadada, asomando la cabeza por el ventanuco; mi compadre se allegó con su montura—. No tendríamos que estar aquí. Dile a Juanillo que salga y vayamos a buscar posada. Ha de haberlas en abundancia.

—¡Cierto! —replicó, enfadado—. Mas, ¿en cuál podrías esconderte tú después de lo acaecido?

¿Acaecido...? ¿Qué había acaecido? Salí del carro, escamada y, de súbito, divisé al rufián de Alonso en el pescante.

—¿Qué haces aquí? —me sulfuré.

—Auxiliaros, don Martín —repuso, sudoroso y acalorado; los caballos piafaban, nerviosos—. No he hecho otra cosa en todo el día.

—¿Acaso no te dije, bribón, que no te necesitaba y que te marcharas?

Rodrigo, inclinándose desde el caballo, me sujetó por el hombro.

—¡Déjale tranquilo! Si no fuera por él, te habrían apresado los soldados de la cárcel. Nos ha guiado hasta aquí y te ha salvado la vida. Estás en deuda.

Mas yo, en mi ignorancia, porfiaba en rechazarle.

—¡Ya le pagué un salario, y muy bien pagado, por cierto!

—¡Cose la boca, que vienen!

Un moro viejo, esclavo blanco de la Peralta con tareas de portero, se dirigía hacia nosotros en compañía de tres mozos negros que se dispusieron diligentemente junto al carro y los caballos para encargarse de ellos. Vi que Rodrigo le hacía un ademán al moro, señalándome, y que los ojos de éste, muy brillantes y grandes, se quedaban fijos en mí, esperando.

—¿Vive aquí Clara Peralta? —pregunté.

—¿Quién la visita?

—El hidalgo Martín Nevares, de Tierra Firme. Traigo una carta de María Chacón para tu ama.

—Haced la merced de aguardar, señor.

Era un patio muy grande y muy bien empedrado, con un bello pozo revestido con azulejos y una entrada abovedada a las caballerizas. De parte a parte de la fachada de la casa discurría un balcón de madera. Al echar una mirada sobre el carro, sucio y destartalado, y sobre mis inquietos compadres, me dio en la nariz que, en efecto, como había dicho Rodrigo, algo extraño había acaecido y yo, hundida en mi pena, no me había enterado.

—¿Qué le ha pasado al maestre? —me preguntó Rodrigo al tiempo que desmontaba y confiaba su caballo (y el mío, que había llevado de rienda) a un esclavo negro.

—Mi padre ha muerto —le anuncié, sombría. Rodrigo bajó la cabeza y así la mantuvo un tiempo, como rezando, aunque él no hacía esas cosas.

—¿Tuvo una buena muerte? —quiso saber.

—Hablé con él. Damiana le dio un cocimiento que le despertó. —Dudé si contarle lo que me había pedido—. ¿Sabes que fueron los Curvos quienes obligaron al gobernador de Cartagena a prenderle?

Rodrigo se giró violentamente hacia mí.

—¿Cómo dices?

—¡Baja la voz! Diego Curvo viajó en el mismo galeón que mi padre y le declaró largamente el enredo. El asalto de Jakob Lundch a Santa Marta fue también por orden de los Curvos, para ejecutarnos a todos.

—¡Por mi vida! —gritó, lanzando vivo fuego por los ojos.

—¡Baja la voz o tendré que rebanarte la garganta! —le amenacé, echando mano a la daga.

—¡Tenemos que matarlos, Martín! —escupió lleno de odio.

—Eso mismo me ha pedido mi padre antes de morir.

Rodrigo se detuvo, incrédulo.

—Sus últimas palabras fueron: «No permitas que ni uno solo de los hermanos Curvo siga hollando la tierra mientras tu padre y los demás nos pudrimos bajo ella.» Me hizo jurar que los mataría. A los cinco.

—Y yo te ayudaré —masculló, echando una mirada al patio, mas tan lejos de allí como mi hogar de Margarita—. Juro por mi honor que te asistiré en todo cuanto necesites para ejecutar la venganza, que no descansaré hasta que la acabes y que no toleraré que quede sin cumplir.

Al oírle, quedé muda, confusa y admirada. Rodrigo era digno pupilo de mi señor padre y le aprecié mucho más por ello. Permanecimos callados a la espera de sucesos.

Una mujer alta, con el cabello recogido por una cofia de encajes y ataviada con un hermoso vestido azul de talle ceñido y mangas acuchilladas apareció en el portal seguida por el moro viejo y una doncella de compañía. Su porte era solemne y sus andares los de una reina. Llevaba el rostro cubierto por una fina gasa de seda negra, pues no nos conocía y hubiera sido poco decoroso que una mujer se mostrara frente a un grupo de hombres extraños aunque estuviera en su propia casa. Por más, no debería ni haber salido ella al patio; con un lacayo hubiera bastado. A no dudar, se trataba de Clara Peralta ya que sólo una antigua prostituta podía comportarse con tanta osadía.

—¿Don Martín? —preguntó.

Me descubrí y ejecuté una reverencia frente a ella. Me llegaron lejanos aromas de ámbar y algalia, perfumes de mucho precio y no al alcance de cualquiera.

—¿Trae vuestra merced una carta de María Chacón para mí desde Tierra Firme?

—En efecto, señora. —Me abrí el gabán y busqué entre mis ropas—. Aquí la tenéis.

Ella la cogió con vehemencia y se apartó discretamente, dándonos la espalda para retirarse el velo y ponerse unos anteojos que sacó de una faltriquera. Me sorprendió que supiera leer, mas, con todo, me alegró comprobar que guardaba en la memoria a su antigua comadre, de lo que no estaba yo muy cierta. Tanto le costó acabar la misiva que me cansé de esperar.

—Me hace muy feliz saber de María —dijo al cabo,

volviéndose hacia mí y velando de nuevo su rostro—, y más feliz me hace dar hospedaje a su hijo. Podéis consideraros en vuestra casa, señor, desde ahora mismo y, sin ningún comedimiento, contad con toda mi ayuda para socorrer y salvar a vuestro padre, don Esteban.

—Vengo de la Cárcel Real, señora —aduje—, y mi padre ha muerto.

—¿Cuándo? —demandó tras un breve silencio.

—Paréceme que no ha pasado ni una hora.

—Aceptad mis más sentidos pésames, señor. Como os he dicho, aquí tenéis vuestra casa para todo cuanto necesitéis. Mis criados están a vuestro servicio y yo misma os ayudaré en todo cuanto pueda y me permitáis.

Callé y cavilé. Hacía frío.

—Buscaremos posada en la ciudad, señora, ya que nuestra estancia en Sevilla va a prolongarse más de lo que el decoro os permitiría alojarnos.

—No, señor, de eso nada —exclamó, ofendida—. El hijo de María Chacón no buscará posada en Sevilla estando aquí su hermana Clara. ¿Dejaría ella, acaso, que un hijo mío buscara hospedaje público en Santa Marta de haber tenido que viajar hasta allí? En modo alguno, señor, y no se hable más. ¡Válgame Dios, y estando de duelo! Quedaos todo el tiempo que necesitéis, don Martín, que ya me ocuparé yo del decoro. No es ésta, al decir de las gentes, casa de tal virtud, así que no os preocupéis. ¡Sancho! —llamó, volviéndose.

Un lacayo o mayordomo (que tanto se me daba), asomó por la puerta.

—Dispón alojamiento para don Martín Nevares y sus criados. Dale a don Martín la estancia del joven don Luis.

El mayordomo inclinó la cabeza y desapareció. Me sentí azorada por tan grande servicio, por tanta amabilidad y por la distinción y aires palaciegos que reinaban en aquella morada. Nadie hubiese dicho jamás que Clara Peralta era una antigua prostituta del Compás, pues lucía las atildadas maneras de una dama de noble cuna o de una camarera de la corte. El buen marqués había ejercido una admirable influencia sobre su enamorada, que no hubiera podido ser más distinta de su ruda y tosca hermana, María Chacón, la madre de una mancebía del Caribe.

—Acompañadme, don Martín. Haré que preparen la merienda. Tenéis cara de hambre.

—Ni mis criados ni yo hemos comido. —Me pareció sentir la mirada asesina de Rodrigo en la espalda por tratarle de criado, mas me acobardaba desdecir a la señora Clara en aquellos momentos.

—¡Por Dios! Al punto les daremos de merendar también. Ángela, encárgate —le dijo a la doncella, que voló a cumplir la orden de su señora—. Y, ahora, venid conmigo, don Martín.

Traspasamos la puerta principal y franqueamos un amplio zaguán para ir a cruzar una grande reja de hierro que daba acceso a otro patio aún mayor que el primero, lleno de plantas y árboles, alrededor del cual se distribuían las estancias principales, que recibían la luz a través de acristaladas ventanas (¡qué distinto el lujoso vidrio de los modestos lienzos engrasados que yo conocía!). Allí estaban las cocinas, la despensa, el corral, los alojamientos de los criados y los esclavos, una sala para recibir y un gabinete. A un lado, una escalera de obra cubierta por azulejos de alegres motivos ascendía hasta el piso superior, que doblaba el de abajo y acogía las alcobas y las recámaras junto con otras dependencias privadas. La señora Clara se dirigió a la sala inferior y yo la seguí. El crepúsculo avanzaba y, de súbito, todo el cansancio del día se me vino encima. ¡Habían acontecido tantas cosas y tan arduas! Incluso había muerto mi padre.

Un nuevo lacayo nos abrió la puerta desde dentro para que pudiéramos entrar. ¿Cuántos criados había en aquella casa? La sala, de medianas proporciones, estaba caldeada por elegantes y decorados braseros de lumbre. La señora Clara se quitó el tocado y se dirigió hacia un estrado cubierto de muy ricas alfombras y cojines en el cual se sentó a la morisca[22] entretanto me ofrecía a mí, con gentil ademán, una cómoda silla vestida con telas hermosas. Al destocarse, se le descubrió la edad, que era mucha, pues rondaría los cuarenta y cinco o los cincuenta años. Llevaba la piel blanqueada con solimán[23] y, sobrepuesto, colorete bermellón en abundancia, tanto por el rostro como por el cuello y las manos. Sus labios, pequeños y perfilados, estaban abrillantados con cera; sus cejas, depiladas; y sus oscuros ojos, alcoholados con antimonio. No era de extrañar que el marqués se la hubiera quedado para su solo servicio pues, siendo bella por sus rasgos finos y delicados, sabía acrecentar su hermosura y encubrir sus años con el arte de los afeites.

Tuve para mí que su deseo e intención era hablar

22. Las damas, en aquella época, solían sentarse en un estrado o tarima, donde también dormían la siesta, puesto al efecto en las salas de recibir.

23. Cosmético que se usaba para blanquear la piel, hecho con arsénico y mercurio.

largo y tendido, del principio al cabo, sobre su hermana María y sobre la extraña muerte de mi padre, mas yo me encontraba muy cansada y sólo deseaba retirarme y quedar a solas para poder entregarme a la pena que llevaba en el corazón y que me lo apretaba en el pecho de tal suerte que parecía que me lo quería reventar. La señora Clara, con una sonrisa burlona en los labios, me sorprendió al punto diciendo:

—Bien, muchacha... Así que tu nombre es Catalina Solís, ¿verdad?

Ni respondí ni me agité. Contuve el aliento y me pregunté, enojada, por qué madre le habría contado a aquella extraña mi secreto y, por más, en una situación tan delicada.

—Mucho tendría que haber cambiado María para proceder como una insensata enviando a Sevilla a un muchacho tan joven como tú pareces para un asunto tan serio —comentó, examinándome—. Claro que si eres moza y doncella la cosa cambia, aunque continúa siendo una insensatez, por eso mi hermana me pide que extreme los cuidados sobre ti y que no te quite el ojo de encima. Debes de tener unos veinte y dos o veinte y tres años, ¿no es verdad?

Unos criados que entraron dispusieron ante mí una mesa con toda clase de viandas que tomé en silencio, con premura y mucho gusto y, levantados los manteles, otros vinieron con una fuente, un aguamanil, una pella de jabón napolitano que debía de costar su peso en oro y toallas para que me lavara. No estaba yo acostumbrada a tanta delicadeza.

—Tienes la piel muy morena —observó la señora Clara sin ocultar su desagrado—. Sin embargo, eres ciertamente hermosa. Si pudiera aplicarte los buenos conocimientos de belleza que poseo serías una de las mujeres más agraciadas de Sevilla.

Quedé muda de asombro al oír hablar de mí en aquellos términos y, por más, yendo ataviada de Martín y en un día como aquél.

—La hermosura, señora Clara —le dije con voz áspera— debe ir acompañada de la virtud para ser hermosura valedera pues, de otro modo, sólo es buena apariencia y como tal, fácil de perder. Mejor sería que me tratarais como a Martín Nevares en tanto me guardo bajo vuestro techo pues son muchas las cosas que tengo que poner en ejecución y no conviene que un yerro las perjudique.

Ella sonrió, complaciente.

—A no dudar, y aunque no seas hijo de su sangre, te pareces a María en el genio y en el ímpetu. Y, ahora, cuéntame esas cosas de las que hablas, sin añadir ni quitar ninguna.

—No debéis obligarme a ello, señora. Ha sido la última voluntad de mi padre que ejecute en Sevilla ciertos trabajos ingratos y debo cumplir su deseo. Ni queráis conocerlos ni inmiscuiros en ellos.

Algo se debió de oler la señora Clara porque frunció el ceño.

—No lo haré —dijo, muy seria— si mi casa no va a verse envuelta en escándalos, mas si va a ser así, debes hablar con toda verdad pues has de saber que el dueño de todo esto es un noble muy principal de Sevilla que no debe ser perjudicado. Jura que nada de lo que hagas, sea lo que fuere, ofenderá su honor o manchará su nombre y, entonces, dejaré que salgas de este aposento sin contarme lo que no deseas contar.

No podía ofrecerle tal juramento porque no sabía cuáles iban a ser mis acciones aunque, si de algo estaba cierta, era de que entrañaban, a lo menos, cuatro muertes, las de Fernando Curvo, Juana Curvo, Isabel Curvo y Diego Curvo, los cuatro hermanos que residían en Sevilla. De Arias Curvo ya me encargaría cuando regresara a Tierra Firme. Contarle a Clara Peralta mis intenciones podía ser peligroso, mas abandonar su casa significaba quedar a merced de los soldados y eso tampoco me lo podía permitir.

—¿Conocéis, señora, a la familia Curvo?

Clara soltó una alegre carcajada.

—¿Los Curvos? —preguntó aunque sin esperar respuesta—. ¡Naturalmente! ¿Quién no conoce en Sevilla a los afamados Curvos? Esa distinguida familia es, de las muchas que se enriquecen en esta ciudad con el comercio de las Indias, la que más raudamente y con mayor acierto ha ascendido en la alta sociedad sevillana durante los últimos años. Son ricos y poderosos. ¿Qué tienes con ellos?

—Es una larga historia —objeté, mas me interesó mucho lo que había dicho. ¿Podría, quizá, Clara Peralta brindarme testimonios útiles?

Una esclava negra entró silenciosamente con una bujía en la mano y fue prendiendo, poco a poco, todas las luces de los candelabros, candiles y velones de la estancia, ricamente decorada con bargueños, aparadores y espejos. El cansancio y el grato calorcillo de la estancia me cerraban los ojos.

—Estás exhausto —observó—. Hubiera deseado que presentaras tus respetos a don Luis, mi señor, el marqués de Piedramedina, que vuelve a casa todos los días a esta hora, mas tengo para mí que hoy ha sido un día muy malo y que necesitas retirarte a descansar. Mañana nos contarás a ambos todo lo que debas contarnos.

—¿Es él vuestro enamorado? —le pregunté, intentando vencer mi extenuación.

—Así es. Desde hace quince años. Nuestro hijo Luis, a quien tiene reconocido porque su esposa, la marquesa, no le ha dado hijos legítimos, se halla en Flandes —explicó con orgullo—, al servicio de la archiduquesa Isabel Clara Eugenia. Y, ahora, vete. Mañana hablaremos. Sancho, el mayordomo, te acompañará a tu cámara.

En tanto subía la escalera tras el tal Sancho y entraba en mi alcoba, que tenía la chimenea encendida, sentía la imperiosa necesidad de buscar a Rodrigo para salir de una rara ensoñación fruto, sin duda, de la postración y del cansancio. Me sentía como me había sentido al principio en mi isla desierta: sola en el mundo, perdida, sin nadie que conociera mi paradero ni nadie a quien demandar auxilio. Lo mismo hubiera dado que gritara hasta enronquecerme pues en todo lo descubierto de la Tierra ninguno conocía de mi existencia ni podía allegarse hasta mí para consolarme. Rodrigo y Juanillo, e incluso Damiana, me hubieran ayudado a recuperar el seso y el buen juicio pues no cabía ninguna duda de que los había perdido, contemplándome a mí misma como a una extraña, desde fuera, asustada por hallarme tan lejos de casa, en medio de una ciudad cuyos muchos ruidos atravesaban las ventanas y paredes y se colaban hasta mi cámara. Aquella luz del ocaso, tan fría y huidiza, tan temible, acrecentaba aún más mi soledad.

De súbito, tendida boca abajo sobre la enorme cama con dosel y colgaduras, supe que mi padre estaba allí. No cambié la postura del cuerpo. No hice nada. Me dejé llevar por la dulzura tranquilizadora de su presencia. Aunque hubiera mirado, buscándole, no le habría visto porque quien había venido a despedirse de mí era su espíritu y, sin hablar, yo conocía que su presencia era tan real como el hecho de que sólo pretendía bendecirme antes de marcharse para siempre a alguna otra parte.

—Adiós, padre —dije en voz alta con todo el amor de mi corazón. Y me dormí. Ya no guardo más en la memoria.

El marqués de Piedramedina, todo él bondad y buen corazón, resultó ser un hombre tan viejo como mi padre aunque prodigiosamente duro de cerebro y falto de meollo. Era Clara Peralta quien dirigía sus asuntos, resolvía sus problemas y adoptaba sus decisiones hasta el extremo de decidir sus gustos y necesidades. Le protegía como una madre protege a un hijo, alejándole de los peligros, los disgustos y las alteraciones de ánimo, procurándole las comodidades y el bienestar del dulce limbo en el que él vivía, plácidamente acunado por las tiernas atenciones de su enamorada. A no dudar, era un hombre feliz, quizá el único hombre feliz que he conocido, y lo más extraño era que dicha felicidad procedía de su absoluta y total ignorancia de lo que acontecía en la vida real. Adoraba a la señora Clara y la palabra de ella era ley, sin trabas ni vacilaciones. No es que fuera corto de entendimiento, pues descollaba en cuestiones de linajes, títulos nobiliarios, asuntos de la corte, actos sociales y chismes de las familias principales de Sevilla, mas le gustaba vivir en paz y disfrutar de las cosas sencillas, sin querellas ni conflictos, y para eso tenía a su lado a Clara Peralta.

El marqués era alto y grueso, de buen comer y mejor dormir. Conforme a la moda, llevaba el pelo muy corto y la barba espesa y poblada, toda nívea por su mucha edad, y la traía siempre pulcra y acicalada. Sus calzones cortos y anchos, sus medias finas, sus jubones, coletos y capas —todo de color negro— estaban hechos con los mejores y más caros tejidos llegados de Europa y la señora Clara exigía a las lavanderas y planchadoras que sus enormes lechuguillas estuvieran siempre perfectamente almidonadas y tan blancas como los encajes de sus puños. Desde hacía algunos años se había visto obligado a usar anteojos y se los fabricaban de oro, con su escudo de armas grabado por dentro.

El buen marqués, informado de nuestra presencia en su casa y puesto en antecedentes de nuestra historia, se aburría penosamente y bostezaba con discreción entretanto Rodrigo —restaurado a su valedera condición de compadre— y yo le contábamos a la señora Clara nuestro viaje, la muerte de mi padre y todo cuanto ella deseaba saber sobre la vida y obras de madre y su mancebía de Santa Marta. El pobre don Luis parecía vagar con su mente muy lejos de aquella sala, ajeno por completo al momento y a la conversación, retenido tan sólo por el deseo de su enamorada de conservarle allí, deseo que, estimo, él no comprendía aunque tampoco lo intentaba. Ni mi doble personalidad de Martín y Catalina, ni la orden por trato ilícito contra mi padre y contra mí, ni la mención de la mar Océana o de la Cárcel Real despertaron su interés.

—¿Qué hará María cuando conozca la muerte de tu padre? —quiso saber, afligida, la señora Clara—. ¿Qué le ocurrirá?

No podía ni imaginarlo. De una parte, quedaría destrozada, hundida, y, de otra, su fortaleza de carácter la impulsaría a acometer cualquier ardua tarea que mantuviese ocupados sus pensamientos.

—No podría decíroslo —aseguré, cavilosa— y me inquieta en grande manera.

—Emprenderá sus negocios de nuevo —afirmó Rodrigo, que hablaba y actuaba con mucho comedimiento, abrumado, como yo, por tanto lujo y elegancia—. Madre no conoce lo que es vivir sin trabajar. Saca su satisfacción y contento de la mancebía, así que abrirá otra.

La señora Clara suspiró, menos por tristeza de su hermana que por la nostalgia de un oficio, el de gobernar una casa pública de mozas distraídas, que nunca ejercería. Aquello le recordaba su lejana juventud. Cabeceó levemente e hizo un resignado ademán.

—Pues bien, ahora háblanos a don Luis y a mí de esas tareas ingratas que tu padre te solicitó en su lecho de muerte. Don Luis está muy interesado, ¿verdad, Luis?

El marqués de Piedramedina no parecía haber escuchado la declaración de Clara.

—¡Luis!

—¿Sí? —repuso con un sobresalto.

—¿Verdad que deseas conocer lo que don Esteban Nevares le ha pedido a su hijo que ejecute en Sevilla tras su muerte?

—Naturalmente —aseguró con gentileza aunque sin alcanzar de lo que se hablaba.

—Escuchad, señora Clara...

—Por favor, Martín, llámame doña Clara —me pidió ella cortésmente.

—Como gustéis, doña Clara. —No merecía tal tratamiento pues no era hidalga ni noble, sólo la querida del marqués; mas si ella lo deseaba yo no podía negárselo—. Tengo para mí que debería conservar el secreto por afectar a personas de Sevilla que seguramente conocéis.

—¿A don Luis? —demandó, preocupada.

—No podría aseguraros lo contrario.

El marqués negó con la cabeza y farfulló unas palabras. Doña Clara, percibiéndolo, se alteró grandemente, atrapada entre la hospitalidad debida y el daño a su enamorado.

—Dejémonos de dar vueltas, que me cansan ya tantas salvas y prevenciones —exclamó con enfado—. Lo que yo... Lo que don Luis y yo queremos es que nos digas, sin más demoras, ese secreto con toda la verdad. Luego, juzgaremos si sigues en nuestra casa o si nos vemos obligados a pedirte que te vayas. Por nada del mundo quisiera defraudar a mi hermana María echando a su hijo a la calle, por lo que te suplico que hables de una vez.

—Sea —consentí—, mas debéis prestar juramento de guardar el secreto tanto si me quedo como si me voy, pues no desearía que, en el futuro, y aun sin pretenderlo, me pudierais perjudicar.

—Juramos.

Y, entonces, se obró el milagro: el marqués, que no había dejado de ser un mero ornamento, como un mueble o un tapiz, despertó lánguidamente de su ensueño y se fue transformando en otra persona como por obra de un encantamiento. Fue oír el apellido Curvo y sus ojos comenzaron a brillar; fue escuchar el relato de las bellaquerías de Melchor de Osuna y de sus primos en el Nuevo Mundo y su cuerpo se enderezó; fue conocer la trampa que le habían tendido a mi padre con la orden de detención, el asalto a Santa Marta por parte del pirata flamenco contratado por ellos y la muerte de los marineros de la *Chacona* y de las mancebas por su expreso deseo para mantener en secreto los tejemanejes comerciales que se llevaban con la Casa de Contratación[24] y el Consulado de Mercaderes de Sevilla,[25] y el marqués se espabiló, adoptó una postura señorial, sonrió con malicia y se inclinó hacia mí para atender puntualmente a todas y cada una de mis palabras. De súbito, era un hombre astuto y presto a litigar con brillantez acerca de sutiles cuestiones morales y legales.

—... y mi padre, antes de morir —terminé—, me hizo jurar que mataría a los hermanos Curvo, a los cinco.

Don Luis y doña Clara permanecieron suspensos y turbados. Miré a Rodrigo; él a mí; volvimos a mirar a nuestros anfitriones y ambos dimos un brinco en las sillas cuando doña Clara exclamó con grande alegría:

—¡Esto es lo que yo deseaba saber como al alma y como a la vida desde que anoche mencionaste a los Curvos! ¡Albricias, Luisillo!

—¿Tienen también vuestras mercedes cuentas pendientes con los Curvos? —inquirí con respetuoso desconcierto.

Don Luis sonrió.

24.   Fundada por los Reyes Católicos en 1503 para controlar el comercio con las Indias. Dirigía y fiscalizaba todo lo relativo al comercio monopolístico con el Nuevo Mundo.

25.   El Consulado o Universidad de Mercaderes de Sevilla se fundó en 1543. Era una institución privada que tenía por objeto proteger los intereses de los mercaderes y que, con el tiempo, terminó asumiendo el control absoluto del comercio con las Indias. Gozaba de potestad en los ámbitos jurídico, financiero y mercantil.

—Yo no —dijo—. A mí no me gustan porque actúan como esos herejes luteranos que se tienen por perfectos y por mejores de largo que los demás: no hay tacha en sus vidas y pareceres, no hay tacha en sus negocios...

—¿Qué decís? —me sorprendí.

—Lo que oyes, muchacho. Pregunta en Sevilla por los Curvos y todos te dirán que son personas beneméritas, de las más señaladas de la ciudad, rectas, rigurosas, honestas y piadosas. Sin tacha, como te digo. No podrías encontrar en todo el imperio una familia de hidalgos mercaderes más honrada y digna, más admirable y de mayor virtud, y ellos alardean de esa excelencia como una doncella hermosa alardea de su belleza: con mentida humildad, con falsa modestia.

—¡Mas yo sí tengo cuentas pendientes! —gruñó doña Clara, golpeando los cojines del estrado con tanta rabia que parecía que fuera a romperlos y no a arreglarlos—. Juana e Isabel Curvo son dos arpías disfrazadas de beatas que llevan años hablando mal de mi hijo y de mí sin que nadie les ponga freno.

Sus palabras parecían guardar un velado reproche hacia el marqués.

—Son amigas, casi hermanas, de mi esposa, la marquesa de Piedramedina —adujo él en su defensa.

—¡Sí, las tres peores lechuzas de Sevilla! —profirió doña Clara con desprecio.

—De donde se viene a sacar que las apariencias, una vez más, engañan —le dije a don Luis, refiriéndome a los Curvos. Muchas veces acontece que quienes tienen méritamente granjeada grande fama por sus negocios y caudales, la menoscaban o pierden del todo por causa de sus malas obras, sus insaciables avaricias y sus daños a otros. A mi entender, esas gentes habrían de ser quemadas como los que hacen moneda falsa pues no hay dineros, riquezas, ni vanidades que puedan justificar tales maldades.

—Bueno, ya lo ves —repuso el marqués, arreglándose el encaje de los puños—. Si hacemos caso de lo que tú nos cuentas, los Curvos son unos asesinos, unos falsos y unos cobardes, y juzgo muy oportuna la petición de tu padre. El honor te exige matarlos, no hay duda en ello, y no seré yo quien te prive de tu derecho pues en mi juventud me batí en algunos duelos y, por más, maté de una estocada a don Carlos de la Puebla, hijo de don Rodrigo Chinchón y sobrino del cardenal de Cuenca, por ciertas palabras muy ligeras que allí, donde murió sin confesión, me dijo, y eso que antes de ese día éramos grandes amigos.

Doña Clara le miró con arrobo y él debió de sentir que acababa de encontrar una mina de oro porque, creciéndose, añadió:

—Es más, haré por ti lo que pueda. Es justo que vengues la sangre de tu padre y la del resto de tu familia. Si quieres que sea tu padrino de duelo, lo seré.

—El marqués habla por hablar, pues está muy impedido de sus achaques —se apresuró a observar doña Clara—, mas puedes contar con su silencio y su complicidad.

—Cierto —añadió él, adivinando que se había excedido en el ofrecimiento.

—Os agradezco el deseo que mostráis de favorecerme, don Luis —le dije, por restituirle la dignidad que doña Clara le había quitado.

—Me pregunto —atajó Rodrigo de súbito— cuántos

Curvos podría matar Martín en duelo antes de que ellos le hicieran matar a traición por algún otro secuaz a sueldo como Jakob Lundch y eso sin olvidar que dos de los cinco hermanos son mujeres y que las mujeres no se baten a espada ni pelean por su honor.

Nadie se le opuso y todos guardamos silencio, cavilosos. Era cosa muy cierta que no podía matar en duelo ni a Juana ni a Isabel y, desde luego, no estaba en mi intención dejar que esas dos vivieran por muy mujeres que fuesen. También yo lo era, ¿y qué se me daba?

—Tampoco podría matar a los Curvos en la calle —añadió doña Clara en coincidencia con Rodrigo—, salvo que fuera de noche. De noche y, por más, que no llevaran escolta, cosa que resulta absurda pues ningún hombre principal sale de casa sin sus criados que, a poco, son tres o cuatro y armados, y lo normal es que vayan en coche para no mancharse las suelas con los excrementos de las caballerías. Si visitaran el Compás quizá tendrías alguna oportunidad, pero Fernando Curvo es uno de los congregados del padre Pedro de León[26] y ese hermano pequeño que acaba de llegar de las Indias...

—El conde de Riaza —apuntó el marqués—. Diego Curvo es su nombre.

—Pues ese Diego Curvo no tardará en ingresar también, a lo que se dice, en las filas de ese jesuita loco.

—¿Y quiénes son esos congregados? —preguntó Rodrigo.

26. Pedro de León, jesuita (Jerez de la Frontera, 1544 - Sevilla, 1632). Desarrolló su trabajo en la Cárcel Real de Sevilla y en los bajos fondos de la ciudad, atacando especialmente las mancebías del Compás de la Laguna.

—Se declaran a sí mismos penitentes, siervos de Dios y hombres honrados. Son mercaderes, banqueros, letrados, artesanos, aristócratas... De todo hay en esa ralea del demonio.

—Clara —la reconvino el marqués—, refrena tu lengua.

—¿Que yo refrene mi lengua? —se ofendió ella—. ¿Debo callar que esos hipócritas cierran las puertas de la mancebía los días de fiesta, cuando más caudales ganan las mancebas para sostener a sus hijos y a sus padres ancianos? ¿Debo callar que esos santurrones meapilas...

—¡Clara!

—... amenazan a las mujeres con el infierno, con la pérdida del alma si siguen ejerciendo su oficio, un oficio legal y para el que tienen licencia, con enfermedades inmundas y pestilentes causadoras de la muerte cuando hay cirujanos públicos que las vigilan y cuidan? ¿Debo callar que sacan por la fuerza a los clientes mediante toda clase de tropelías porque nadie se lo impide, golpeando a los más jóvenes con disciplinas para que no vuelvan nunca? ¿Yo debo callar y ellos no deben parar?

Doña Clara se agitaba más y más según hablaba. Yo había quedado pasmada al conocer que Fernando Curvo, ni más ni menos que Fernando Curvo, el mayor de los hermanos, el mayor de los hipócritas del mundo, era uno de esos beatos congregados que se llamaban siervos de Dios al tiempo que ordenaba asesinar a todo un pueblo para que las diez o quince personas que conocían la verdad de sus negocios no pudieran irse nunca de la lengua. Mas no era su doblez, siendo mucha, la que me indignaba sino el recuerdo de nuestras mancebas de Santa Marta atadas a las camas para que murieran por el fuego después de haber sido violentamente ultrajadas, o el de nuestros compadres de la *Chacona*, asesinados a arcabuzazos y cuchilladas en mitad de la noche, o el de mi padre agonizante, llenas de gusanos las heridas de los azotes, humillado por Diego Curvo en la nao de la flota, muerto en mis brazos en la Cárcel Real para que ese beato hipócrita de Fernando y sus cuatro hermanos pudieran seguir siendo una familia sin tacha, benemérita y piadosa y, sobre todo, acaudalada. Ojo por ojo, dicen. Pues, cuidado, Curvos: ojo por ojo.

—En resolución —concluyó doña Clara—, tu venganza me parece un trabajo imposible. Si no puedes retarlos en duelo ni acercarte a ellos en lugares públicos o si, haciéndolo, tras matar al primer Curvo los otros se te escapan y te mandan matar o te arrestan los alguaciles y te ajustician, ¿de qué te valdrá el esfuerzo? En verdad, no sé cómo vas a poder cumplir lo que le juraste a tu padre.

—Tampoco yo lo sé —murmuré, apesadumbrada. Debía discurrir otra cosa, algo menos comprometido para mí y de cumplimiento seguro y cierto—. Sin embargo, de una u otra manera, a fe mía que lo pondré en ejecución —afirmé con dureza.

Rodrigo, ceñudo y triste, asintió.

Llegó la Natividad y hubo festejos de Año Nuevo en Sevilla. Rodrigo y el marqués hallaron una pasión común, el juego de naipes, y se dedicaron a ella durante las fiestas sin que les importara un ardite que fuera de día o de noche o que las comidas estuvieran servidas en la mesa. Doña Clara se desesperaba y renegaba por perderse las diversiones que estaban teniendo lugar en las calles, cuyo tentador alboroto llegaba hasta nosotros.

Cierto día me dijo:

—Martín, ¿por qué no me acompañas a dar un paseo en coche?

La miré asombrada y le recordé que la justicia me buscaba y que no podía salir. A la sazón, el nombre del delincuente Martín Nevares se repetía en todos los bandos y pregones de la ciudad y se habían expedido mandamientos con mis señas para que los alguaciles reales y los cuadrilleros de la Santa Hermandad pudieran prenderme por contrabandista y enemigo del rey en cualquier parte que me descubrieran. Los Curvos sabían que andaba por Sevilla porque había estado en la Cárcel Real con mi padre y mi estancia en su ciudad era un peligro muy grande que deseaban atajar con presteza.

—Tú no, hombre —repuso, divertida—, Catalina. Catalina Solís. Tengo vestidos míos que te sentarían muy bien con unos pequeños arreglos y ese pelo lacio podemos ahuecarlo, hacerle algunas mejoras con las tenacillas y los rizadores y adornarlo con cintas, ganchillos y colgantes. Con solimán blanquearemos esa horrible piel morena que, por fortuna, ya se te va aclarando por falta de sol.

Iba a rehusar amablemente su proposición cuando, al punto, cerré la boca y apreté los labios con fuerza. Todo se me representó en el entendimiento en aquel punto, a lo menos todo lo principal y, así, acepté de buen grado aquella broma y pasamos la tarde en su recámara, muy distraídas frente al espejo, jugando al divertido entretenimiento de convertirme en mí misma aunque hermoseada, favorecida y ricamente aderezada. Y era verdad que doña Clara era maestra en las artes de la belleza pues de donde no había sacó y donde halló mejoró y, con eso y un vestido, me vi en el espejo transformada en una dama exquisita, digna del mejor caballero andante y de su gesta más gloriosa. Y si mis ojos y los de doña Clara mentían, no lo hicieron ni los de Rodrigo ni los del marqués, el primero de los cuales quedó sin habla durante un buen tiempo, fija la mirada en el lunar postizo que doña Clara me había pegado sobre el labio, y el segundo, conforme a su naturaleza, pidió a su enamorada que hiciera las debidas presentaciones pues una hermosa doncella como yo no podía visitar su casa sin que él la conociera. Doy fe de que no hay nada que más presto rinda sus encastilladas torres a la adulación que la vanidad y si pasar de Catalina a Martín me resultaba más que nada provechoso, pasar de Martín a Catalina tenía su aquel, precisamente por cosas como el deleite que producen los halagos y las lisonjas.

Al día siguiente, convertida en la guapa Catalina, acompañé a doña Clara en el prometido paseo y, entretanto comíamos naranjas dulces que llenaban de aroma el interior del coche, mirábamos por los ventanucos cómo las gentes de humilde condición, a pesar del mucho frío que hacía, bullían, reían y se divertían con los grupos de músicos, danzantes y comediantes que actuaban por las calles. Sonaban alegremente los rabeles, las chirimías, las vihuelas y los panderos, y todos danzaban sin recato los más desvergonzados bailes de cascabel entre palmas, castañetas y zapateados, al tiempo que las sahumadas iglesias estaban abarrotadas y las plazas llenas de tenderetes en los que se vendían vino, dulces y pasteles.

—¡Ésta es la auténtica Sevilla! —exclamaba, alborozada, doña Clara—. ¡El Compás andará apretado! ¡Las mancebas harán hoy grande beneficio si no aparecen los congregados!

Y era verdad que a las gentes de Sevilla les gustaban las fiestas pues tenían más que días del año y casi todas se celebraban con grandes manifestaciones de contento, incluso las religiosas. No se me caerán de la memoria las muchas que presencié durante el tiempo que viví en aquella ciudad.

—Doña Clara, he menester un favor de vuestra merced —le dije de presto a mi anfitriona.

—Pide, muchacha, y que no sea muy caro —contestó, tomándose a reír muy de gana.

—¿Podríais hacer de mí una dama de título?

Doña Clara quedó en suspenso, confundida, hasta que no pudo más y reventó de risa.

—¡Eso sólo podría hacerlo el rey, muchacha, y tengo para mí que no sería nunca su intención elevarte a la nobleza!

—Quería decir en apariencia —gruñí.

—¡Ah, bueno! —dijo entre hipos y carcajeos mal contenidos.

—Sólo quiero parecer una dama noble, una aristócrata, o incluso una hidalga aunque de muy alta calidad.

—¿Y por qué sientes tal deseo, si puedo preguntarlo? —inquirió secándose las lágrimas del regocijo.

—Porque Martín no puede allegarse hasta los Curvos para matarlos, mas Catalina sí.

Me miró como si fuera la primera vez que me veía en toda su vida y a mí esa mirada me recordó la de halcón de madre, a la que no se le escapaba ni el suave movimiento de una brizna de hierba.

—¿Y cómo los matarás siendo Catalina?

—Aún no lo sé. Sin embargo, desde la confianza y la amistad me resultará más fácil clavarles el puñal uno a uno sin que nadie sospeche de mí.

Las fiestas de la calle, las voces y los cánticos de la turbamulta habían desaparecido. Dentro de aquel coche, doña Clara y yo cavilábamos en silencio.

—Resulta extraño oír hablar a una muchacha en esos términos —dijo, a la postre.

—Soy la misma muchacha que, como maestre, gobernó una nao por aguas peligrosas de la mar Océana desde Cartagena de Indias hasta Lisboa y la misma que entró en lo más pestilente de la Cárcel Real para buscar a su padre moribundo.

—Si matas a los Curvos en sus casas, en sus propios salones, clavándoles un puñal, una daga o una espada —afirmó con gravedad—, se prenderá a los criados y se los torturará para que digan cualquier cosa que sepan o sospechen, se requerirán testimonios de unos y de otros, incluso de los nobles, y terminarán dando contigo.

—Insisto en que aún no sé cómo los voy a matar, mas por experiencia conozco que es mejor la sagacidad y la discreción que la fuerza y las bravatas. Estoy cierta de que obraré con mayor tino si los conozco, los trato y frecuento sus casas que si actúo desde fuera. Tienen que confiar en mí, ponerse en mis manos, contarme sus secretos y, llegados a ese punto, seré verdugo de mi agravio.

Doña Clara me miró apenada.

—Si fuera Martín el que me hablase le diría que su pensamiento es muy acertado y que razona con notable inteligencia, mas siendo tú, Catalina, la que dices estas cosas que suenan tan mal saliendo de tu boca, sólo el temor me asalta y veo que te van a matar o que acabarás en la cárcel de mujeres.

¿Por qué lo que era inteligente para Martín era feo y peligroso para Catalina? Si Martín podía, Catalina podía y yo era Martín y Catalina al tiempo, de donde se infería, aunque costara de entender, que lo que un hombre podía poner en ejecución también podía ponerlo una mujer.

—No sigáis, doña Clara —le pedí humildemente—. No es de estima lo que poco cuesta, por eso apreciaré en más la feliz resolución de mi desquite. Las buenas almas de la gente a la que tanto quise me ayudarán a salir victoriosa de esta empresa.

—Sea —admitió—. Haré de ti una noble dama, te enseñaré todo lo que sé y lo que aprendí junto a don Luis.

—Os lo agradezco, señora.

Y así fue. Durante las semanas subsiguientes, aprendí a bailar danzas elegantes como la Gallarda, la Españoleta o la Pavana con la amable ayuda del marqués, al tiempo que doña Clara se esforzaba por enseñarme la vigilancia del servicio doméstico, la limpieza requerida en las cocinas y la despensa, los precios de los productos del mercado y de las tiendas para evitar la sisa de los criados, las ropas y oficios de la servidumbre y la necesidad de que siempre fueran pulcros, se lavaran las manos, fregaran las mesas tras levantar los manteles y barrieran los suelos. Asimismo debía aprender a vestirme con galanos y vistosos trajes según la hora del día y el suceso, a conocer los variados afeites corporales que crean la belleza, a distinguir las telas y tejidos para hablar sobre ellos con otras damas, a valorar los objetos decorativos, la música, el teatro, la poesía, los mejores vinos, las carnes, los dulces... No había asunto frívolo del que, al parecer, no se ocuparan las damas ociosas de noble o acaudalada cuna. Perdí los estribos con las complicadas artes de la etiqueta (como disponer concertadamente las mesas, preparar los aguamanos con olorosas fragancias, elegir y casar los distintos manjares y bebidas de un banquete, prevenir las músicas perfectas...), y ni que decir tiene que aún los perdí más con las maneras, los saludos y el antiguo hablar florido que las clases altas utilizaban para expresarse.

—¡Deja de quejarte, muchacha! —me reñía doña Clara de continuo—. Todo esto redundará en tu provecho para siempre. El cielo te ha dotado con el felicísimo talento del ingenio. Cultívalo, pues, no sólo para discurrir ardides sino para convertirte en una dama.

—¡De nada me sirve el ingenio para resolver lo que no tiene resolución! —gritaba yo, desesperada—. No debo caminar ni con paso vivo ni con paso lento, ni parecer agitada ni quieta, ni cruzar los brazos ni tenerlos sueltos, ni parlotear ruidosamente ni con timidez, ni clavar los codos en los costados, ni...

—¡Basta! Y, por mi vida, coge la carne del plato sólo con tres dedos y no los dejes dentro de la salsa tanto tiempo.

Mas lo peor de todo eran los numerosos baños que una dama debía tomar al cabo del mes, siempre tan desnuda como su madre la parió. El invierno de mil y seiscientos y siete resultó muy frío en Sevilla, y el cielo siempre estaba cubierto de pardas y oscuras nubes que descargaban lluvias perpetuas que asustaban a los sevillanos por si se desbordaba el cauce del Betis, suceso que ocurría con frecuencia provocando grandes daños en la ciudad. Así, bañarse tanto, aunque fuera en aguas tibias como las del Caribe y junto a un brasero, era una tarea de difícil cumplimiento y aún más por el helor que atería el cuerpo con los ungüentos perfumados que había que friccionarse al acabar.

Mejor me lucían las noches pues, durante las cenas, don Luis, doña Clara, Rodrigo y yo pergeñábamos las costuras de mi propósito hasta acabarlo cumplidamente allá por el mes de marzo, cuando la Armada de Tierra Firme zarpó de Sevilla a poco de comenzar la Cuaresma. Por si el contrabandista Martín Nevares intentaba regresar al Nuevo Mundo oculto en las naos de la Armada, los veedores reales extremaron las precauciones y se le buscó entre los marineros e incluso entre los oficiales y se escudriñaron hasta los pañoles de pólvora, donde se guardaba la munición. Aprovechando la partida, Rodrigo envió una misiva a madre explicándole con todo comedimiento y consideración que el maestre había muerto y que el regreso a Santa Marta quedaba pospuesto por unos asuntos menores que había que formalizar. No daba nombres ni pormenores, por si la misiva era leída por otros ojos que no fueran los de madre. La marcha de la Armada de Tierra Firme nos encogió el corazón a Rodrigo, a Juanillo, a Damiana y a mí por el grande deseo que sentíamos de regresar a casa pero su partida tuvo, extrañamente, otro efecto y, por más, muy bueno, pues nos señaló la manera en que Catalina Solís debía aparecer en Sevilla para comenzar la ejecución de su venganza.

Abandonamos Sevilla una noche, poco antes de que

se cerraran las puertas de la ciudad, ocultándonos entre el gentío que regresaba a sus casas en las circunvecinas aldeas y parroquias. El pícaro Alonso, que ni sabía adónde íbamos ni podía acompañarnos, quedó ceñudo y enfadado, mas doña Clara le tomó por uno más de los criados de la casa y ahí se acabó el problema. Yo tuve que viajar dentro del coche vestida de moza labradora para que los cuadrilleros de la Santa Hermandad que custodiaban los caminos y los bosques no me reconocieran como Martín, así que hubo que explicarle a Juanillo la verdad y el mozo, que había hecho buenas migas con Damiana y no entendía por qué había sido el último en enterarse, encontró tan divertido que yo fuera una mujer que se estuvo riendo a carcajadas hasta que Rodrigo le soltó un mojicón que le cerró la boca por largo tiempo.

Para nuestra satisfacción, entramos en Portugal sin mermas ni quebrantos y llegamos convenientemente a Cacilhas el Domingo de Ramos, día que se contaban ocho del mes de abril. Antes de subir al batel para alcanzar la *Sospechosa*, me convertí de nuevo en Martín, por no asombrar al piloto y a los marineros, que no hubieran admitido jamás a Catalina por maestre. Luis de Heredia me informó de lo poco o nada acaecido durante aquellos cuatro meses y, luego, yo le comuniqué que zarpábamos al punto rumbo a las Terceras, a la ciudad portuaria de Angra do Heroísmo, donde las flotas y las Armadas que volvían de Tierra Firme o de Nueva España paraban para hacer aguada antes de llegar a la península. Luis de Heredia se ganaba bien su salario por la mucha discreción que ponía en ejecutar sin preguntar y en obedecer sin entrometerse.

Tardamos a lo menos quince días en arribar a las Terceras por tener vientos contrarios y, como no había aviso de llegada de flotas, las aguas estaban limpias de piratas y de galeones españoles. Fondeamos en la bahía de Angra do Heroísmo y, ya en el batel que nos acercaba al puerto, me envolví entera con un manto grande que me tapaba desde la cabeza hasta los pies y me cubrí el rostro con un antifaz de tafetán de los que tanto hombres como mujeres usan para los viajes. De esta guisa puse el pie en tierra y Rodrigo, Juanillo y Damiana me siguieron. Los marineros que nos habían trasladado tenían orden de regresar a la nao sin entrar en la ciudad y Luis de Heredia sabía que debía volver a Cacilhas y permanecer allí, esperándonos, durante los meses subsiguientes, con la *Sospechosa* lista para zarpar en cualquier momento.

Angra do Heroísmo era una ciudad muerta que sólo renacía con la llegada de las naos que venían del Nuevo Mundo. Cuando el aviso que iba a Sevilla para comunicar que una flota había zarpado de La Habana rumbo a España pasaba por las Terceras, Angra empezaba a llenarse de gentes que llegaban con sus mercaderías desde todos los puntos de la isla pues se sabía que, desde que pasaba el aviso hasta que llegaba la flota, no transcurrían más de dos meses. En ese tiempo, los pastores y los labradores iban llegando a Angra con sus cargas de leña, sus animales, sus frutas, sus vinos, sus cueros y cualquier otra cosa que pudiera venderse a unos marineros agotados y hartos de beber agua podrida durante las últimas semanas del viaje. Después, al partir las flotas y las Armadas, refrescadas y abastecidas, rumbo a Sanlúcar de Barrameda, Angra se apagaba como un candil sin aceite y así permanecía hasta la llegada del siguiente aviso, cuando la rueda tornaba a girar.

Por las cuentas que nos habíamos hecho, no tardaría en arribar a Angra algún aviso de las dos flotas que, en aquellos tiempos, mareaban por las costas del Nuevo Mundo (la Armada de Tierra Firme al mando del general Francisco del Corral y Toledo y la flota de Nueva España al mando del general Lope Díaz de Armendáriz), de las que tan ansiosamente se esperaban nuevas en Sevilla y en la corte, pues nada se sabía de ellas desde hacía muchos meses y se necesitaban con apremio los caudales para pagar las deudas a los prestamistas y banqueros y los salarios a los soldados y oficiales de los tercios, que hacía mucho tiempo que no cobraban y empezaban a sublevarse. De los cuatro millones y medio de ducados en oro, plata, perlas y piedras, más los dos en añil y cochinilla que trajo la flota en la que llegó mi señor padre a Sevilla en el mes de diciembre del año anterior ya no quedaba nada. Era tan grande la necesidad de la Corona y de los mercaderes que antes de que arribaran las riquezas del Nuevo Mundo ya estaban comprometidas y por eso se enviaban grandes Armadas para proteger las flotas desde las Terceras hasta Sevilla, pues era ésa la parte más peligrosa del viaje por estar a tiro de piedra de los puertos contrabandistas de Francia e Inglaterra. Por fortuna, hasta la fecha ninguna flota o Armada había sido atacada por piratas pues éstos tenían demasiado miedo a la potencia de los poderosos galeones reales que podían artillar hasta dos mil o dos mil y quinientos cañones entre todos, de suerte que los piratas se conformaban con asaltar las naos más débiles o sobrecargadas que se salían de la conserva por no poder seguir a los demás navíos. Tal fue lo que le aconteció a la nao mercante en la que mi hermano Martín y yo viajamos al Nuevo Mundo en mil y quinientos y noventa y ocho. Era una galera vieja con las bodegas colmadas, y así, por marear muy despacio, se salió de la conserva. Los piratas nos estuvieron siguiendo hasta que la flota del general Sancho Pardo se alejó lo suficiente y, entonces, nos atacaron y mi hermano murió. Yo, por aquel entonces, desconocía por qué el general nos había abandonado a nuestra mala suerte sin regresar para defendernos. Los años me habían enseñado que el tesoro del rey viajaba en los galeones y que éstos jamás corrían riesgos innecesarios, ni siquiera para salvar vidas inocentes.

En Angra do Heroísmo nos hospedamos en la única posada abierta y nos acomodamos para pasar allí un tiempo largo y tedioso. Mis compadres salían a caminar y a comprar las vituallas que Damiana preparaba en nuestras habitaciones entretanto yo permanecía encerrada en la posada, esperándolos; no abandoné mi alcoba ni en una sola ocasión, y pasaba los días leyendo, mirando por la ventana que daba al puerto, ejercitándome con la espada o hablando con los otros, que hacían todo lo que se les ocurría para entretenerme. Aprendí a jugar a los naipes y, al poco, ya dominaba las flores más espinosas practicadas por los fulleros más diestros. Rodrigo, antiguo garitero, juró que yo tenía un don natural para las trampas y que, de no ser mujer, podría haberme dedicado a vivir regaladamente de esas bellaquerías.

Aquella larga estancia en Angra me aprovechó también para temperar, en grande modo, el dolor por la muerte de mi padre. Es cierto, como dicen, que el tiempo todo lo cura y los meses pasados en España entre sustos, tumbos, peligros, mudanzas y giros me habían servido de mucho. No es que se me hubiera pasado la pena sino que se iba alejando de mí como si cada jornada valiera por una semana y cada semana por un mes.

Al fin, cierta mañana de principios de junio, la ciudad se despertó con repiques de campana, gritos y voces. Salté de la cama y miré la mar: un patache con la bandera del rey de España se acercaba con buen viento a la bahía. Era un aviso de flota. Me giré y le dije a Damiana:

—La nao ha llegado. Corre a avisar a Rodrigo y a Juanillo. Nos vamos.

CAPÍTULO III

—

Desde que arribamos a Sanlúcar y pasamos la peligrosa barra que tantos navíos ha hundido, un buen número de bajeles y barcas, cuyos marineros nos saludaban jubilosamente con gritos de regocijo, se nos pegaron a los costados para remontar el Betis. En la aduana de la barra, el veedor oficial se extrañó un tanto de encontrar a bordo a una pasajera con tres criados y, a su demanda, el maestre le explicó muy valederamente la historia que yo había inventado y terminó por meterle un puñado de monedas en el saquillo de su toga de oficial real para ventilar con presteza el asunto. Luego, viendo que aquí paz y después gloria y que a quien Dios se la dio san Pedro se la bendijo, cambió de argumento y le comunicó que la flota de Nueva España al mando del general Lope Díaz de Armendáriz había partido de La Habana cuatro semanas ha, el mismo día que nosotros, por lo que, si todo iba bien, llegaría a Sevilla en agosto o septiembre. El veedor dio su beneplácito con grande satisfacción y continuamos libremente nuestro rumbo. Cada vez eran más las naos que nos seguían en nuestra ascensión por el río y no había aldea o finca ribereña por la que pasáramos cuyos moradores no se echaran al agua turbia y en-

117

cenagada para darnos la bienvenida. La arribada del aviso señalaba la pronta llegada de las abundantes riquezas del Nuevo Mundo y, aunque ni un maravedí de ellas caería en las manos de aquellos que tanto se alegraban, al menos tendrían trabajo descargando y reparando las naos de la flota.

En cuanto divisamos la Torre del Oro, empezamos a escuchar el vocerío y unas salvas de bienvenida se dispararon para prevenir a todos los sevillanos de que algo importante estaba ocurriendo en el puerto. El día era bueno y hacía calor, así que los habitantes de Sevilla, que poco necesitaban para animarse, dejaron sus ocupaciones y bajaron hasta el Arenal. La ciudad en pleno se congregó allí para recibirnos. El maestre del aviso nos dijo, muy complacido (y ya podía estarlo el muy bribón, dados los caudales que me había sacado), que aquellas fiestas no eran nada en comparación con las que se organizaban cuando llegaba una flota, mas a mí ya me parecía suficiente espectáculo, el conveniente y adecuado a mi propósito de hacerme notar.

Pronto la muchedumbre fue amplia y se tenía que apretar para circular entre los objetos de lance que se vendían en el malbaratillo que allí se hacía y en torno a las grandes tiendas de lienzo plantadas sobre la arena, dentro de las cuales se jugaba a los naipes y a los dados y se bebía con abundancia y sin disimulo. Entretanto el patache atracaba, mis criados y yo contemplábamos a las gentes y buscábamos con los ojos el coche del marqués de Piedramedina que debía acudir a recogernos, tal como habíamos acordado antes de nuestra partida.

Me había vestido con uno de mis mejores trajes y había elegido un vistoso sombrero a juego con los chapines y el quitasol para que se me pudiera ver bien desde todas partes y fuera yo quien atrajera todas las miradas. Naturalmente, llevaba el rostro cubierto por un tafetán negro pues, en aquellos momentos, yo era una importante y recatada dama: doña Catalina Solís, hidalga, viuda reciente de un riquísimo encomendero de Nueva España, sin hijos ni otra familia, que volvía con toda su fortuna para establecerse de nuevo en la patria y disfrutar de los dineros ganados por su desdichado marido, don Domingo Rodríguez, de apreciada memoria, muerto de viruelas el año anterior durante uno de sus viajes de negocios. Don Domingo, además de rico encomendero, era grande amigo de muchos nobles de la corte, con quienes había entablado amistad durante su juventud antes de partir para el Nuevo Mundo y uno de sus más apreciados afectos había sido siempre don Luis Bazán de Veitia, marqués de Piedramedina, el cual había sostenido con él una prolongada correspondencia hasta el mismo día de su muerte. Ahora, la viuda de don Domingo, doña Catalina, se ponía bajo la protección de don Luis, quien le había insistido reiteradamente en la conveniencia de regresar a España por ser mujer y por haber quedado sola y desamparada.

Así que allí estaba yo, doña Catalina Solís, viuda de don Domingo Rodríguez (lo cual era todo cierto menos lo del tratamiento de *don*, aunque no fuera ésta objeción de importancia), llegando a Sevilla en el aviso de la flota de Nueva España para reunirme con el buen amigo de mi esposo, el marqués de Piedramedina, quien me había ofrecido su favor y su auxilio para todo cuanto necesitase hasta que me hallara bien instalada en la ciudad. Llegar en el aviso (los avisos tenían vedado cargar pasaje salvo en ocasiones muy señaladas) era una muestra más de la importancia e influencia de mi difunto esposo en Nueva España, ya que sólo los nobles, los oficiales reales o los más opulentos mercaderes y sus familias podían viajar en ellos. A los que me contemplaban admirados desde el Arenal se les alcanzaba, a no dudar, que yo debía de ser alguien muy principal.

Los esportilleros y los marineros dispusieron, por orden del maestre, unas tablas para que la dama bajara a tierra sin mojarse los chapines y los vestidos. Mi entrada en Sevilla debía ser magnífica, de cuenta que toda la ciudad conociese de mi existencia antes de que acabara el día.

—¡Allí, señora! —me indicó Rodrigo, que se daba buena traza de criado indiano.

El marqués de Piedramedina acababa de salir de su coche y alzaba el brazo para hacerse ver. Sus criados se acercaron y ayudaron a los míos con los cofres, baúles y fardos. Caminé hacia él con elegancia seguida por mi criada negra, Damiana. Había llegado el momento de poner en ejecución todo lo aprendido con doña Clara. Las piernas me temblaban. ¿Se me notaría la hilaza de tela basta por debajo de las saboyanas de seda?

—¡Mi querida doña Catalina! —exclamó el marqués en voz alta para que todos pudieran oírle—. ¡Al fin estáis aquí! ¿Habéis disfrutado de un buen viaje desde Veracruz?

—Muy bueno, señor —repuse, inclinando la cabeza y haciendo una leve reverencia. Él me cogió de las manos y, alzándome, me llevó hasta el carruaje. En el interior, una sombra oscura se removió en el asiento.

—Os presento a mi esposa, la marquesa de Piedramedina. Querida, ésta es doña Catalina Solís, de quien tanto me has oído hablar.

—Subid al carruaje, doña Catalina —ordenó una voz meliflua—. Desde hoy mismo os llamaré hermana, si así me lo permitís.

—Será un honor para mí, marquesa —dije, entrando y tomando asiento frente a una mujer de talla corta aunque gruesa y de hasta sesenta años, carirredonda, de nariz chata y rostro colorado de bermellón, que me acechaba con ojos bailadores y esquivos, muy ajenos a la pretensión de igualdad que anunciaba de palabra con el trato de hermana. No llevaba el rostro cubierto porque el carruaje tenía todas las ventanas protegidas por gruesos lienzos que apenas dejaban pasar la luz.

—¡Qué joven sois! —se le escapó, no sin un deje de envidia—. Para ser viuda, quiero decir.

—En efecto, señora marquesa. Nuestro Señor se llevó a mi marido no hace ni un año. Me lo arrebató a poco de principiar nuestro matrimonio, aunque todo esto ya debéis de saberlo por vuestro esposo, el señor marqués. Guardaré eternamente en mi corazón la felicidad que don Domingo me procuró y la mucha compañía que me hizo.

—La vida siempre es cruel, querida doña Catalina, pero Dios Nuestro Señor, con su grande piedad y misericordia, os dará fuerzas para seguir viviendo.

—Eso espero, marquesa. —Aquel trueco de frases baladíes tendía a la aproximación, así que la cosa no discurría mal—. Mucho tengo que agradecer al señor marqués de Piedramedina, amigo leal de mi difunto marido, por las atenciones que me procura.

El carruaje se balanceó con violencia cuando entró

don Luis, quien tomó asiento plácidamente junto a su esposa. Al punto, entornó los ojos y pareció dormitar. Nos pusimos en marcha. La marquesa, doña Rufina Bazán, sonrió y apoyó mustiamente sus manos en el regazo.

—Hemos adquirido en vuestro nombre —me anunció—, el palacio que llaman de Sanabria, que fuera hogar y solar de los condes de Melgarejo. Deseamos que os agrade.

—No albergo ninguna duda al respecto, señora marquesa —afirmé con complacencia—. Yo misma le pedí a don Luis por carta que me buscara una morada en Sevilla en la que vivir.

—Estoy cierta de que os gustará —afirmó ella, zarandeándose con los movimientos del coche—. El palacio se halla situado frente a la iglesia de San Vicente, cerca del río, y lo adquirimos en almoneda pública por la suma de diez y seis mil ducados.

La saliva se me cruzó en la garganta y el resuello se me cortó, mas no hice ningún aspaviento. ¡Seis millones de maravedíes por una casa o, por mejor decir, un palacio! El sudor bañó mi cuerpo bajo los elegantes vestidos. No es que no estuviera en posesión de esos caudales —que, por fortuna, lo estaba—, es que jamás se me había puesto en el entendimiento que una casa pudiera valer lo mismo que un reino.

—Su arreglo, en el que están trabajando desde que la adquirimos, costará otros cinco mil o seis mil ducados.

¡Otros dos millones de maravedíes! No me desmayé porque no me lo podía permitir. El marqués, que seguía con los ojos entornados, sonrió levemente.

—Espero que me ayudéis con los muebles y el ajuar,

marquesa. No conozco a los artesanos de Sevilla y, desde luego, quiero a los mejores.

El rostro ancho y pintado de la marquesa se tiñó de satisfacción.

—¡Oh, doña Catalina, por eso no debéis preocuparos! Adquirimos también todos los bienes muebles de los condes de Melgarejo. El palacio Sanabria era notoriamente conocido por la belleza de su interior y el marqués pensó que su contenido os gustaría. Ha tomado mucho empeño en este asunto vuestro. Los arreglos se están haciendo con todo el mobiliario dentro; sólo se han retirado las imágenes, los libros de devoción, los retablos... Cosas de fácil hurto y grande beneficio para los que allí trabajan. Por más, supongo que habréis traído con vos el ajuar de vuestra casa en Nueva España.

—Erráis, marquesa —objeté con pesar—. Lo vendí todo antes de zarpar. Deseo principiar una nueva vida y hasta el objeto más pequeño me traería dolorosos recuerdos de la existencia que llevé en Nueva España con mi marido.

—¡Oh, entonces, desde luego, necesitaréis mi ayuda!

—Hasta los colchones tendré que adquirir, marquesa.

—Como si fuerais una... —sonrió amablemente.

—Una mujer que ha perdido para siempre la vida que amaba —la ayudé a terminar, por si tenía en el pensamiento algo inconveniente—, que se ha despedido de los amigos que más estimaba, de su hogar, de sus propiedades más queridas y hasta de sus animales de compañía.

—Sí, en efecto —murmuró, apretando el ceño. En aquel punto le vi el rostro de lechuza del que hablaba doña Clara, la enamorada del marqués, y era cosa muy cierta que se asemejaba a la dicha ave—. Mas sólo quería decir que me recordabais a una joven criada sin dote.

Con mentida alegría, tomé a reír muy de gana por el menosprecio. Debía estar a la mira y conservar en la memoria quién era yo y lo que pretendía y qué debía ganar en aquélla y en todas las partidas.

—Con vuestra ayuda, señora, eso cambiará pronto.

—Desde luego, querida doña Catalina —respondió—. Contad conmigo para lo que necesitéis.

En sus palabras había un tonillo, disfrazado en el amable ofrecimiento, que dejaba claro que una hidalga como yo, por acaudalada que fuera, no disfrutaría ni en el mejor de sus sueños de la ayuda de una dama noble como ella, de quien ni era una igual ni nunca lo sería.

—Os agradezco mucho vuestro ofrecimiento, marquesa. Así lo haré de muy buena gana.

Y ambas sonreímos.

Dos días después de mi llegada, el jueves que se contaban catorce del mes de junio, se celebró en Sevilla, por todo lo alto, la festividad del Corpus Christi. Como me alojaba en el palacio de los marqueses, donde quedé muy bien atendida a la espera de que terminaran los arreglos del mío, me vi en la obligación de ayudar a doña Rufina a confeccionar un altar de ceremonia en la sala de recibir y de asistir con ella a las procesiones y actos litúrgicos propios de tal gaudeamus (me gustaron los graciosos pastorcillos que bailaron la Danza de los Seises en la Iglesia Mayor), diversiones éstas que nos tuvieron dando vueltas tediosamente en el carruaje por toda ciudad desde que amaneció hasta la hora de la cena. Los barrios de Sevilla, por más, gustaban de sacar los pasos de sus iglesias a recorrer las calles, todos con la Custodia en la cabecera, y era cargo obligado que nadie se perdiese tales solemnidades. Habían transcurrido muchos años desde mi marcha a Tierra Firme y ya no guardaba recuerdo de la beatería y espiritualidad que gobernaba la metrópoli y, mucho más aquella ciudad, donde esas cosas se vivían con grandísimo relumbrón. Triana, la Magdalena, el Salvador, San Bernardo... todos los barrios lucían sus mejores galas y las campanas de sus iglesias repicaban sin descanso.

Sin embargo, de aquella molesta jornada, lo realmente destacado fue el sombrío momento en que nuestro engalanado coche se cruzó con el de las hermanas Curvo, Juana e Isabel, las grandes amigas de mi anfitriona. Uno de los lacayos de las hermanas saltó del pescante y nos detuvo, obligando a entrambos cocheros a colocarse de suerte que los ventanucos quedaran enfrentados. No era el primer encuentro del día ni el primer saludo en la calle, aunque las Curvo sí fueron las únicas que a mí me importaron. La marquesa levantó, pues, la cortinilla para conocer con quién nos habíamos topado esta vez y una grande sonrisa de alegría se dibujó en sus labios rugosos. Tal como yo había querido, mi llegada a Sevilla había resultado muy comentada y el ansia de saber más sobre aquella huéspeda indiana tan rica y opulenta que había llegado dos días antes en el aviso de Nueva España tenía removida a la ciudad. La curiosidad devoraba a los principales y la marquesa ya se había visto solicitada a concertar meriendas con una docena de personas para ofrecer un adelanto de la presentación que tendría lugar en mi palacio cuando estuviese terminado.

Tras los breves intercambios de saludos, y sin que yo supiera aún con quién nos las estábamos viendo, doña

Rufina Bazán, orgullosa y satisfecha de tanta atención, se volvió hacia mí y dijo:

—Oíd, doña Catalina, os presento a doña Juana Curvo, esposa de don Luján de Coa, prior del Consulado de Mercaderes, y a su hermana doña Isabel, esposa de don Jerónimo de Moncada, juez oficial y contador mayor de la Casa de Contratación.

—Es un honor —repuse con voz gélida. Sus nombres me habían producido una muy grande alteración y aun un mayor desasosiego, mas debía disimularlo. Allí estaban mis enemigas, allí las mujeres que iba a matar, ésas eran las dos arpías del demonio cuyos rostros y ojos, fijos en mí y sonrientes, me procuraban bascas, dolores y coces en el estómago.

—¿Cuándo tenéis pensado dar la primera fiesta en vuestro nuevo palacio, señora doña Catalina? —me preguntó Juana Curvo con amabilidad.

—Poco o nada sé aún de los arreglos de mi casa, doña Juana —le contesté, guardando bien en la memoria su rostro desvelado. No deseaba olvidar nunca esa piel bruñida bajo el colorete, esos ojos redondos, esa quijada de recto perfil ni esas dos excelentes líneas de dientes níveos en las que no había ni huecos, ni manchas, ni imperfecciones, algo en verdad inexplicable y digno de admiración pues nunca había conocido a nadie que no hubiera sufrido los dolores y las pérdidas que provoca el maldito neguijón.

—Dicen que está casi acabado, señora doña Catalina —afirmó la otra hermana, Isabel Curvo, asomando por detrás. Mi extrañeza no tuvo límites al comprobar el inmenso parecido entre ambas. Las dos hermanas hacían gala del mismo rostro perfecto, de la misma piel pulida y de los mismos dientes sin tacha, sólo las diferenciaban detalles menores e inapreciables: Juana era varios años mayor que Isabel; Isabel era más boba que Juana; Juana era más fuerte, decidida y, probablemente, más malvada que Isabel; Isabel era mucho más rolliza de carnes que Juana. La mayor frisaría los cuarenta años; la menor, los treinta y pocos.

—En efecto, el palacio está casi acabado, doña Isabel, mas no lo he visitado y desconozco cuánto tardaré en habitarlo —repuse con sencillez, sin mostrar los tormentosos sentimientos que me ahogaban.

—¡Ojalá sea pronto! —exclamó ella con entusiasmo—. Tengo ganas de visitar el palacio Sanabria. ¡Dicen que es tan hermoso!

—¡Isabel! —la reconvino Juana—. Hacedme la merced de perdonar a mi hermana, doña Catalina. A veces, se comporta como una niña.

—Por Dios, doña Juana, no hay nada que perdonar. Vuestras mercedes están invitadas a mi palacio. Les mandaré aviso en cuanto haga mudanza y las recibiré allí con mucho gusto.

Isabel Curvo sonrió con satisfacción y Juana esbozó una leve sonrisa que declaraba a viva voz que no esperaban menos de una hidalga acaudalada como ellas, su par en la sociedad, certeza que ya me encargaría yo de desmentirles.

—A no dudar, antes de eso tendremos el placer de volver a verla en el palacio de la marquesa —añadió como despedida.

—A no dudar, señora doña Juana —repuse amablemente.

—Queden con Dios, hermanas —atajó doña Rufina,

al tiempo que sonreía con complacencia y soltaba la cortinilla del ventanuco. Los coches se pusieron en marcha y nos alejamos.

No abrí la boca durante el resto del paseo, y eso que doña Rufina no paró de hablar y que, aunque mis pensamientos me abstraían, atendí a algunas de las cosas que dijo porque podían serme de utilidad. Estaba impaciente por comenzar mis trabajos. Los malditos Curvos iban a perderlo todo por miserables pues el diablo, que nunca duerme, me había llevado a mí hasta Sevilla para su mal.

Desde aquel día puse todo mi empeño en vigilar y cuidar las obras de mi palacio, que, por desgracia, avanzaban poco y mal, pues en la metrópoli, a diferencia del Nuevo Mundo, el trabajo se consideraba una condenación bíblica, un castigo divino del que había que escapar como de la peste: los peones y los albañiles, en cuanto apretaba un poco el sol, se detenían y se sentaban regaladamente a la sombra, y el maestro, como no fuera que Rodrigo lo sacara de la bodega a empellones, ni aparecía por allí. Cierto que los calores sevillanos pueden llegar a ser muy penosos, sobre todo durante el estío, aunque no más que en Tierra Firme, y allí nadie dejaba de trabajar porque apretara el sol. Muchos disgustos nos costó el dichoso palacio Sanabria aunque es obligado reconocer que se trataba de uno de los más grandes y más hermosos de Sevilla y que la expectación durante aquel verano en la alta sociedad sevillana no hizo sino crecer y crecer como una marea imparable. Y la marea era yo, Catalina Solís, la dama más pretendida y solicitada de la ciudad por esquiva, rica, piadosa y soberana de mí misma dada mi condición de viuda.

A finales de julio, acontecieron dos cosas importantes: la primera, que mi palacio brillaba como el fuego de un hacha en mitad de la noche. Los últimos arreglos terminaron, los últimos objetos ocuparon su lugar, las últimas minucias fueron rematadas y llegaron los numerosos criados contratados (no quise comprar esclavos). Con sus treinta aposentos, dos salones de recibir, un oratorio privado, varios retretes, una bodega, una caballeriza, un corral y un enorme patio central lleno de árboles era, a no dudar, mucho más grande y lujoso que la casa del gobernador de Cartagena de Indias, don Jerónimo de Zuazo, en Tierra Firme, y también que el palacio de los marqueses de Piedramedina, lo cual lo convertía, junto con otros dos o tres de Sevilla a lo sumo, en uno de los mejores. La segunda cosa que aconteció a finales de julio fue que volví a ver a las hermanas Curvo. Para entonces ya estaba yo curtida en gastar los caudales a manos llenas. Comprar lienzos, sábanas y almohadas de holanda o ruán, alfombras, tapices, vajillas de plata, coches, caballos, vestidos y joyas se había convertido en mi quehacer ordinario. De las riquezas con las que había llegado a la ciudad desde el Nuevo Mundo conservaba menos de una tercera parte aunque, por suerte, esa cantidad era más que suficiente para lo que me restaba por poner en ejecución.

Aquella tarde de finales de julio regresé al palacio de los marqueses en mi nuevo y bien aderezado coche de paseo y vi, al llegar, otro lujoso carruaje detenido en un lado de la entrada. Me enojaban ya tantas meriendas con duquesas, condesas, marquesas, damas e hidalgas acaudaladas, mas puse buena cara y, recordando que esa noche tenía también una fiesta en casa de los duques de Villavieja, enfilé hacia el interior, hacia la sala de recibir, haciendo de tripas corazón y dejando en manos de Damiana algunos objetos que traía conmigo por no haber pasado por mi casa después de adquirirlos. Pensaba instalarme en el palacio a primeros de agosto, de cuenta que para los pormenores de última hora no me incomodaran las celebraciones de la festividad de la Virgen de los Reyes que tendrían lugar el día que se contaban quince (la misma Virgen de los Reyes ante la que había hecho juramento Fernando Curvo de matarme y que se hallaba en la Capilla Real de la Iglesia Mayor).

Me quedé de una pieza cuando vi en el estrado, juntas, a las tres lechuzas de Sevilla en palabras de doña Clara, cómodamente recostadas sobre los cojines comiendo rosquillas dulces y pasas y bebiendo vino, con cara de estar hablando de alguna cosa de mi incumbencia porque, al punto, cerraron la boca y me miraron con ojos culpables. La menor de ellas, la rolliza Isabel, incluso sonrió con cierta picardía.

—Pasad, doña Catalina —me invitó doña Rufina, llamándome con la mano—. Mirad qué cosas tan ricas nos han traído las hermanas Curvo para merendar.

—Cosas sencillas, doña Catalina, no vayáis a pensar... —comentó prestamente Isabel, con disimulada satisfacción.

—Rosquillas y vino de nuestras fincas de Utrera y pasas de nuestras tierras en Almuñécar —añadió Juana.

La voz de las dos hermanas era muy semejante, aunque la de Isabel era más ronca.

—¡Oh, pues será preciso probar esos dulces tan acreditados! —exclamé, acercándome con una complaciente sonrisa en tanto entregaba a una esclava el sombrero y la mantellina—. ¡Qué calor hace! No se puede respirar.

—¡Sólo vuestra merced anda de paseo por las calles a estas horas del día! —soltó Isabel alegremente—. Claro que estaréis habituada tras vivir tantos años en Nueva España.

—Acertáis, señora —repuse tumbándome entre ella y la marquesa—. Para mí estos calores son mejores que los fríos del invierno.

—Aún no podéis afirmar tal cosa en Sevilla —comentó Juana Curvo llevándose un puñadito de pasas a la boca—. Después de vivir aquí vuestro primer agosto, rogaréis al cielo que llegue pronto el tiempo de arrimarse a las chimeneas.

—¿Cómo van los arreglos de vuestro palacio? —quiso saber la fisgona Isabel.

—Dentro de pocos días libraré a los marqueses de mi presencia y me marcharé, si Dios quiere, a mi casa. ¡No veo la hora de despertarme en esa excelente cama que he comprado para mi cámara!

—¿Es hermosa? —preguntó doña Rufina con apatía.

—De madera maciza —le expliqué—, tallada y guarnecida con bronce sobredorado.

—Tendrá colgaduras...

—Naturalmente, señora doña Juana, y muy hermosas: cielo, cortinajes, cobertura y paramento de damasco bermejo embellecido con cintas de oro.

—¡Oh, qué belleza! —dejó escapar Isabel Curvo—. Una cama digna de una reina.

—No muy distinta de la que tenía en Veracruz —mentí, recordando mi modesta camilla de Margarita—. No quería vivir aquí peor que allí.

—Ni tenéis por qué, ciertamente —convino Juana Curvo—, y aún os digo más: debéis vivir aquí mejor que allí, pues ahora estáis sola.

—¡Qué alegría que el palacio Sanabria abra de nuevo sus puertas, doña Catalina! Ardo en deseos de conocerlo.

—¡Isabel! —la reconvino su hermana.

—¡Dejadme, Juana! —replicó la otra, enfadada—. ¿Acaso no está toda Sevilla maravillada por las mejoras que ha hecho doña Catalina? ¿Acaso no pasan todos por delante del palacio una y otra vez para admirar cotidianamente los arreglos? ¿Acaso no hemos pasado nosotras mismas, con grande curiosidad? ¡No hay para qué ocultarlo, si nadie habla de otra cosa en la ciudad!

Sonreí con disimulo, plena de satisfacción. A la sazón, el marqués había hecho una buena compra y yo mi mejor ganancia. Los muchos millones de maravedíes que había gastado en el palacio Sanabria comenzaban a dar los frutos que deseaba.

—Hay algo que no he podido disponer a mi gusto —consideré con pesar—. No he hallado en toda Sevilla un herrero que me fabricara las rejas para las ventanas y los balcones. He tenido que ponerlas de madera, cosa que me ha disgustado mucho pues desmerecen la hermosura de la fachada.

—Muy hermosa, en verdad, y muy elogiada por las gentes —convino doña Isabel.

—Lo normal es que ningún herrero quiera trabajar en verano, doña Catalina —me indicó la marquesa quien, todo hay que decirlo, no me había ayudado en nada durante aquel mes y medio de fatigas y quehaceres.

—No preocupaos más, señora —intervino Juana, terminando el segundo vaso de vino que yo le veía echarse al coleto—. Vuestro pesar ha terminado. Mañana mismo remediaremos el problema del herrero.

—¿Cómo es eso, doña Juana? —inquirí muy interesada.

—Nuestro hermano mayor, Fernando, a quien vuestra merced todavía no conoce, es dueño de una de las mayores fundiciones de hierro del reino.

—Posee importantes minas en la sierra sevillana —aclaró la otra, muy orgullosa.

—Es lamentable la escasez de maestros fundidores en todo el imperio. Y los pocos que hay en Sevilla están tan de continuo demandados que no es de extrañar, doña Catalina, que no hayáis podido encontrar ninguno que os haga la rejería, sin embargo mañana mismo hablaré con mi querido hermano Fernando y él, ya lo veréis, pondrá fin a vuestros problemas.

—¡Cuánta amabilidad! —repuse con una agradecida inclinación de cabeza.

—Para eso estamos: para ayudarnos los unos a los otros como Dios Nuestro Señor nos ordenó que hiciéramos —proclamó doña Rufina, digno ejemplo de sus propias palabras.

—Vuestra merced todavía no nos conoce bien, querida señora —las palabras de Juana sonaban afectadas—. Nuestra familia es grandemente celebrada en Sevilla por su generosidad y largueza. Con el tiempo, y aunque me esté mal el decirlo, llegarán a vuestros oídos las veraces historias que circulan sobre la virtud de los Curvos.

¿Qué dijo el marqués en cierta ocasión?... «Alardean de su excelencia como una doncella hermosa alardea de su belleza: con mentida humildad, con falsa modestia.» Cada ademán, cada palabra, cada demanda o apostilla, me permitía ir conociendo a las hermanas e ir adentrándome en sus calidades.

—¡Oh, no, no, doña Juana! —dejé escapar con alegría y aparentando escándalo—. No es necesario que pase el tiempo ni que los sevillanos refieran ante mí razones admirables y elogiosas de la bondad de vuestra familia. Al otro lado de la mar Océana vuestro nombre está considerado, por méritos propios, más cerca de la nobleza que de la hidalguía pues tenéis allí dos hermanos, creo recordar, de reputada fama y virtud.

Las dos Curvo expresaron su satisfacción, mas fue la rolliza Isabel quien picó el anzuelo tomando el rumbo que yo pretendía.

—¡Ah, doña Catalina, bien aciertan quienes así hablan! Mas, de seguro que las desgracias y mudanzas que habéis sufrido en los últimos tiempos os habrán vedado conocer las recientes buenas nuevas de nuestra familia.

—No lo creáis, señora doña Isabel, pues era persona cercana a los López de Pinedo, de Nueva España, y supe por ellos que vuestro hermano menor, cuyo nombre no guardo en la memoria, iba a casar, o casó ya, con la joven condesa de Riaza.

Isabel Curvo se echó a reír con grande regocijo y Juana asintió, llena de orgullo. Por fuerza, recordaba bien todo lo que Francisco, el hijo negro y esclavo de Arias Curvo, me había relatado en la selva de Santa Marta una noche ya lejana, cuando me refirió con muchos pormenores que su amo había matrimoniado con Marcela López de Pinedo, hija de una acaudalada familia de comerciantes de Nueva España, de donde supuestamente yo procedía.

—¡Así que lo sabéis! —se deleitó Isabel, limpiándose con los dedos el juguillo de las pasas que le chorreaba por las junturas de los labios—. ¡Pues sí, nuestro hermano menor, Diego, es ahora conde!

—Una grande alegría para todos —apuntó fríamente doña Rufina, quien, como única aristócrata de la merienda, debía dar su bendición a tal enlace realizado, a no dudar, por amor verdadero. Ante el despego de la marquesa, las hermanas Curvo sofrenaron su arrebato.

—Dada la poca aristocracia que vive en el Nuevo Mundo —comenté, cogiendo una rosquilla dulce—, vuestro hermano se encuentra ahora entre lo más florido de la alta sociedad indiana. De cierto, el nuevo conde de Riaza disfrutará de una posición privilegiada en México.

Esta vez fue Juana quien tomó la palabra para sacarme de mi yerro.

—Nuestro hermano Diego se halla aquí, en Sevilla, con su joven esposa, la condesa.

—¿Cómo? ¿No se han quedado en el Nuevo Mundo?

—Oh, no. Están mejor aquí —repuso Isabel con cara mentirosa—. Él y su esposa se encuentran más cómodos y más a gusto entre sus iguales de Sevilla que entre la arruinada y mezquina nobleza que ha emigrado al Nuevo Mundo para mantener sus antiguos privilegios al precio de un puñadito de cuentas de cristal y baratijas. Como sabéis la aristocracia sevillana es muy distinta a la del resto del imperio.

Doña Rufina asintió, complacida, viendo llegada la hora en que se le concediera el mérito de estar allí, en su palacio, llanamente reunida con tres hidalgas de inferior condición a la suya. O eso creía ella porque, según me había contado también el esclavo Francisco, los Curvos descendían de judíos conversos y no eran, pues, ni hidalgos ni cristianos viejos y por ello habían precisado los servicios de un linajudo llamado Pedro de Salazar para que les falsificara la Ejecutoria de Hidalguía y Limpieza de Sangre de Diego antes del matrimonio. Por más, siendo estricta, yo sólo era villana, pechera de condición y calidad pues, aunque tenía sobre el alma cuatro dedos de enjundia de cristianos viejos, mi hidalguía era la de Martín, obtenida por prohijamiento, de cuenta que, en aquella merienda de tanto relumbre, la marquesa se hallaba, en realidad, con lo más bajo e infamante de la sociedad de Felipe el Tercero. ¡Qué disgusto y humillación para ella de conocerlo!

—La nobleza sevillana —siguió diciendo Juana Curvo entretanto llenaba otra vez de vino su copita— es mucho más abierta y generosa que la de la corte de Madrid o la de cualquier otro reino de Europa. A los de aquí, y nuestra amiga la marquesa de Piedramedina es una buena muestra, no les importa abrir sus casas y sus salones a los hidalgos. En Sevilla, por ejemplo, no encontraréis carnicerías de nobles. Todos compartimos las mismas.

—No nos importa pagar el impuesto de la sisa como los demás —dijo doña Rufina con desdén—. ¡Una blanca[27] por libra[28] de carne! ¡Como si fuéramos a arruinarnos! Eso, que lo hagan los de Madrid, que deben de andar mal de caudales por los gastos que acarrea vivir en la corte del rey y seguirle en sus idas y venidas por Castilla.

—Sí, dice verdad —convine.

—Nuestro hermano Diego se siente feliz de hallarse en Sevilla —comentó Juana—, cerca de su familia. En

27. Moneda de vellón, equivalente a medio maravedí. De aquí procede la expresión «estar sin blanca».
28. Una libra equivalía a 453 gramos (aproximadamente, medio kilo).

Cartagena de Indias era muy desgraciado. ¡Nos escribía unas cartas tan tristes! ¿Verdad, Isabel?

La mentada asintió.

—Los negocios del comercio le retenían allí contra su voluntad mas, ahora, como ha entrado en la nobleza y no puede trabajar, su presencia en Tierra Firme no es necesaria.

¿Que los nobles no pueden trabajar?... ¡Cómo si no los hubiera visto yo entremeterse en el comercio con las Indias a través de sus sirvientes y criados de confianza! Las riquezas atraen a todos y especialmente a quienes ya las tienen en abundancia, que nunca se sacian de acopiar más.

—¿Sabéis, marquesa, que Diego se ha determinado a entrar en la congregación del padre Pedro de León? —anunció Juana, de pronto, con grande júbilo.

Las dos hermanas brillaban como soles por la buena nueva y doña Rufina sonrió tanto que el blanco solimán de la cara se le cuarteó.

—¡Cuánto me alegro! —exclamó—. Por mí, si el padre De León y sus congregados quemaran por los cuatro costados la mancebía del Compás, mejor. ¡Ojalá el marqués siguiera los pasos de vuestros devotos hermanos y esposos! ¡Qué orgullo pertenecer a una familia en la que todos los hombres siguen piadosamente el Evangelio y los mandatos de la Santa Madre Iglesia!

—Algo tengo oído de esa congregación. ¿Quién es el padre De León? —pregunté para que siguieran hablando, reparando, asombrada, en que Juana Curvo vaciaba otra vez su copa y tornaba a llenarla mientras hacía ver que atendía a la marquesa sin quitarle los ojos de encima.

—¡El padre De León es un santo bendito! —profirió doña Rufina, santiguándose con devoción—. No hay otro sacerdote como él en toda Sevilla y en todo el reino. ¡Cómo lucha contra ese nido de ratas, contra ese averno de pecado y perdición que es el Compás! A todas las rameras que trabajan en tal estercolero deberían quemarlas vivas. ¡Corrompen a nuestros hombres y los obligan a pecar! Sucio lugar lleno de pestilencias y enfermedades.

—Creía que las mancebas de Sevilla eran de las más limpias del reino —aventuré con timidez, como si hablar de aquellos asuntos me incomodara.

Las tres lechuzas me miraron sobrecogidas.

—¿Cómo podéis decir eso, doña Catalina? —me increpó Isabel Curvo, con un profundo dolor dibujado en el rostro—. No hay otro lupanar mayor en todo lo conocido de la Tierra y los hombres de Sevilla pierden allí, por el abominable pecado de la carne, su alma inmortal todos los días, a todas horas.

Había sincera aflicción cristiana en los ojos de la gruesa Isabel Curvo, que parecía ser muy fervorosa y beata; en los de la marquesa, en cambio, odio ciego y desvarío, herida como estaba por su marido y por Clara Peralta; y... algo engañoso y falso en los de Juana, tan falso como su hidalguía. ¿Qué era? Lo tuve frente a mí un instante pero desapareció, oculto tras una cortina de honesta y piadosa indignación.

—Ruego a Dios que mi hijo Lope —dijo ella— no caiga nunca en ese horrible pecado.

—Sois muy afortunada, doña Juana —comentó la marquesa con envidia—. Vuestro marido, don Luján, es el hombre más virtuoso de Sevilla. No podía tener el Consulado de Mercaderes un prior más honrado y más digno de elogio. Decidme si no es de grandísimo mérito que un hombre como él no haya sido visto nunca en la mancebía, ni siquiera en la mocedad, y que todo su tiempo de asueto lo ocupe en la Iglesia Mayor, y que no se le vea jamás sin el rosario en la mano cuando marcha en su carruaje hacia las Gradas.

Incomprensiblemente, los ojos de Juana Curvo permanecieron helados al tiempo que asomaba a sus labios una forzada mueca de modestia. Su hermana, por el contrario, dio rienda suelta al contento:

—Y mi sobrino, Lope —dijo—, ha salido en todo a su padre. ¡En todo! No he visto mozo más callado, comedido y piadoso. ¡Si parece un ángel!

—¿Cuántos años tiene, doña Juana? —quise saber.

La descendencia de los Curvos no me había preocupado hasta ese momento porque no le había dedicado ni uno solo de mis pensamientos. Conocía a Francisco, el hijo esclavo de Arias, quien no tenía otro derecho que el de recibir los golpes y malos tratos de su amo y padre, mas la existencia de herederos legítimos podía complicarme un tanto las cosas.

—Lope tiene veinte y uno, doña Catalina —presumió su tía Isabel, que no su madre, de quien hubiera cabido esperar alguna muestra de afecto y orgullo—. Es el mayor de mis sobrinos y, aunque mi hermana se opone, desde bien pequeño ha expresado su firme deseo de profesar en los dominicos.

Juana empinó el codo por cuarta vez y vació la copa. Sus remilgos eran inciertos y su silencio, exagerado. ¿Qué ocultaba?

—¿Y cuántos sobrinos tenéis, doña Isabel? —inquirí con mayor curiosidad.

—Ocho, por la gracia de Dios. Cuatro de mi hermano Fernando, uno de mi hermana Juana (el mentado

Lope) y tres, nacidos en Cartagena de Indias, de mi hermano Arias y su bella esposa, doña Marcela López de Pinedo, a cuya familia conocéis. De Diego esperamos en breve felices nuevas, lógicamente, pues pronto hará un año que casó. Por mi parte, Nuestro Señor quiso darme tres hermosos hijos: Lorenza, de diez y siete años, monja profesa del convento de Santa María de Gracia; Luisa, de doce, que siente mucha inclinación de entrar también por religiosa en el convento de su hermana; y el pequeño Andrés, de nueve años, que sólo piensa en jugar, estudiar y pelear con su primo Sebastián, de su misma edad, el único hijo varón de Fernando, a quien Dios asignó la pesada carga de tres hijas.

Todas lamentamos con auténtica aflicción la mala ventura de Fernando, pues tres hijas eran muchas para dotar económicamente, tanto si entraban en religión como si había que casarlas. Las dotes habían sido la ruina de muchos padres, aunque tuve para mí que ése no sería el asunto que le robara el sueño a Fernando Curvo.

—¿Y ya se ha decidido su futuro? —preguntó la marquesa.

—¡Oh, son muy pequeñas aún! Fernando matrimonió con mi cuñada Belisa hace sólo doce años, aunque tenemos oído que está empezando a buscar pretendientes para ellas entre las mejores familias sevillanas.

—¡Os propongo uno magnífico que me ha venido al pensamiento! —la interrumpió doña Rufina con gesto de inspiración.

—¿Quién? —solicitó Juana, interesada.

—El hijo de don Laureano de Molina.

—¿El cirujano de la Santa Inquisición? —se asombró Isabel.

—¡El mismo! —manifestó la marquesa, quien disfrutaba doblemente con aquella humillación que infligía a las hermanas—. Está estudiando medicina en Salamanca y su padre ha fundado un mayorazgo para él.

Juana e Isabel tragaron, con ayuda del vino de Utrera, el pan amargo que la marquesa les había metido en la boca recordándoles que eran hidalgas y que su familia no podía aspirar a otra cosa que no fuera un licenciado, un mercader como ellos o un artesano. Y aún era más difícil de tragar tras la boda de Diego con Josefa de Riaza pues, siendo él ahora conde, la familia esperaba, a no dudar, bodas de mayor calidad para sus herederos. Juana, astuta como era y avispada por el vino, salió raudamente al paso de la generosa iniciativa de doña Rufina:

—No hay que adelantarse. ¿A qué las prisas? Me parece que Fernando, por su deseo de dejar a su hijo Sebastián toda su hacienda sin partir, está cavilando en hacer profesar a las tres niñas en algún buen monasterio.

—No es mala solución —aplaudió la marquesa—. Don Luis, mi marido, tiene grandes influencias en el de Santa María de las Dueñas y creo que allí sólo exigen una pequeña dote de dos mil ducados de plata. Si queréis, podemos empezar las conversaciones con el cardenal de Sevilla, don Fernando Niño de Guevara, que es buen amigo de don Luis.

Las hermanas Curvo agradecieron a doña Rufina su amable ofrecimiento y anunciaron que hablarían con su hermano para comunicarle la excelente nueva. Los rostros de ambas, sin embargo, mostraban lo humillante que les resultaba sufrir las asiduas puyas de la marquesa quien, pese a pertenecer a esa aristocracia sevillana tan abierta en su trato social, no permitía que nadie olvidara quién era ella y cuál era su posición. Formaba parte del juego diario de aquellas tres lechuzas el que doña Rufina, para satisfacer su orgullo de noble, rebajara a las Curvo y que éstas, por su parte, aceptaran las afrentas a trueco de seguir sentadas en aquel estrado del palacio de Piedramedina a la vista de toda Sevilla. Era un juego complicado y peligroso que las tres aderezaban bien.

La charla continuó un rato más y las Curvo se marcharon, por fin, cerca de las seis.

Entretanto subía a mi cámara para cambiarme de vestido, me holgaba por haber conocido las muchas cosas que aquella larga tarde se habían hablado sobre los Curvos de Sevilla. Determiné que, antes de acudir a la cena en el palacio de los duques de Villavieja (cena a la que había sido invitada por expreso deseo de don Luis), tenía que hablar con mi compadre Rodrigo para pedirle que ejecutara algunos menesteres.

Rodrigo esperó en la antecámara hasta que salí.

—¿Qué tienes, Rodrigo, que te has quedado mudo? —le pregunté, haciendo un ademán tajante a mi doncella para que nos dejara solos.

Rodrigo cabeceó.

—A fe que siempre me asombro de verte disfrazada de dueña —gruñó—. ¿Qué me querías?

Oculté mi regocijo y él su admiración por mi belleza, que no era tanto mía como de los afeites, coloretes y vestidos. Se hubiera admirado igual de ser otra la que hubiera salido de la cámara con aquellos lujos.

—Anda a casa de doña Clara y cuéntale que Diego Curvo ha entrado en la congregación del padre Pedro de León.

—¿Y qué le digo que quieres?

—Que le vigile. Que mande a alguien para que le siga. Algo deben de ganar los Curvos perteneciendo a esa congregación y quiero saber qué es. Resulta demasiado sacrificado fingir de continuo fervorosa devoción cristiana siendo como son asesinos, ladrones y falsarios. Ese odre debe de estar perdiendo el vino por algún lado y quiero conocer por dónde.

—¿Y cómo va ella a mandar a uno de sus criados a seguir a Diego Curvo? Podría verse comprometida.

—Dile que envíe a Alonsillo. Es un pícaro amigo de burlas. Sabrá ejecutarlo sin llamar la atención y te aseguro, compadre, que, si él no pudiera, conoce a otra mucha gente que sí.

Rodrigo partió y yo bajé hasta el patio y subí en mi coche, con el ánimo dispuesto para soportar otra larga noche en una fiesta de opulencia, esplendor e hipocresía, luciendo ante una caterva de títulos nobiliarios, ilustres autoridades de Sevilla, frailes y obispos de la Santa Iglesia mi singularidad de viuda indiana, hablando encantadoramente de las obras de mi espléndido palacio y de las costumbres y curiosidades del Nuevo Mundo. La alta aristocracia sólo vivía para visitarse y exhibir sus linajes y grandes fortunas, como hacían aquel día los duques de Villavieja, que daban su fiesta para mostrar en sociedad los dos lienzos del maestro Francisco Pacheco que habían encargado para regalar a cierto monasterio cisterciense. Ningún mercader ni comerciante había sido invitado a la fiesta. Yo era la flor exótica que los duques lucían aquella noche en su jardín y eso me convenía porque aumentaba mi valor ante los ojos de los hermanos Curvo, pues, gracias a la ayuda de don Luis, era afectuosamente recibida donde ellos no podían entrar.

Mas el mundo de lujo y alcurnias en el que me movía no me había hecho olvidar quién era yo, cuál era mi sitio verdadero y para qué estaba allí y, si algún peligro hubiera corrido de olvidarlo, los paseos en mi carruaje de un palacio a otro y de una fiesta a otra me lo hubieran recordado, pues en las calles se veía la indigencia de las pobres y humildes gentes del pueblo de Sevilla: los niños descamisados y descalzos bajo el frío, las abuelas vendedoras de huevos fritos que se resguardaban en las esquinas, los pícaros hambrientos comidos a su vez por pulgas, los padres sin trabajo ni pan para sus hijos que caminaban sin rumbo enseñando los dedos a través del cuero roto de las botas... Ésa era la España real, la verdadera, la que no recibía ni un solo maravedí de las inmensas riquezas del Nuevo Mundo.

Aquella noche, en el palacio de los duques de Villavieja, bailé la Pavana con el anciano duque hasta que amaneció, y estuve tan brillante y encantadora que lo dejé plenamente cautivado. Dijo de mí que yo era una mujer hermosa, inteligente y modesta, como correspondía a una viuda de vida excepcional. Me reí y le hice una graciosa reverencia. A fe que no sabía él cuánta razón tenía.

La primera visita que recibí en mi propio palacio el mismo día que me instalé fue la de Alonsillo. El antiguo esportillero, acompañado por un misterioso compinche, entró en las cocinas usando la portezuela que daba a un callejón trasero y pidió a los criados ser recibido por Rodrigo quien, al punto y conociendo las nuevas que traían, condujo a ambos secuaces discretamente hasta mi antecámara utilizando los corredores más solitarios de la inmensa casa. Rodrigo llamó a mi puerta y Alonso y él entraron. Me dio grande alegría volver a ver al sonriente pícaro, mucho más guapo con sus nuevas ropas de criado de casa pudiente.

—¿Dónde está mi señor Martín? —preguntó con una galante inclinación de cabeza.

—Ahora mismo le llamo para que salga y hable contigo —respondí, siguiéndole la chanza.

—Decidle que tengo ganas de verle.

El corazón me dio un vuelco. Me gustaba su sonrisa y su desvergüenza. Se había aderezado como un pino de oro para que yo le viera.

—¿Qué me traes? —le pregunté, tomando asiento.

—Doña Clara me ha dicho que viniera a informaros. Lo sé todo sobre Diego Curvo.

—Ya será menos, bribón —afirmé, sonriendo—. Habla.

—Le he seguido seis días vestido de andrajos y fingiendo estar tullido y enfermo. He dormido en el portal que hay frente a su casa para que no se me escapara en sus salidas. He hablado con la gente y...

—Y no habrás levantado sospechas, espero —le atajé.

—Ninguna. Mi padre me ayudó. Y no hay quien gane a mi señor padre en estos asuntos.

Alcé las cejas, sorprendida y furiosa, presta a la disputa, mas el pícaro me contuvo con un gesto.

—Permitid que os lo presente. Está fuera, esperando.

Aquello era más de lo que podía soportar. Rodrigo, en cambio, permanecía tranquilo y sonriente y eso me retuvo. Alonso fue hacia la puerta y la abrió.

—Entrad, padre.

Un fraile vestido con el hábito de San Francisco y con

la capilla calada hasta el pico para ocultar el rostro entró en mi cámara.

—¡Descubríos! —le ordenó Rodrigo.

El fraile se retiró la capilla y se dejó ver. Era un hombre mayor, de unos cuarenta años, bastante calvo aunque con barba rubia y pobladas cejas. No podía ser un fraile verdadero pues era el padre de Alonsillo y sus ojos claros, azulados, lo demostraban, de donde se venía a sacar que era tan dado a las fullerías y picarescas como el hijo y, como el hijo, igual de gallardo. Deploré que se acopiara tanta galanura en una familia de bellacos y embelecadores como aquélla.

—Éste es mi señor padre, doña Catalina.

—En nombre sea de Dios —dijo el fraile a modo de saludo.

Rodrigo y yo soltamos una carcajada y Alonso se ofendió.

—¡Mi padre es un franciscano verdadero, señora! Dejad de reíros.

—¿Es fraile de verdad? —me burlé.

—Así es, señora —respondió el aludido, dando un paso adelante—. De la orden mendicante de San Francisco. Abandoné el convento cuando conocí a la madre de Alonso. Dejé de pedir limosna por los caminos y me quedé a vivir con ella y con ella tuve cuatro hijos a los que sigo cuidando pues su madre ya no está con nosotros.

—¿Os abandonó? —quise saber, cada vez más sorprendida. Aquel hombre parecía estar diciendo la verdad, por increíble que fuese.

—Murió de sobreparto, señora, hace ahora cinco años. Mis hijos me retienen aquí, pues, de otro modo, habría regresado ya al convento.

—Queréis decir... ¿Cómo os llamáis? —le preguntó Rodrigo.

—Respondo por padre Alfonso o fray Alfonso Méndez.

—Así pues, fray Alfonso —inquirió Rodrigo, colocándose a su lado—, habéis logrado escapar de la Santa Inquisición y criar a vuestros hijos sin que la Iglesia os haya quemado.

—No soy el único fraile ni cura que vive decentemente con su barragana y cría a sus hijos en Sevilla y en Castilla —su voz sonaba altiva y su gesto era de dignidad—. Somos tantos que la Inquisición no tiene calabozos para nosotros. Algún día, cuando sus tribunales estén menos ocupados con las herejías, emprenderá la reformación de las costumbres y, entonces, nos encarcelará y juzgará, mas, por el momento, nos deja vivir tranquilos.

—Mi padre se gana muy bien el pan confesando a las gentes de los pueblos y las aldeas —nos aclaró Alonso con orgullo—. ¿Quién no prefiere recibir el sacramento del perdón de un sacerdote con hijos que entiende las debilidades humanas? Todos los hermanos del gremio de ladrones y rufianes de Sevilla tienen a mi padre por su confesor.

No daba crédito a lo que oía. A mi verdadero padre lo habían sentenciado en Toledo por fornicar fuera del matrimonio y por no conocer las oraciones primordiales de la Iglesia y, en cambio, a aquel fraile franciscano le permitían vivir con su barragana y engendrar cuatro hijos sin quemarle en la hoguera. Ya eran tres las justicias despóticas y caprichosas con las que me había topado: la del rey, la de los Curvos y la de la Inquisición. ¿No sería acaso que la justicia, como tal, no existía?

—Y bien, padre Alfonso —dije—, ¿cómo habéis ayudado vos en la tarea que le encomendé a Alonsillo?

El fraile me miró y, por vez primera, advertí en sus ojos la misma mirada desvergonzada y burlona de su hijo. Por más, desprendía el mismo tufo a ajos crudos.

—Entré en el palacio del conde de Riaza —afirmó— y hablé con sus esclavos y sus criados, a quienes confesé de balde y, por más, conseguí trabajo allí para Carlos, mi segundo hijo, quien nos contará todo cuanto vuestra merced desee conocer.

A fe mía que eran una familia provechosa.

—Sea. Empezad a hablar.

Padre e hijo cruzaron una mirada y el hijo, Alonsillo, fue quien tomó la palabra:

—Diego Curvo es un gandul y un poltrón de primer orden —soltó con desparpajo—. Ya sé que, como está mandado, la nobleza no trabaja, mas una cosa es no trabajar y otra holgazanear todo el día por la casa como una mujer perezosa, y, luego, con la caída del sol, ir a buscar cantoneras a extramuros de la ciudad, a los lugares de actos y tratos mujeriles conocidos como la Madera, las Barrancas o las Hoyas de Tablada. Por ser congregado del padre Pedro de León no puede visitar la mancebía del Compás, pues allí acude sólo como piadoso enemigo con su hermano don Fernando y los demás seguidores del dicho jesuita, mas embozado en su capa y con el sombrero calado puede visitar a las rameras de otros lugares donde no hay vigilancia y hacer de las suyas.

—Hará lo que todos —comenté de un tirón, con sorna.

—Os equivocáis, señora —objetó el padre Alfonso—, no hace lo que todos. A éste le gusta pegar con la vara.

Los esclavos y criados de su palacio están llenos de costurones y dicen ellos que la pobre condesa también.

¡Maldito hideputa! Recordé que mi señor padre había sufrido esos mismos golpes en las costillas durante el viaje desde Tierra Firme a Sevilla, cuando Diego Curvo bajaba a visitarle en la sentina para hablarle de la justicia de su familia.

—Según parece, las mujerzuelas de extramuros le tienen mucho miedo —dijo Alonsillo—. Mas, como es noble y principal, y como ellas trabajan fuera de la mancebía, sin potestad del Cabildo, no pueden denunciarle y el muy bellaconazo lo sabe.

—La doncella de la joven condesa —añadió fray Alfonso—, una negra de las Indias que la cuida desde pequeña, tiene el rostro cruzado por un ramalazo que la desfigura toda y que, según me contó, recibió en lugar de su ama.

Así que con ese rufián, con ese miserable que usaba la vara con esclavos, mujeres y ancianos, habría de vérmelas en primer lugar. Sea. Eso haría más fácil mi desquite que, no por ser justo, me asustaba y preocupaba menos. A fin de cuentas, hablábamos de matar, algo que yo jamás había hecho antes.

—¿Sus hermanos conocen esa afición a la vara —pregunté— y sus visitas a esos lugares de extramuros que habéis mencionado?

—Si lo saben, lo callan —afirmó fray Alfonso—. Es mejor que ciertos asuntos no se traten nunca en familia aunque todos los sepan. Tengo para mí que su hermano don Fernando se lo huele y que las dos hermanas se lo barruntan, mas, como es el pequeño de los cinco y el que ha llegado a ser noble, parece que los otros sienten cierta debilidad por él y por sus pecados.

Miré por la ventana y vi que aún había luz.

—¿Tenéis algo más que contarme?

—No, doña Catalina —dijo Alonsillo, negando con la cabeza.

—Bien, pues acabemos este encuentro. Vos, fray Alfonso, podéis marchar con mi agradecimiento. Rodrigo os pagará por el trabajo. Tú, Alonsillo, quédate y espérame aquí.

Entré en mi recámara y poco después, antes de la cena, salí con una misiva lacrada. Él se había sentado en mi silla y silbaba una musiquilla para entretenerse.

—Desde hoy, Alonso, te prohíbo que vuelvas a comer ajos crudos pues apestas como los villanos y, por más, te ordeno que te bañes, a lo menos, una vez a la semana.

El pícaro me observó con esos bellos ojos que había heredado de su padre y, en silencio, asintió un tanto dolido. Extendí el brazo y puse la misiva en sus manos.

—Entrégasela a tu ama, doña Clara, y pídele que no se demore en este asunto.

—¿No podéis contarme más? —quiso saber, intrigado.

—¡Largo! —le solté señalándole la puerta e intentando ocultar una sonrisa y la pena que me daba que se fuera.

Mi señor padre, don Esteban Nevares, decía siempre que debemos dejarnos llevar por el viento favorable cuando sopla pues una de sus creencias más arraigadas era que quien no sabe gozar de la ventura cuando le viene no debe quejarse cuando se le pasa. Esa ventura llamó a la puerta de mi palacio durante la celebración de la fiesta que organicé el primer sábado de agosto, el día que se contaban cuatro del mes, en la que iba a recibir a lo más distinguido de la sociedad sevillana que, para ese tiempo, se moría ya de curiosidad y deseos de pisar mis salones y mis jardines. Acudieron unas treinta familias aristócratas (entre las que se hallaban los Medina Sidonia, los Béjar, los Castellar, los Olivares, los Gomera, los Arcos, los Medinaceli, los Villanueva...), otros tantos caballeros de hábito y comendadores con sus esposas e hijos mayores y, naturalmente, los más importantes hidalgos acomodados (los Curvo, los Mañara, los Wagner, los Bécquer, los Antonio...) así como los poderosos e influyentes banqueros de la Carrera de Indias, también conocidos como compradores de oro y plata,[29] entre los que se encontraba el suegro de Fernando Curvo, don Baltasar de Cabra.

Iba a ser la cena de mi fiesta, según se acostumbra, de noventa platos de principios y postres y otros tantos calientes. Había decorado la mesa, que era más grande que toda mi casa de Margarita, con una figura de la Iglesia Mayor hecha de mazapán, gelatina y costras de azúcar, labrada de filigrana y de una vara de alto. Delante, unas carrozas tiradas por caballos, hechas también de manteca y azúcar, portaban salchichones de Italia, perniles que parecían enteros mas estaban cortados en lonjas con grande sutileza, fuentes de natas, uvas moscateles, limas dulces y otras frutas. Todas las servilletas

---

29.   De hecho, la palabra «banquero» no existía en aquel tiempo. Las funciones de préstamos y créditos las realizaban los «compradores de oro y plata». Véase «Los mercaderes sevillanos y el destino de la plata de Indias» (*Boletín de la Real Academia Sevillana de Buenas Letras,* Sevilla, 2001), de Enriqueta Vila Vilar.

de la mesa estaban tan primorosamente aderezadas que semejaban peces, navíos y otras invenciones. No había reparado en gastos para la ocasión pues ésta debía ser memorable y famosa hasta por sus menores detalles.

El fuego de las hachas y las luminarias marcaba el camino de entrada desde el portón de las carrozas hasta el patio principal de mi palacio. Allí, don Luis, el conde de Piedramedina, blandiendo en el aire un pañuelo de encajes, ejercía de anfitrión por ser yo mujer y viuda y no corresponderme esos menesteres. Doña Rufina, encantada con el acontecimiento, disfrutaba del lugar aventajado que ocupaba su marido y ejercía, o intentaba ejercer, una cierta autoridad sobre mí, desluciéndome como si el palacio Sanabria fuera de su propiedad y no de la mía. Sin embargo, mis muchos afanes y despilfarros habían dado sus frutos y nadie buscaba otra compañía que la mía. Aquélla era mi noche, la noche en la que todo principiaba, y la fresca brisa nocturna provocada por un día de agosto extrañamente nublado hacía agradable la estancia en los jardines, en los que sonaba la música acompañando a las alegres y animadas conversaciones. Entre mis muchas obligaciones como anfitriona y propietaria del palacio había una que, sin falta, debía poner en ejecución por más que me mortificara y amargara, y era la de agradecer a Fernando Curvo el maravilloso trabajo realizado por sus maestros fundidores: la rejería de mi casa era una obra inigualable que había sido fabricada en un tiempo admirablemente breve. Los maestros que me visitaron al día siguiente de mi conversación con las hermanas Curvo me informaron de que Fernando había ordenado detener todas sus fundiciones, en las que se elaboraba la muy necesaria y siempre escasa munición para los galeones reales, con la intención de que sólo se forjara en ellas la rejería de mi palacio y, así, ésta pudiera estar lista y colocada antes de la fiesta. Inmediatamente le envié, junto con una nota de agradecimiento, un regalo apropiado, una estatua de bulto de un Cristo grande de marfil que formaba parte del legado de los condes de Melgarejo, anteriores propietarios de mi palacio, y supe, por un criado que me despachó de vuelta, que el presente había sido muy de su agrado aunque lo consideraba innecesario pues todo lo hacía para su propia satisfacción y la de sus hermanas, que en tan grande estima me tenían. Del monto que me cobró por las rejas mejor no hablar, pues lo único en verdad importante era que, aquella noche, mi palacio resplandecía como el oro y deslumbraba por su belleza a toda Sevilla y a mis invitados, tanto a los Medina Sidonia como a los Bécquer y los Cabra. No podría haber deseado un resultado mejor.

Todo llega en esta vida y, poco antes de la cena, tras recibir los saludos y respetos de la mayoría de mis invitados, apareció ante mí, acompañado por don Luis, un hidalgo de noble porte, alto y seco como los que gustan de las mortificaciones, en cuyo avellanado rostro campeaban un bigote entrecano y una perilla casi blanca. Tras él, a dos pasos, un anciano de prominente estómago al que parecía irle a estallar el coleto de tan gordo como estaba, sonreía con aires de condazo o caballerote, entrecerrando mucho los ojos turnios que se le perdían en la cara. Al lado de éste, una matrona silenciosa, vestida con una saya entera de rica tela púrpura cuyo cartón le aplastaba y alisaba el pecho, empujaba sus ricos collares hacia adelante con otra descomunal barriga igual de inflada que la del anciano.

Don Luis, mi solícito caballero en aquella espléndida y brillante fiesta, hizo las presentaciones, mas éstas resultaron ociosas pues Fernando Curvo era tan parecido a su hermana Juana que, de no ser uno hombre y otra mujer, hubieran podido hacerse pasar por la misma persona, de cuenta que lo hubiera reconocido allá donde lo encontrara, y, por más, Fernando poseía la misma dentadura perfecta y blanca que, a lo que se veía, era atributo y seña de los hermanos Curvo: sin agujeros, sin manchas del neguijón, sin apiñamientos, algo de lo que ningún otro invitado de mi fiesta, ni siquiera yo, podía presumir.

Aquél era el hombre, me dije escudriñándole atentamente, que había hecho juramento ante la Virgen de los Reyes de matarme él mismo con su espada según me había relatado mi padre. El tan solícito caballero que había puesto a mi servicio sus fundiciones y sus maestros para fabricar mi rejería y que ahora se inclinaba obsequiosamente ante mí, era el mismo que, de vestir yo los atavíos de Martín y no aquellas galas de Catalina, me hubiera atravesado de parte a parte con esa espada de largos y gráciles gavilanes que le colgaba del cinto. Rumiando, pues, estos pensamientos, le miré derechamente a los ojos. A él le sorprendió, lo supe; no comprendió el sentido de aquella mirada, una mirada en la que yo, Martín y Catalina al tiempo, oculté la certeza de su pronta y dolorosa muerte a mis manos. Él no podía conocer que quien le contemplaba de aquella forma, con tanta porfía, era su verdugo. ¿Sería capaz de matarle?, me pregunté. La muerte, que a todos nos pone cerco desde el nacimiento, sólo es un trance, un suceso que puede propiciarse sin remilgos, tal como había hecho con mi propia familia el fino gentilhombre que tenía delante. Al punto, Fernando Curvo perdió su sobria apariencia y recobró la verdadera, la del asesino, y ya no busqué más razones. Sí, me respondí, podría matarle sin que me temblara la mano.

—Si puedo favoreceros algún día con cualquier cosa, mi señor don Fernando —apunté con amabilidad acabados los saludos—, espero me hagáis la merced de pedírmelo, pues he quedado en grande deuda con vos.

—Cuánto me alegro de vuestro ofrecimiento —repuso él con gentileza y una agradable sonrisa—, pues, en efecto, sí que hay algo que tanto mi esposa como yo deseamos ardientemente de vuestra merced.

—¡Qué afortunada soy! —repuse—. ¡Decídmelo ahora mismo, señor! Lo tenéis concedido.

La matrona gruesa de ricos collares bailarines avanzó dos pasos hasta colocarse junto a Fernando Curvo. Era Belisa de Cabra, su esposa.

—Venid algún día a comer a nuestra casa, doña Catalina —me solicitó Fernando bajo las miradas de aprobación de Belisa y de su gordo suegro, el comprador de oro y plata Baltasar de Cabra, de ojos torcidos—. Conozco por mis hermanas, a quienes, según sé, os une un entrañable y valedero afecto, que andáis ocupada con incontables asuntos, mas nos honraríais mucho si, cuando pase la canícula del estío, encontrarais un día para visitarnos y compartir nuestra mesa.

Tras aquel cortés ofrecimiento se ocultaba la ambición de recibir en sus salones a la dueña más acaudalada y codiciada de Sevilla, de lo que, a no dudar, obtendrían un buen provecho social.

—Como os he dicho, mi señor don Fernando —confirmé—, lo tenéis concedido. Diga vuestra merced el día y la hora y allí estaré.

En ese mismo momento, el resto de los hermanos Curvo hicieron su aparición. Mi conversación con Fernando no les había pasado desapercibida y, aunque muchos de los invitados estaban visitando el interior del palacio, admirando la belleza de las obras sobre las que tanto se había hablado, quiso el destino que, de súbito, me encontrara sitiada y sin escapatoria por Fernando y Belisa, Juana y Luján de Coa, Isabel y Jerónimo de Moncada y Diego y su joven y no muy agraciada esposa, Josefa de Riaza. Sentí que me faltaba el aire. Miré a la redonda, buscando a mi compadre Rodrigo mas, para mi desgracia, no le vi en parte alguna. ¿Es que nadie, nadie, se daba cuenta de la grotesca situación en la que me hallaba? Don Luis, el marqués de Piedramedina, tampoco reparó en mi sobresalto. Sonreía complacido y seguía con mirada ociosa el devenir de los invitados. Su enamorada, doña Clara, de haber estado allí, se hubiera apercibido de inmediato de mi grande tribulación, cercada como estaba por los asesinos de mi señor padre. Al no haber ninguna persona que acudiera en mi auxilio no me quedó otro remedio que sobreponerme. No sé de dónde saqué las fuerzas.

—¡Qué grande honor recibir en mi casa esta noche a todos los miembros de una familia tan renombrada como los Curvo! —exclamé.

Sentí una punzada aguda en el costado de mi cuerpo que estaba junto a Diego Curvo, el infame conde de Riaza, el que visitaba a mi padre en la sentina del galeón. Diego era un petulante engreído, uno de esos mozos malcriados que se creen reyes del mundo y emperadores del universo. Sus aires de suficiencia contrastaban con el apocamiento de su joven y fea esposa, Josefa, a quien las uñadas de la viruela habían arruinado cruelmente el rostro.

Al esposo de Juana, Luján de Coa, prior del Consulado de Mercaderes, lo reconocí al punto por el rosario que llevaba colgando de la mano diestra pues así, pasando silenciosamente las cuentas con el pulgar, había dicho doña Rufina que iba en el carruaje cuando se dirigía hacia las Gradas de la Iglesia Mayor para tratar asuntos del comercio. Era un hombre muy viejo, más que el banquero Baltasar de Cabra, con todo el pelo blanco y cuatro pelillos ralos en el mentón a modo de perilla. Su rostro mostraba más arrugas que la hermosa tela del vestido de su esposa, y el temblor de su labio inferior, algo colgante, revelaba a las claras que el hábil y astuto negociante sufría ya de los quebrantos de la vejez, como quedó demostrado cuando, antes de acabar la fiesta, hubo de volverse a casa porque le apretó el mal de orina. Mas si él aparentaba tener un pie en la tumba, su esposa, doña Juana Curvo, sin duda tenía dos en el lagar, pues no había dejado de beber desde que principió la noche. ¡Qué grande diferencia entrambos!, me dije. Él, acabado y marchito; ella, aunque añosa, gallarda y brava.

Isabel Curvo, la rolliza Isabel, se mostraba silenciosa y triste aquella noche. Sus bellos vestidos de color granate, sus abundantes joyas y el colorete de sus mejillas no podían ocultar ni disimular el leve gesto de dolor que, en ocasiones, agitaba su rostro alicaído. Jerónimo de Moncada, el esposo de Isabel y juez oficial de la Casa de Contratación, le echaba miradas de preocupación. Se le veía afligido y levantaba de continuo la mano al cabello de su esposa como para acariciárselo, mas, como tal gesto hubiera sido inapropiado, terminaba por componer el suyo.

—¿Qué os pasa, querida hermana? —le pregunté a ella con inquietud.

—Nada que deba alarmar a vuestra merced —repuso turbadamente el marido, pues Isabel no podía ni hablar—. Un leve dolorcillo que pronto pasará, ¿verdad?

Isabel Curvo asintió, forzando una sonrisa, mas, al punto, su rostro tornó a contraerse.

—¡No, no, don Jerónimo! —rechacé, acercándome a Isabel y cogiéndola de una mano—. Vuestra esposa sufre y a mí me duele ver que no puede disfrutar de su primera visita al palacio Sanabria. ¡Con tanto como lo deseaba! ¿Os acordáis, doña Isabel?

Ella tornó a sonreír dolientemente, mas hizo un gesto con la mano para que no nos afligiésemos ni otorgáramos importancia a lo que le acontecía. En los rostros de su familia atisbé rastros de enojo y hartazgo. Tenían para sí que fingía o acaso era ya mucho el tiempo que ese dolor de su hermana les venía incomodando. No mostraron ningún signo de compasión.

—¡Venid conmigo, doña Isabel! —le ordené, tirando de ella hacia los salones, mas, para mi sorpresa, no pude moverla ni un ápice—. ¿Qué os ocurre? ¡Hablad, por Dios!

—Mis piernas se niegan a caminar, doña Catalina —gimoteó—. Sufro de grandes dolores en las caderas. Hay días que no puedo dar ni un paso y hoy, por triste desventura, es uno de ellos.

—¿Y no tomáis ningún remedio para aliviaros?

—Ya los ha probado todos —declaró don Jerónimo,

sublevado—. ¡Nada la consuela! Yo no sé qué más obrar. Los mejores médicos de Sevilla se han dado por vencidos y las pociones que antes, mal o bien, la remediaban, ahora no le hacen efecto.

Jerónimo de Moncada, sinceramente mortificado por el sufrimiento de su esposa y, a lo que parecía, muy enamorado de ella, era el único de todos cuantos allí estábamos que tenía por cierta la enfermedad de Isabel. Los demás, hartos de que su hermana perturbara la celebración, parloteaban malhumorados entre sí, y yo, desconfiada, empecé a recelar que Isabel sólo tenía sin remedio la cabeza. No obstante, aquellos males, verdaderos o falsos, me brindaban un trance de oro que no debía desaprovechar. Sólo representaba una pequeña mudanza en mis propósitos: lo que iba a ser para Juana sería para Isabel, que parecía requerirlo mucho más.

—¡Alégrese vuestra merced —le dije, sonriente—, pues tengo justo lo que precisa!

—¿De qué habláis, doña Catalina? —quiso saber Juana Curvo, arrimándose.

—Del Nuevo Mundo, doña Juana. Conoceréis lo mucho que ha mejorado y avanzado la medicina con las abundantes plantas beneficiosas que allí prosperan y que llegan hasta España en las flotas.

Todos asintieron, otorgándome la razón.

—Pues vino conmigo desde Nueva España la mejor sanadora de aquellos pagos, una antigua esclava negra que aprendió de los indios el buen uso de las plantas curativas.

—¿Una curandera? —se alarmó Fernando.

—Erráis, señor —repuse, fingiendo afrentarme—. Mi criada no es una curandera. ¿Acaso pensáis que yo admitiría a mi servicio a alguien que incumpliese las leyes de nuestra Santa Iglesia? ¿O que las incumpliría yo misma? ¡Nunca! Y os ruego que, por más, os abstengáis de pronunciar ante mí esa palabra por serme de mucho desagrado. Mi criada, Damiana, estuvo al gobierno de mi casa en Nueva España durante muchos años, desde antes de mi matrimonio, y mi esposo, don Domingo, la tenía en grande estima pues siempre le asistió con diligencia y esmero, cumpliendo en todo con sus obligaciones. Lo que yo le ofrezco a vuestra hermana doña Isabel son los cuidados de una criada negra que, por mejor atender a mi marido y a su propia familia, aprendió en la cocina, entre cacerolas y platos, los remedios de la salud que tan necesarios resultan a los cristianos. Y era la mejor de Nueva España, os lo aseguro.

Hubiera podido seguir hablando, mas, a la sazón, Isabel ya se hallaba cabalmente convencida de que no podría seguir viviendo sin Damiana.

—Y para que la noche sea más venturosa de lo que está siendo —dije, echando una mirada satisfecha a mi palacio iluminado—, ahora mismo, doña Isabel, haré que Damiana os quite ese dolor, y vos, don Fernando, podréis cercioraros de la excelencia y rectitud de mi criada.

—No he menester más que vuestra palabra, doña Catalina —rehusó él gentilmente—. Dispensad mi imprudencia anterior. Estoy cierto de que esa negra le hará mucho bien a mi hermana.

—Os estaremos igualmente agradecidos, doña Catalina —añadió don Jerónimo de Moncada con cierto reparo—, aunque, como en ocasiones anteriores, mi esposa no se cure.

—Se curará, don Jerónimo, se curará. Tened fe y rezad. —Hice una seña con la mano y un lacayo se acercó hasta nosotros—. Recen vuestras mercedes entretanto me llevo a su hermana y se la devuelvo sana.

Los Curvos alabaron mucho mi grande corazón y la generosidad que demostraba por abandonar mi propia fiesta para atender a la pobre Isabel, que anduvo a mi lado hasta un pequeño gabinete privado soltando quejidos de dolor y ayes de agonía. El lacayo, que había ido en busca de Damiana, tuvo tiempo de encontrarla, darle el recado y volver a nuestro lado para ofrecer su brazo a la doliente y afligida enferma que rebosaba de abierta satisfacción por ser la comidilla de todos los círculos y el objeto de todas las miradas. Yo no sentía ninguna lástima por ella. Todo lo contrario. Su necia sandez y el uso de la enfermedad a manera de grillete para su esposo y para cualquiera que fuera tan tonto como para creerla, demostraban a las claras que era una egoísta y una pérfida.

Damiana nos esperaba en el gabinete con su bolsa de remedios. Estaba acompañada por dos doncellas que la asistirían en los quehaceres precisos. Nos bastó cruzar la mirada para comprendernos y para que ella conociera lo que debía poner en ejecución. Estaba todo hablado desde mucho tiempo atrás. Satisfizo a la enferma preguntando e interesándose por sus dolores y achaques y, al poco, empezó a sacar hojas, flores y semillas de su bolsa y a trabajarlas en un pequeño mortero de madera. Luego, tras poner lo molido en una copa pequeña y añadirle vino dulce de una botella que había pedido, lo removió por largo tiempo para mezclarlo bien.

—Bebed, señora —murmuró Damiana, acercándose a Isabel y tendiéndole la copa.

Isabel levantó las manos y, tomándola, se la llevó a los labios. El brillante y oscuro líquido ondeó entre el filo del vaso y sus dientes perfectos. Debía de tener sed pues no dejó ni una gota.

La recuperación de Isabel Curvo cobró fama raudamente en toda Sevilla. Aquella noche, cuando los invitados la vieron regresar a mi lado, caminando no sólo enderezada y sin dolor alguno sino, por más, asegurando que nunca en su vida se había encontrado mejor, afirmaron que en ningún tiempo había acontecido prodigio semejante en todo lo descubierto de la Tierra y muchos de ellos, antes de partir, me pidieron secretamente que les prestara los servicios de mi criada para un padre indispuesto o para un hijo largo tiempo enfermo. Dos días después, el lunes que se contaban seis del mes de agosto, un fraile secretario de don Fernando Niño de Guevara, cardenal de Sevilla, se personó en mi casa solicitando los cuidados de Damiana para el todopoderoso cardenal.

—Su Eminencia ha muchas semanas que anda malo —me dijo a puerta cerrada en el silencio atardecido de mi sala de recibir—, y empeora sin que los médicos puedan curarlo. Come solamente un poco de pescado y padece una sed insaciable. Tememos que no salga de este año.

—Mi criada acudirá mañana sin falta al palacio de Su Eminencia —le aseguré.

—¿Permitiría vuestra merced que me la llevara ahora mismo? —me rogó inquieto—. Anda ya la plática en toda la corte sobre quién será su sucesor: el cardenal de Toledo ha hablado ante el rey por el obispo de Cuenca, los condes de Barajas por el cardenal Zapata y los Borja por el arzobispo de Zaragoza. Algunos proponen al hijo del duque de Saboya, otros al arzobispo de Santiago y otros miran hacia don Leopoldo, el hermano de la reina.

Ni conocía ni conocería jamás a ninguno de los mentados mas se me alcanzaba que había empezado la ofensiva en lo más alto del imperio por colocar en el puesto de cardenal de Sevilla a algún buen amigo o familiar. A mí no se me daba nada de todo aquello, mas me interesaba que Damiana sanara al cardenal y a cuantos me lo pidieran pues no había mejor disfraz ni coraza para mis verdaderos propósitos.

—Sufre de melancolía y de hidropesía —me contó ella aquella misma noche, cuando volvió.

—¿Podrás curarlo?

—No —declaró tras cavilar un tiempo—, mas sí puedo aplazarle la muerte uno o dos años.

—¡Sea! —repuse, contenta—. Con eso nos basta. Para la Natividad todo estará culminado y ya no precisaremos del agradecimiento y el amparo de don Fernando Niño de Guevara.

—Tampoco los precisáis ahora —replicó ella, sorprendida. La carimba de la esclavitud que portaba en la mejilla diestra, aquella H grande y brillante, se le destacó al girar la cabeza hacia la llama del cirio.

—Cierto —admití—, mas no nos sobra ni nos estorba.

La semana después de la fiesta en mi palacio, cierta calurosa y agobiante tarde a la hora de la siesta, Rodrigo llamó a la puerta de la sala en la que me hallaba y entró trayendo al joven Alonsillo.

—Nuevas de doña Clara —me anunció, acercándose.

—Esperemos que sean buenas —exclamé, complacida de volver a ver al pícaro.

—Pues escúchale y verás —me dijo, señalando al rubio criado que hurgaba sin cautelas entre los jarrones, las cruces y los candelabros de oro y plata que adornaban la sala.

—Alonso, hazme la merced de dejar eso y venir aquí —le ordené para que cesara de manosearlo todo—. ¿Qué advertencias me traes?

Molesto por haber sido perturbado, se volvió y se aproximó con desgana hasta el estrado en el que yo me encontraba.

—Que dice doña Clara que os diga —masculló— que aquella que vuestra merced le solicitó ya está bajo su cuidado y cobijada en su casa.

¡Albricias! Me incorporé presurosa en el estrado y bajé hasta ellos.

—Alonsillo —le dije, con grande alegría—, regresa a casa, muda tus ropas de criado por las de un fino mozo de barrio y péinate bien esas greñas. ¡Y, por Dios, báñate y quita de tu cuerpo ese repugnante olor a ajos!

—¡He dejado de comerlos crudos, como me ordenasteis! —protestó, herido en su orgullo.

—Pues deja de comerlos del todo. No le caen bien a tu estómago. Esta noche eres un galán de buena calidad y los caballeros, los gentilhombres, no hieden como los villanos. Pídele a doña Clara que te perfume con algún buen aroma. Luego, avanzada la noche, espéranos allí con esa mujercilla que ella custodia.

El rostro del pícaro se iluminó.

—Y tú, Rodrigo, aderézate con las floridas vestiduras que te compuso el sastre. Esta noche, al fin, seremos galanes de vida relajada en busca de cantoneras para ver muy derechamente la caída de Diego Curvo.

Mi compadre soltó una carcajada de satisfacción.

—¡Bendita la hora! —exclamó—. Creí que nunca llegaría.

—Acaso Diego no salga esta noche —murmuré cavilosa—, mas, si no es esta noche será mañana y, si no, la noche después de la de mañana.

—No se inquiete vuestra merced —exclamó Alonsillo, abriendo ya la puerta para marcharse—, que Diego sale todas las noches. Mi padre y mi hermano Carlos lo tienen bien a la mira y no yerra un día que ese poltrón no busque jarana.

—Rodrigo, dile a los mozos que dispongan el coche.

—¿Cuál?

—El negro, el que compré y nunca he usado guardándolo para esta noche.

—¿Quieres tus caballos de siempre o les digo que pongan esos dos picazos extranjeros que engordan en las caballerizas?

—Los picazos, que no conviene que nadie relacione la casa de esta viuda con las cantoneras de la Madera, las Barrancas o las Hoyas de Tablada.

Una vez en mi alcoba, abrí el cofre de ropa blanca en cuyo falso fondo dormían un vestido nuevo de seda para Martín, con todos sus aderezos, y las armas que no empuñaba desde que había llegado a Sevilla en el aviso dos meses atrás. Plácidamente, rocé la hoja de mi espada con las yemas de los dedos.

—Calma, calma... —musité—. Pronto haré uso de ti. Ya no falta mucho.

Me dispuse a desvestirme sola, sin la ayuda de mi doncella, así que la tarea me llevó un cuantioso tiempo pues no estaba acostumbrada a pelear con los broches, botones, corchetes y cintas de mis vestidos, especialmente los de la espalda. Una hora larga después, cuando me miré en el espejo de la cámara, un acalorado Martín Nevares me contempló a su vez con descaro e insolencia. Limpié de mi rostro, ya sin afeites ni lunares postizos, el sudor que me llovía como de alquitara, y esperé pacientemente a que, llegadas las diez, los criados cerraran la casa y se retiraran a dormir. Unos golpecillos me sacaron del letargo. Era Rodrigo.

—Vamos —me dijo cuando le abrí—. Ya no queda nadie.

Abandonamos el palacio silenciosamente. El portero sólo vio a Juanillo en el pescante del coche, al gobierno de los caballos picazos, y a Rodrigo dentro, pues yo iba escondida y cubierta por una tela que, aun siendo fresca, me hacía sudar como en Tierra Firme, donde siempre llevábamos la ropa pegada al cuerpo.

Llegamos a casa de doña Clara y entramos en el patio. Allí mismo nos esperaba Alonsillo con ella, que no portaba tafetán para el rostro ni manto, impaciente por verme tras tanto tiempo de ausencia. En cuanto salí del carruaje me abrazó.

—¡Qué bien lo estás haciendo, muchacha, qué bien lo estás haciendo! —exclamaba apretando el abrazo con fuerza una y otra vez.

—Me alegro de que vuestra merced se encuentre perfectamente, doña Clara —repuse casi estrangulada.

—¡Me da lo mismo de qué vayas vestida esta noche! —me dijo con grande entusiasmo aludiendo a mis ropas de Martín—. ¡Eres la reina de Sevilla, la emperatriz de

Castilla! ¡Qué bien te enseñé, has de reconocerlo! ¡Toda la ciudad habla de ti día y noche, con admiración y asombro! Y yo me siento muy orgullosa de haberte creado. ¡Para que luego digan que las enamoradas no podemos comportarnos como damas! ¿Y las tres lechuzas? Cuéntamelo todo, por Dios. ¿Cómo es la marquesa de Piedramedina, la esposa legítima de don Luis? Tienes que darme cuenta de la fiesta de tu palacio con todos los pormenores

Oí resoplar a Rodrigo en mi espalda, aunque bien hubiera podido ser el bufido de uno de los caballos, mas doña Clara, felicísima como estaba, no se apercibió del ruido e, ignorándole a él, a Juanillo y a Alonsillo, me agarró por el brazo y me arrastró hasta la sala de recibir sin tomar aliento entre cuestión y cuestión. No había tiempo para darle tantas razones como pedía mas hice cuanto pude por sosegar su curiosidad en tanto mis compadres se cargaban de paciencia en el oscuro patio. Cuando, al cabo de un rato, apremiada por mis quejas, se le alcanzó al fin que su afán podía desbaratar mi noche, renunció con pesar a conocer todo cuanto ansiaba y suspiró resignadamente.

—Sea, te dejaré ir —concedió de mala gana—, mas antes querrás tratar con la joven que te he buscado.

—¡A fe que sí! —repuse, aliviada.

—¡Ángela! —llamó. La doncella entró prestamente en la sala—. Dile a nuestra invitada que ya puede venir.

La criada salió al punto a cumplir la orden.

—¿Cuál es su gracia? —quise saber.

—Mencia Mosquera. Hasta hace un mes trabajaba en la mancebía de una querida comadre del Compás, una vieja hermana de juventud que nunca alcanzó a nuestra María en belleza ni a mí en ventura mas se convirtió pronto en madre de su propio negocio y ha ganado muchos caudales y mucha reputación. Mencia era la más solicitada de las veinte o treinta afamadas jóvenes de su casa y ahora mismo advertirás la razón.

Y así fue. Nada más abrirse la puerta y entrar a rostro desvelado la susodicha Mencia, advertí la notable belleza de la joven. Sus finos rasgos y su piel de nieve la convertían en una venus, en una ninfa como las que mencionaban los libros de caballerías que leíamos en la *Chacona*. No usaba afeites ni adornos y vestía sin lujos, con saya, jubón y mantilla, pues así estaba ordenado para las mujeres públicas de Sevilla y, por más, llevaba el medio manto azafranado que declaraba notoriamente cuál era su profesión. Sus años no llegarían a los quince ni bajarían de los doce.

—¿Es conforme con lo que me pediste? —se interesó doña Clara.

—Tengo para mí que no ha de existir el hombre que pueda resistirse a la hermosura de Mencia —declaré convencida—. Una vez más, doña Clara, habéis puesto eficazmente en ejecución lo que os he pedido. Tenéis toda mi gratitud.

—¡Oh, no, no! —repuso contenta—. ¿Qué más podría desear que ayudarte?

—¿Cuánto cobras, muchacha? —le pregunté a la joven, que parecía no saber a quién mirar ni cuál debía ser su forma de obrar.

—Ahora, trescientos maravedíes —anunció sin expresión en el rostro. En nuestra casa de Santa Marta las mancebas pedían entre doscientos las más jóvenes y bonitas y cincuenta o sesenta las más feas y viejas. Sin embargo, en España, trescientos maravedíes era un precio muy bajo para la espléndida belleza de Mencia.

—Te pagaré tres mil y al caballero a quien seducirás esta noche le pedirás doscientos, para que no tenga nada que objetar, ¿conforme?

La muchacha asintió, complacida.

—¿Conoces que puedes recibir golpes?

Ella volvió a asentir.

—Sea, pues —concluí, levantándome de la silla—. Gracias otra vez por todo cuanto hacéis por mí, doña Clara. Pronto tendréis nuevas mías. Vamos —le dije a la joven—. Debemos partir.

La hermosa manceba se apartó para dejarnos salir a doña Clara y a mí y nos siguió hasta el patio donde esperaban mis compadres, cuyos seis ojos, al tiempo, se quedaron prendados en ella. Alonsillo, que había tenido la piel morena cuando trabajaba de esportillero en el puerto, desde que era criado en la casa de doña Clara había ido recuperado la fresca blancura, de cuenta que, cuando puso la vista sobre Mencia, se le apercibió el rojo granate de las orejas y las mejillas y me dolió pensar que estuviera sufriendo mal de amores.

—Sube al coche —ordené destempladamente a la muchacha, que obedeció sin chistar—. Quedad con Dios, doña Clara.

—Ve tú con Él, querido Mar...

—¡Sin nombres! —exclamé, señalando el carruaje.

—Como gustes —admitió, abrazándome y alejándose después hacia la puerta.

Mis compadres seguían mudos, turbados, y Alonsillo no perdía el intenso rubor que tanto me incomodaba. Juanillo, a no dudar, debía de estar igual, mas no se le notaba porque era negro como la noche. ¡Ay, los hombres, qué necios!

—¡Vamos! —grité con voz imperiosa. Los tres reaccionaron al punto y, ya dispuestos, nuestro carruaje partió hacia el Arenal, donde habíamos quedado con el padre de Alonsillo, fray Alfonso. La puerta del Arenal (que, a diferencia de las otras, no se cerraba nunca, ni de día ni de noche y por más, no tenía guardas) era paso obligado para quienes deseaban frecuentar a las mujercillas que trabajaban fuera del Compás. El Arenal, para mi sorpresa, albergaba la misma multitud que a cualquier otra hora del día, aunque la ralea nocturna era de mucha peor calidad que la otra. Los hachones clavados en la arena iluminaban los juegos de naipes, los encuentros de mendigos, pícaros y avispones, y las peleas de borrachos y truhanes. ¡Cuánta miseria y hambre procuraba el grande imperio español a sus gentes!

Fray Alfonso, que deambulaba por allí con la tranquilidad de quien conoce el paño y se siente a gusto, no nos advirtió hasta que nos detuvimos junto a él, cerca del río y de las naos. Allegose hasta nosotros en la penumbra y, de tan oscuro como estaba, no pude verle, sino sólo escuchar su voz cuando Alonsillo abrió la portezuela.

—En nombre sea de Dios —murmuró.

Yo no debía hablar pues Fray Alfonso sólo me conocía como Catalina, no como Martín, y mi voz, aunque engrosada, podía llevarle a pensar que ella asimismo estaba en aquel coche.

—Me alegra veros, padre —le respondió su hijo—. ¿Qué nos contáis? Y considerad que no resulta conveniente que uséis nombres o linajes.

—Sea —respondió y, atento al mandato, refirió que,

aquella noche, Diego Curvo y sus camaradas, buenas gentes de barrio aunque rufianes de la pendencia como él, habían cenado en el corral de los Olmos y, más tarde, se habían emborrachado de largo en el mesón que dicen del Moro, del cual salieron pasado el filo de la medianoche para dirigirse hacia las bodegas del Arenal, donde se encontraban ahora.

—A no mucho tardar atravesarán la puerta. Tu hermano Lázaro, que los tiene a la mira, nos avisará.

—Gracias, padre.

—¿Cuándo vendrás a casa? Los pequeños preguntan.

—Pronto, padre. Una tarde iré.

—¡Atento a Lázaro! —advirtió al punto Fray Alfonso, señalando—. ¡Ya vienen!

Cuatro jinetes que, por no ser reconocidos, llevaban bien calados los chambergos y el rostro embozado con las capas, salieron de la ciudad por la puerta del Arenal y, entre jolgorios y bufonadas, comenzaron a alejarse rodeando las murallas en dirección a los lugares de trajín ilícito de cantoneras. Tras ellos, un niño de hasta seis o siete años, vestido sólo con un calzón, movía los brazos en el aire haciendo ver que bailaba. Ése debía de ser Lázaro Méndez.

—Con Dios, padre —le dijo Alonsillo a Fray Alfonso al tiempo que saltaba del coche y trepaba hasta el pescante para quitarle las riendas a Juanillo, mal conocedor de aquellos andurriales. Yo cerré prestamente la portezuela antes de que el tiro de picazos saliera a todo correr en pos de los jinetes.

Tras pasear por oscuros llanos, huertos y olivares, los jinetes se detuvieron en un erial pobremente iluminado por un par de hogueras cerca de la ermita de San Sebastián. Sin tardanza, varias mujeres de trato se les acercaron y ellos, tras desmontar, las llevaron hasta el fuego para considerarlas. No debe comprarse la mercadería sin echarle antes el ojo.

—Mencia, es hora de trabajar —le dije a la joven al tiempo que depositaba en su mano los tres mil maravedíes acordados—. ¿Ves a aquellos jinetes? Tu caballero es uno que tiene los dientes perfectos, blancos y ordenados, sin agujeros ni marcas de neguijón. Lleva, por más, una vara al cinto, la vara con la cual, a no dudar, te pegará. No permitas que te lo quiten. Pasa toda la noche con él y aléjate presurosa de su lado antes del nuevo día y no vuelvas a verle jamás. Ya sabes lo que podría acaecerte después de hoy.

La muchacha asintió. Guardó los maravedíes en su faltriquera y, sin decir palabra, bajó sigilosamente del coche para no descubrirnos. Rodrigo y yo la seguimos con la mirada desde detrás del lienzo del ventanuco. Juanillo entró en ese momento por el otro lado y se sentó frente a mí, suspirando de largo.

Mencia ya estaba en el círculo de Diego Curvo, luciendo su muy blanco escote y su rostro gentil y perfecto. Una sonrisa de ángel la iluminaba toda. Diego no iba a poder resistirse al doble placer de poseerla y de golpearla con su vara. Para ese hideputa no había gusto sin palos. Ella se dirigió a él con unas palabras y él le sujetó el rostro por el mentón y se lo volteó a diestra y siniestra, como buscando imperfecciones. Luego, soltó una grande carcajada que sólo pudimos ver mas no oír y, agarrándola con rudeza por la cintura, se la llevó hacia la lobreguez de los campos de olivos.

Juanillo volvió a suspirar dolorosamente al tiempo que

Rodrigo, con grande satisfacción, daba dos golpes en el tejadillo para que Alonso nos sacara de allí. El coche se puso en marcha, dio la vuelta y tomó el camino de regreso.

—Es muy cruel —nos soltó al punto Juanillo cargado de resentimiento— poner a una muchacha tan delicada y hermosa en manos de un puerco como Diego Curvo. ¿Qué es lo que pretendéis? Tenía para mí que veníamos a matarlo.

—Y a eso hemos venido —repuse. Juanillo me miró torvamente.

—¿La muchacha le va a matar? —preguntó sin darme ningún crédito—. ¿Es una asesina?

Miré al antiguo grumete de la *Chacona* y me volvió a la memoria aquel remoto día en que le vi por primera vez, cuando sólo era un niño pequeño que corría como el viento por mi isla cumpliendo las órdenes de mi señor padre. Ahora ya era un hombre completo y precisaba algo más que órdenes. Precisaba conocer.

—Mencia, esa hermosísima joven que has visto —le dije—, está muy enferma del mal de bubas[30] y pronto se hallará hecha una pura lepra. Lo mismo que él gracias a esta noche.

Juanillo no dijo esta boca es mía. Despavorido y aterrado se echó atrás en la oscuridad del carruaje.

—Deseo que Mencia —continué— tenga familiares que la cuiden y que, con los caudales que le he dado, tome una buena cama en el hospital del Espíritu Santo cuando le florezca la enfermedad.

No pesaba en mi conciencia el infierno que tenía por delante esa bestia majadera que era el menor de los Cur-

---

30. Sífilis, conocida como «mal de bubas» en los siglos XVI y XVII.

vos, el maldito Diego, conde de Riaza. Su destino final era la muerte. Quien tal hace, que tal pague.

Y quiso el demonio que Damiana sanara al cardenal de Sevilla.

Cuando el anciano y enfermo don Fernando Niño de Guevara, culpable de la muerte de cientos de personas durante sus años como Inquisidor General, se halló en disposición de abandonar su palacio por primera vez tras convalecer de su melancolía y su hidropesía, no acudió a la Iglesia Mayor de la ciudad como hubiera sido lo justo y lo cabal, sobre todo tras haberse celebrado recientemente la festividad de la Virgen de los Reyes. Lo que hizo don Fernando, ante el asombro de la ciudad entera y de la corte de Madrid, hasta donde llegó la voz, fue visitar mi casa cierta tarde de finales de agosto para darme las gracias por su mismo ser. No me sentí honrada por tan grande agasajo pues no era más que otro bellaco escondido bajo un disfraz, aunque fingí grande contento y lo fingí muy bien.

Aquel acontecimiento apremió grandemente en Fernando Curvo y en Belisa de Cabra el deseo de recibirme en su casa, de cuenta que, al día siguiente mismo de la visita del cardenal, un criado portó una fina misiva solicitándome los honrara con mi presencia en la comida del martes siguiente, día que se contaban veinte y ocho de aquel caluroso mes de agosto. Por más, la cortesía del cardenal provocó, amén de aquella precipitada invitación de los Curvo, la inesperada aparición del carruaje de la marquesa de Piedramedina en el portón de carrozas de mi palacio.

—¡Querida señora marquesa! —exclamé yendo a su encuentro cuando entró en mi sala de recibir—. Quedo en deuda con el cielo por conduciros hoy hasta mi casa. ¿Qué nuevas traéis?

Doña Rufina, levantándose el velo, sonrió con amplitud al saludarme. Ya no tenía tantos aires de engreimiento y afectación pues mi posición era tan alta que, aun no siendo noble como ella, a mi palacio había venido el cardenal de Sevilla y al suyo no.

—Querida doña Catalina —repuso con su voz meliflua—, no tengo otras razones para visitaros que el placer de volver a veros y de pasar un rato en vuestra compañía.

Las doncellas se hicieron cargo de sus ropas y ella se adelantó hacia el estrado.

—Sed bienvenida a mi casa —añadí, dejándola pasar para que ocupara el lugar principal.

—¡Qué gratos momentos pasé en vuestra encantadora fiesta, doña Catalina! Fue una noche memorable. Aún se habla de la hermosa decoración de la mesa. ¡Oh, aquella figura de la Iglesia Mayor hecha de mazapán! ¡Prodigiosa!

—Cosa de nada, mi señora marquesa, cosa de nada... —repliqué acomodándome a su lado—. ¿Queréis un vino dulce o alguna otra golosina?

—Sea. Que me place.

Di las oportunas órdenes y quedamos solas en la sala.

—Escuchad, doña Catalina... Os traigo un recado del marqués.

—¿De mi señor don Luis? Pues, ¿qué me quiere?

—Su amigo, el conde de La Oda, le ha preguntado por vuestra merced.

—El tal conde, ¿no fue acaso uno de los invitados de mi fiesta?

—En efecto, uno de ellos fue.

Me volvió a la memoria un hombre de hasta treinta años, bien formado y de abundante cabellera negra.

—¿Y decís que...?

—Que le ha preguntado a don Luis por vuestra merced.

¡Oh, un pretendiente! En Tierra Firme, para principiar estos asuntos, se usaban los discretos servicios de hábiles casamenteros o celestinas que sabían conciliar a los novios según sus rentas y calidades, y por eso me asombró mucho ver a la marquesa de Piedramedina ejerciendo estos humildes menesteres, mas, como nada conocía de dichos usos en la metrópoli, hice ver que no me admiraba de aquella plática.

—¿Y el conde de La Oda —quise saber por aparentar un cierto interés— dispone de una buena renta?

El rostro de la marquesa se ensombreció levemente. A la sazón, la puerta de la sala se abrió y la criada entró y se acercó al estrado con el vino dulce. Permanecimos en silencio hasta que se fue.

—Sólo siete mil ducados —declaró entonces—, pero es noble de sangre y... ¡seríais condesa, doña Catalina!

Oh, sí, condesa. Y esclava, como decía madre cuando le preguntaban la causa de no matrimoniar con mi señor padre tras tantos años de concubinato. Si la mujer quiere ser libre, afirmaba, no debe casar pues pierde no sólo su hacienda sino su propio gobierno y hasta su propia voz. Por más, no estaba yo en Sevilla para tales menesteres, de suerte que sonreí y, a la vez, denegué con la cabeza.

—Decidle a don Luis que quite tales ideas de la cabeza del conde de La Oda. No deseo contraer un nuevo matrimonio tan pronto.

Doña Rufina entornó los ojos, recelosa.

—Debéis atender a razones, doña Catalina —murmuró.

—¿A qué razones os referís, señora marquesa? Soy viuda y, como tal, disfruto de completa libertad legal para administrar mis bienes, gobernar mi casa y cuidar de mi hacienda y de mí sin tener que dar cuentas a nadie. Por más, soy rica y feliz. ¿Para qué mudar mi estado? Estoy cierta de que don Luis se habrá reído mucho de la solicitud del conde.

Sobre todo, me dije, porque conoce la verdad y sabe cuáles son mis propósitos. La nariz chata de la marquesa aleteó.

—Así fue —admitió a disgusto—, mas yo le convencí pronto de la grande conveniencia de tal matrimonio y él lo entendió bien y me ha permitido venir. Una hidalga tan acaudalada como vos ya sólo puede aspirar en esta vida a entrar en la nobleza, doña Catalina, y nadie mejor que el conde de La Oda para abriros dicha puerta.

Sus ojos esquivos bailaban raudamente de un lado a otro de la sala. ¿Acaso había presumido por un solo momento que yo iba a aceptar la proposición? Era la mujer más necia que había conocido.

—Mirad, marquesa —le dije—, que no conviene a mis intereses contraer matrimonio al presente pues estoy bien como estoy y ni quiero ni preciso más. Ya tuve un marido y aún le recuerdo, de cuenta que no quiero otro hasta que aquél se me olvide.

—Una mujer, doña Catalina, debe estar casada lo

quiera o no, y no le corresponde a ella decidir si desea permanecer viuda o doncella honesta sino a sus padres o, en su defecto como es el caso, a quienes la quieren bien.

Se me estaba terminando la correa.

—Y es a don Luis y a mí —continuó ella, enderezándose—, como allegados vuestros y como los amigos y familiares más cercanos que tenéis, a quienes corresponde aconsejaros en estos asuntos en los que os ciega, a lo que parece, un capricho errado de libertad. Una mujer no precisa libertad, doña Catalina, precisa de un marido conforme a su calidad o, de ser posible, de calidad superior, y el conde de La Oda cumple esta loable aspiración y os conviene mucho.

—Tenéis razón, querida marquesa —suspiré, divertida—, mas no albergo en mi corazón ningún interés por el tal conde.

Doña Rufina recargó sus cañones.

—¿Es que aún soñáis con el amor cortés como una inocente doncella? —bufó—. ¡Por Dios, señora mía, despertad! Mirad a vuestro alrededor. Ya no sois joven. Yo matrimonié con el marqués cuando cumplí los trece años y sólo le había visto una vez en toda mi vida. A doña Juana Curvo la casó su hermano Fernando con don Luján contra su voluntad. Andaba enamoriscada de un mozo muy gallardo que, de tan guapo como era, parecía un querubín rubio caído del cielo y, en cambio, se amoldó a los deseos de su hermano y mirad qué bien le ha ido. A Isabel Curvo, que quería profesar, de igual manera la casó Fernando con don Jerónimo de Moncada y no ha podido resultarle mejor, como es público y notorio. ¿Queréis, acaso, que os relate, una a una, la historia de todos los casamientos de la gente principal de Sevilla? Pues bien, en ninguno de ellos, en ninguno —y levantó un dedo admonitorio frente a mi nariz—, la mujer contrajo nupcias porque sintiera interés por el pretendiente. Las cosas no son así, doña Catalina. El matrimonio es un acuerdo provechoso de ganancias para las dos partes. Vos tenéis los caudales y el conde de La Oda el título. ¿Qué más se puede pedir? ¡Cuántas familias acomodadas con hijas casaderas desearían recibir una proposición semejante! Pensadlo bien, doña Catalina.

Algo tenía que decir pues me había quedado sin habla por culpa de tan dilatada monserga. Tomé aliento y resolví ganar tiempo.

—Consideraré el ofrecimiento, señora marquesa —le dije modestamente—. Me habéis dado muy justas y cabales razones.

—¡Hacedlo, doña Catalina! Que no se quede todo en esas razones.

—Os hago promesa de considerarlo seriamente desde el día de hoy hasta la Natividad, para la que sólo faltan cuatro meses.

—¿Tanto? —preguntó con grande asombro.

—Un asunto de tal importancia no debe tomarse a la ligera.

—No, a la ligera no, mas tampoco borrarlo de la memoria.

—No lo borraré, marquesa. Os lo prometo.

Naturalmente, un instante después de que doña Rufina abandonara mi palacio ya lo había olvidado todo, pues la marquesa había predicado en desierto y majado en hierro frío, mas lo que sí guardaba a buen recaudo en la memoria era aquello que en verdad iba a resultarme provechoso para mis propósitos. Así pues, busqué a Rodrigo por todas partes hasta que lo hallé en uno de los patios cortejando a una de mis doncellas bajo un limonero.

—¿Y aquella viuda con quien pensabas contraer nupcias? —le solté burlonamente de improviso. Él dio un brinco en el aire y la doncella dobló la rodilla y desapareció—. Una tal Melchora de los Reyes, tengo para mí, de Río de la Hacha. ¿Ando errada?

Gruñó, rezongó y renegó entretanto se me arrimaba.

—¿Para qué deseabas verme? —inquirió, enojado.

—He menester de Alonsillo.

—¿Qué tienes que poner en obra?

Se lo conté y su carcajada se escuchó más allá de los muros del palacio.

La casa de Fernando Curvo y Belisa de Cabra, en el barrio de Santa María, se alzaba solitaria entre dos callejones angostos, y, por más, sobre una elevación del terreno como si lo que le viniere en talante a su dueño fuera alejarla del resto de palacetes para destacarse más, algo muy del gusto de la familia Curvo. Era de dos plantas y contaba con unos portentosos pilares de piedra que, dado su sobreprecio, cantaban las alabanzas de la riqueza de su dueño.

Fui fraternalmente recibida por el matrimonio en la puerta principal —ella tan rolliza y oronda como en mi fiesta y él igual de enteco— y, tras los saludos, nos solazamos un buen rato junto a la fuente del patio ajardinado de la casa por mejor admirar las muchas plantas, árboles y flores que daban frescor a la galería porticada que lo rodeaba, en la cual acabamos por resguardarnos cuando el calor del mediodía se tornó ingrato.

Fue allí, en la galería, donde Fernando y Belisa me mostraron a sus tres hijas y a su único hijo, Sebastián, de hasta nueve años de edad, muy parecido a su padre en rostro y traza. La menor, Inés, de unos tres años, también se parecía a la familia Curvo y no paraba de revolverse en los brazos de su ama seca, que a duras penas podía contenerla. Las otras dos, Juliana, de hasta once años, y Usenda, de siete, habían salido en todo a los Cabra pues eran tan gruesas y robustas como su madre, si no más. Por fortuna, el ama seca se los llevó y pudimos retomar la plática que habíamos iniciado.

Hablamos sobre el comercio y la contratación, tanto en España como en el Nuevo Mundo, y otorgué la profundidad de mis conocimientos a la confianza de mi marido, don Domingo, quien discutía siempre conmigo todos sus asuntos. El mayor de los Curvos se demoró largamente en relatarme la buena marcha de los negocios de su familia, a quien había acompañado la fortuna en todo cuanto habían emprendido en los últimos años y yo sentí que me hervía la sangre entretanto guardaba silencio y escuchaba aquella sarta de mentiras que salían por su boca. Ahora conocía, gracias a doña Rufina, que él era el grande hacedor de la ventajosa posición los Curvos tanto en la Casa de Contratación como en el Consulado de Mercaderes, pues había obligado a sus hermanas a contraer matrimonios adecuados para adquirir tanto la información sobre las mercaderías que escaseaban o abundaban en el Nuevo Mundo como la facultad de fijar los precios de las mismas y las cantidades que cruzaban la mar Océana. A no dudar, los Curvos no eran los únicos que obtenían copiosos beneficios gracias al lucrativo comercio con las Indias, mas sí los peores, los más bellacos, viles y ruines.

Supe que estábamos esperando la llegada del padre de Belisa, Baltasar de Cabra, para empezar a comer, pues el viejo comprador de oro y plata había expresado el deseo de compartir con sus hijos mi agradable compañía y tuve que aparentar, una vez más, que aquel suceso me producía una enorme satisfacción cuando era justamente lo contrario.

Por fin, el banquero apareció y, tras algunas banales palabras de saludo, entramos en la casa para ocupar nuestros lugares en la mesa. Y aquí vino mi mayor asombro y admiración: todo, absolutamente todo lo que contenía aquel palacete estaba hecho de plata, de una purísima plata blanca como sólo podía encontrarse en el Nuevo Mundo, en lugares tales como el Cerro Rico del Potosí, en Pirú, o las minas mexicanas de Zacatecas, en Nueva España. Y cuando digo todo, quiero decir todo: los candelabros, las escudillas, las lámparas, las campanillas para llamar al servicio, los jarros, las palanganas, las cucharas y los cuchillos, los saleros, el azucarero, los platos, las salvillas, las copas, las fuentes de servir, las escupideras, los marcos, los velones, los taburetes, las sillas y hasta los bancos y la tabla entera de la mesa para comer, sin contar los Cristos, los Crucifijos, las insignias y las imágenes de bulto de Vírgenes y santos que abarrotaban la estancia. Sólo se salvaban los tapices de Flandes, las alfombras turcas y las pinturas, y eso por ser de tela. El valor de toda aquella plata, exquisita y magníficamente labrada, no sería inferior a muchos millones de maravedíes, a lo menos la que yo veía con mis propios ojos pues no conocía, ni podía conocer, la que se atesoraba en el resto de la casa. Pesare a quien pesare, el mayor de los Curvos no tendría que obligarse con nadie para proporcionar lujosas dotes a sus tres hijas. La plata, y por tanto la riqueza, abundaba en aquel hogar.

Mis tres anfitriones guardaron silencio un instante para mejor disfrutar de la grande satisfacción que les producía mi asombro al contemplar aquella extraordinaria opulencia, mas, al cabo, Fernando consideró que la modestia le obligaba a dar por concluido el alarde y me invitó a tomar asiento para principiar la comida. Los esclavos negros, de los que había muchos en la casa, sirvieron el primero de los platos, que no era otro que un magnífico arroz con leche para el que se había usado una buena cantidad de canela. Luego, acompañadas de aceitunas, nabos, coles y huevos, vinieron las carnes, de las que había de todas las clases: carnero, puerco, gallina, perdiz... Un placer para los sentidos mas, como no quería que las vituallas lo fueran todo y deseaba conocer cuanto me fuera posible sobre los Curvos, fui llevando la conversación hacia mis nuevas y queridas hermanas doña Juana y doña Isabel pues, si no erraba con Belisa de Cabra, ésta las tenía en muy poco aprecio y, antes o después, acabaría hablando más de lo debido por hallarse a gusto en su propia casa, comiendo y en grata compañía. De cierto que el cuero de vino viejo que gustábamos también contribuiría.

Mas no fue Belisa de Cabra sino su padre, don Baltasar, quien, al final, me procuró la información más notable. Yo había percibido que Fernando Curvo sentía una muy grande admiración por su suegro, a quien, a no dudar, veneraba. El viejo comprador de oro y plata era el verdadero amo en aquella casa y como tal actuaba y le dejaban actuar, de cuenta que empecé a dudar de que el mayor de los Curvos, el hacedor de la compleja trama de matrimonios de provecho, el fanfarrón de rostro avellanado que quería matarme de una estocada, fuera el único artífice de todo aquel ventajoso negocio familiar. Ni Juana ni Isabel ni Diego contaban para nada, pues de seguro sólo habían obedecido las órdenes de su hermano mayor en lo tocante a casamientos, y aún contaban menos sus consortes, Luján de Coa, Jerónimo de Moncada y la pobre condesa de Riaza, meras herramientas al servicio de las ambiciones de Fernando. Ignoraba la pujanza del quinto hermano, Arias, que se hallaba en Tierra Firme, mas a tal punto de mi historia hubiera jurado que sólo era otro lacayo más. Y, ¿a quién parecía obedecer y reverenciar Fernando? A Baltasar de Cabra, su suegro, uno de los hombres más ricos de Sevilla.

Según yo sabía (porque me lo contó Francisco, el hijo esclavo de Arias Curvo aquella lejana noche en Santa Marta), Baltasar de Cabra había sido un humilde boticario que, gracias al comercio con las Indias, se había convertido en el más rico y poderoso banquero de Sevilla. Empezó fiando caudales con un interés mucho más alto del habitual tanto a los maestres que necesitaban dineros para aprestar sus naos como a los mercaderes que precisaban comprar y cargar mercaderías. Se enriqueció tanto con estas diligencias usurarias (pues otra cosa no eran) que cerró la botica y se convirtió en cambista para seguir haciendo lo mismo aunque de manera legítima. Al día de hoy, según aseguraba Francisco, muchas de las flotas del Nuevo Mundo se dotaban a crédito con sus solos caudales, caudales que luego, cuando los barcos regresaban, recuperaba con grandes beneficios. Y la gruesa Belisa de Cabra era su única hija, la madre de su único sucesor, el pequeño Sebastián Curvo, de nueve años de edad.

Y lo que el susodicho Baltasar de Cabra me contó, a fuer de ser totalmente sincera, no me iluminó el entendimiento en aquel punto, mas sí luego, cuando la descomunal abundancia de plata labrada de aquel palacete se acumuló, según me confió con envidia mal disimulada la marquesa de Piedramedina, a las mismas abundancias en las casas de Juana Curvo, Isabel Curvo, Diego Curvo y el viejo comprador de oro y plata. Nadie en Sevilla, ni la más alta aristocracia, poseía en sus palacios tan grande cantidad del blanco metal aunque sus riquezas excedieran con mucho a las de la familia Curvo. Era algo extraordinario, comentó como de pasada, algo que, según descubrí al indagar un poco más, tenía difícil o ninguna explicación, si bien nadie aparte de mí parecía buscarla. Entonces sí se me alcanzó todo con absoluta lucidez. Sin embargo, aquel día, desde mi ignorancia, sólo me preocupaba sacar provecho de la comida conociendo lo que Fernando, Belisa o don Baltasar tuvieran a bien referirme sobre los Curvos:

—Conozco cuánto estimáis a las hermanas de don Fernando —prorrumpió de súbito el banquero, comiéndose de un mordisco un grueso acitrón; yo acababa de hablar admiradamente sobre la bondad de sus dos matrimonios con próceres tan destacados del comercio sevillano—. Debéis conocer que don Luján y don Jerónimo no eran hombres principales cuando matrimoniaron con doña Juana y doña Isabel.

—Ah, ¿no? —me sorprendí.

—No, no lo eran —añadió Belisa con malvada satisfacción—. Carecían del talante necesario. De no ser por mi señor esposo y, sobre todo, por mi señor padre, aquí presente, ni Juana ni Isabel ocuparían el lugar que han alcanzado en la buena sociedad.

Temí que Fernando Curvo, molesto por el giro que había tomado la conversación, la interrumpiera con alguna distracción, mas no fue así. Su rostro sonriente mostró el mucho orgullo y contento que aquella historia le producía. Continuó comiendo piñones, pasas, almendras y toda clase de confituras como si los dulces de los postres fueran lo más importante del mundo, permitiendo así que su suegro y su esposa siguieran hablando en confianza.

—Por el grandísimo aprecio que le tengo a mi yerno don Fernando, a quien Dios nos conserve muchos años, accedí a comprarles a sus dos cuñados los puestos que hoy ocupan, y lo hice —prosiguió, fatuo e hinchado como un pavo real, fijando en mí sus ojos torcidos— en beneficio del buen nombre de la familia Curvo, a la cual pertenece mi hija por matrimonio y cuyo mayorazgo heredará mi nieto, Sebastián, así que estoy satisfecho de lo mucho que gasté y no lo tengo en cuenta.

—¡Pues deberíais, padre! —apuntó Belisa, sofocada—. ¿Acaso ya no guardáis en la memoria los muchos caudales que os costaron esos cargos?

Era práctica común tanto en España como en el Nuevo Mundo la enajenación, compra o arriendo de oficios y, por ser legal y conforme a derecho, nada malo había ejecutado don Baltasar de Cabra. Lo admirable era la extraordinaria calidad de los oficios tan generosamente comprados: prior del Consulado de Mercaderes y juez oficial y contador mayor de la Casa de Contratación. No habrían sido baratos en modo alguno.

—Más de cincuenta mil ducados por cada uno de ellos —sentenció el banquero.

—Creía que el prior de los Mercaderes —comenté por ahondar más en el asunto— era nombrado por elección de los cónsules.

Mis tres anfitriones se echaron a reír de buena gana.

—¡Por eso costó el oficio tantos caudales! —declaró Belisa.

—¿Y por qué razón —le pregunté a Fernando— eligió vuestra merced a don Luján y a don Jerónimo como esposos para sus hermanas si aún no eran tales gentilhombres?

—Nada más fácil, doña Catalina. Ambos desempeñaban sus anteriores oficios en los mismos lugares sobre los que ahora mandan. Cada uno conocía bien el suyo, don Luján el Consulado y don Jerónimo la Casa de Contratación, y conociéndolos bien, con el excelente favor de mi suegro, don Baltasar, han llegado a gobernarlos cumplidamente, de cuenta que las dotes de mis hermanas no resultaron tan caras como lo hubieran sido de haber casado con hombres de la calidad que hoy disfrutan sus esposos. Mucho tenemos que agradecer mi familia y yo a don Baltasar, a quien Dios guarde.

Oyéndolos podría creerse que tras los sucios fraudes y estafas de aquellas gentes sólo se escondía la generosidad de un suegro y la honesta ambición de una familia honrada. Mas, ¿cómo era que en Sevilla nadie había caído en la cuenta de todo el tinglado? Se me alcanzó entonces que los Curvos guardaban sus grandes riquezas puertas adentro, convertidas en plata labrada, y que, hacia el exterior, sólo eran, como dijo el marqués de Piedramedina, una acomodada familia de mercaderes con fama de personas beneméritas, rectas, rigurosas y muy piadosas. «Sin tacha», concluyó. El propio don Luján de Coa llevaba siempre el rosario en la mano y mi anfitrión, Fernando, y su hermano Diego eran virtuosos congregados del padre Pedro de León. A diferencia de otras naciones, en España el prestigio de las personas se medía sólo por las apariencias, así pues ¿quién sospecharía nada malo de la familia Curvo?

CAPÍTULO IV

—

Llevaba Sevilla en ascuas desde que partiera de Cádiz a primeros de agosto el general don Luis Fajardo con treinta y seis navíos para esperar la flota de Nueva España en las Terceras y protegerla en su tornaviaje, la misma flota en cuyo aviso llegué yo a Sevilla a mediados del mes de junio. Las nuevas de la Armada del general Fajardo se escuchaban en la ciudad con el alma en vilo y, así, se supo que, a la altura de Lisboa, se le había unido después su hijo don Juan con otros ocho galeones y más tarde otros catorce que amarraban en Vizcaya. De las cincuenta y ocho naos, eligió treinta, las mejores y más artilladas, y puso rumbo a las Terceras; a las demás las envió hacia el Cabo San Vicente para que guardasen las costas de piratas ingleses y holandeses.

Con tanta defensa, no hizo falta que la Armada de don Luis acompañase a la flota de Nueva España hasta Sevilla, pues no había enemigos en la derrota, y decidió permanecer en las Terceras hasta la arribada de la flota de Tierra Firme al mando del general Francisco del Corral y Toledo, que portaba, según refirió el aviso llegado en julio, más de doce millones de pesos de a ocho reales en oro, plata y piedras preciosas.

Por fin, la mañana del día que se contaban ocho del mes de septiembre, Sevilla se despertó con el desenfrenado tañido de las campanas de la Iglesia Mayor a las que se unieron pronto las de Santa Ana y las del resto de iglesias de la ciudad. Los cañonazos disparados desde el Baratillo, en el Arenal, confirmaron lo que ya las gentes gritaban a voz en cuello por las calles: la flota de Nueva España subía por el Betis.

Me vestí presurosa con la ayuda de mi doncella y bajé al patio, donde los criados se habían reunido para comentar la noticia. El repique no cesaba, como tampoco las salvas de cañón, así que ordené a dos mozos que fueran al puerto para traerme nuevas.

—En cuanto atraquen las naos —le dije a Rodrigo, emocionada—, iremos al Arenal.

—No conviene —objetó—. No sea cosa que venga pasaje y digan que no te conocen de Nueva España.

—No suele venir más pasaje que algún indiano que ha hecho caudales en las selvas o en las minas, y México es tan grande que, de seguro, no todos se conocen.

—Cierto, mas deja que Juanillo pregunte.

—Que pregunte. Verás que tengo razón.

Y la tenía. En la flota al mando del general Lope Díaz de Armendáriz no venía pasaje alguno y por no venir, tampoco venía demasiada dotación pues la que llevaron de España había decidido quedarse en las Indias y mucho le había costado al general encontrar otra nueva para ejecutar el tornaviaje. Para que España no se le vaciase, la Corona imponía tantas trabas a quienes deseaban viajar al Nuevo Mundo que los más listos se enrolaban en las flotas y, una vez allí, ya no regresaban.

Al mediodía, después de la comida, cuando llegué con

mi coche al Arenal, las naos abarrotaban el río y era cosa digna de ver todo lo que se desembarcaba y el grande concurso de esportilleros que, como hileras de hormigas, subían ligeros de carga por los planchones y los bajaban doblados bajo el peso de los fardos. En la arena, abarrotada de gentes del río, carros de bueyes o mulas, soldados y mercaderías, no cabía una mosca, mas daba lo mismo tal amontonamiento pues de allí nada podía moverse hasta que los oficiales y veedores reales no lo hubieran verificado y comprobado todo en los registros. Y eso que en la aduana de la Barra, en Sanlúcar, ya se había ejecutado una primera inspección antes de permitir la entrada de la flota en el Betis, sin embargo la Corona, siempre recelosa, no podía permitir que el contrabando que acaecía en el Nuevo Mundo se diera en la ciudad de Sevilla. Era igualmente cosa digna de asombro ver cómo, entre la orilla del río y las muchas naos que no podían alcanzarla por falta de hueco, iban y venían enjambres de fustas y tartanas colmadas de arcones, barriles, botijas, pipas, cajas y toneles. Los carruajes de los curiosos, entre los que se hallaba el mío, estaban detenidos junto a las murallas, entre la Torre del Oro y la Torre de la Plata, pues resultaba de todo punto imposible allegarse hasta las naos.

—¡Habrá música y mojigangas durante una semana! —exclamó Alonso sacando medio cuerpo por uno de los ventanucos del coche—. ¡Incluso procesiones!

El antiguo esportillero, que tantas flotas había visto llegar hasta aquel puerto durante sus veinte y dos años de vida y tantas de ellas había descargado, sentía la comezón del costal y el ansia del capazo de esparto.

—¿Quieres bajar del coche y retomar tu antiguo oficio? —le pregunté con sorna.

Se introdujo tan raudo como una lagartija aceitada. Para mi sosiego, de un tiempo a esta parte olía gratamente a jabón napolitano.

—Soy lacayo en una de las casas más principales de Sevilla —repuso ultrajado, envolviéndose en su capa y calándose el chambergo.

Y así era, pues, recientemente y con el consentimiento y bendición de doña Clara, le había devuelto a mi servicio con el cargo de lacayo de librea y andaba todo el día ataviado de ricas vestiduras recorriendo el palacio arriba y abajo a la espera de ser llamado para escoltarme cada vez que yo saliera a la calle. Me gustaba tenerle en casa y toparmelo de vez en cuando por los corredores o en las cocinas, siempre con esa sonrisilla pícara en el hermoso rostro y siempre ingenioso y alegre.

Rodrigo, al oírle presumir de lacayo, soltó una carcajada socarrona.

—¡Mucho lacayo y mucha librea mas, bajo el fino jubón —se burló—, se te adivina la enjundia del pícaro!

—Espero que eso no sea cierto —comenté.

Ambos me miraron al tiempo.

—No, no te alarmes —se apresuró a decir mi compadre—. Estás haciendo de él un probado gentilhombre.

—Me esfuerzo, doña Catalina —aseguro Alonsillo—, y los maestros que me pusisteis lo afirmarán. Preguntadles.

Sonreí y ambos se calmaron.

—No he menester preguntar, Alonso, pues me informan cabalmente y sé que vas muy bien. Por cierto —declaré señalando un lugar cerca del río, al pie de los galeones—, ¿no es aquél don Jerónimo de Moncada?

Rodrigo miró atentamente a través del ventanuco y Alonso, que ya le había visto antes, asintió.

—Si os referís al señor esposo de doña Isabel Curvo, acertáis. Él es.

—Sí —confirmó Rodrigo—. Y, por más, quien está a su lado y alza el brazo señalando la proa de la nao capitana es el viejo don Luján de Coa, su cuñado, el esposo de Juana Curvo.

Miramos los tres al tiempo y, en efecto, allí estaban ambos rodeados por una corte de altos oficiales de la Casa de Contratación y por los principales mercaderes y banqueros de Sevilla, incluido Baltasar de Cabra. Un poco más allá, las autoridades civiles y militares de la ciudad, sus regidores y algunos caballeros contemplaban también la escena.

—¿De qué se ocupan? —pregunté—. Hablan muy alterados.

—¡Tienen graves asuntos en los que emplearse! —exclamó Alonsillo—. Sobre todo don Jerónimo.

Se hizo el silencio dentro del carruaje, esperando una aclaración, mas el lacayo se había distraído de nuevo con las muchas cosas que pasaban en la arena.

—¡Habla! —rugió Rodrigo, impaciente—. ¿Qué asuntos son ésos?

Alonso dio un respingo y, espantado, se enderezó el chambergo.

—Asuntos de la flota, naturalmente —explicó—. Don Jerónimo es juez oficial de la Casa de Contratación y tiene que dirigir a los oficiales reales encargados del recuento del oro y de la plata, del recaudo de impuestos, de la vigilancia de los bienes de difuntos, de la correspondencia oficial, de los registros de mercaderías... Él vela porque sus oficiales ejecuten todas estas tareas adecuadamente. No podrá regresar a su casa hasta bien entrada la noche, si es que regresa hoy y no mañana.

La nao capitana se distinguía del resto de galeones de la flota por el rojo estandarte real que ondeaba en el extremo de su palo mayor. Conté diez y seis galeones fondeados en el río, naos monstruosas de tamaño descomunal con altos castillos de proa y popa y con los costados reforzados por gruesas tablazones punteadas por filas de troneras. Cada galeón podía montar más de setenta cañones, aunque tuve para mí que no artillaban tantos, a lo sumo treinta o cuarenta por nao, y arbolaban tres palos de velas cuadradas. Se me alcanzó con toda claridad por qué las flotas de la Carrera de Indias no habían sido nunca atacadas: no existía ni existiría jamás escuadra pirata capaz de enfrentarse a semejante potencia, sin olvidar la menor, aunque no por ello menospreciable, capacidad defensiva de los cien o doscientos mercantes que viajaban en la conserva. Sin embargo, todo ese armamento convertía a los galeones en naos pesadas y lentas y, a no dudar, sus altos castillos las hacían balancearse en demasía, lo que, ante un presunto ataque, daría mayor ventaja y beneficio a naos más pequeñas y ligeras, como las inglesas.

Estuvimos observando durante mucho tiempo y, llegado un determinado punto, Rodrigo, sorprendido, exclamó:

—¡Adóbame esos candiles!

—¿Qué acontece? —quise saber.

—¿Pues no están bajando los cañones a tierra? —preguntó, incrédulo.

Alonso, con engreimiento, se echó a reír de buena gana.

—Se hace por orden real —afirmó—, de suerte que los mismos cañones y municiones puedan ser utilizados por más de una nao. Si un galeón está siendo reparado, no precisa armamento alguno.

—No lo conocía —dije, asombrada.

—España tiene pocas fundiciones de hierro y bronce y siempre anda escasa de artillería. Por eso está toda registrada. Cada vez que una nao arriba a puerto, se le desmonta hasta la última de las culebrinas y se le retira hasta la menor de las pelotas de tres libras y se manda todo a los arsenales. Entretanto no son necesarias, allí permanecen, bajo custodia, y, cuando es menester, se toman y se reparten entre los galeones.

Y, en efecto, con la ayuda de andas, cabestrantes y bueyes, una nutrida cuadrilla de esportilleros a las órdenes de varios oficiales reales estaba despojando la flota de sus defensas. Las pelotas de hierro se amontonaban por calibres en una parte de la arena cercada y protegida por soldados y lo mismo acaecía con los enormes y pesados cañones y con los sacos de metralla, las palanquetas y los barriles de pólvora para los tiros. Quien parecía estar a cargo del asunto era don Jerónimo de Moncada, que rondaba por allí dando órdenes y vigilando y, al verle, un mal pensamiento se me vino a la mente:

—Alonso, ya que tanto sabes...

—Me place, doña Catalina —atajó él prestamente, a la defensiva—. Deseo ser artillero. En cuanto consiga realizar un viaje a las Indias, como exige la Casa de Contratación, me presentaré al puesto.

Un tanto sorprendida por su respuesta, que no esperaba, quedé con mi cuestión en suspenso durante un suspiro, mas, luego, reaccioné:

—Sea. El de artillero es un buen oficio —dije abatida, si bien no podía comprender la razón de mi pena—. Mas satisfaz esta pregunta: toda esta artillería que van descargando en la arena, ¿ha salido de las fundiciones de Fernando Curvo?

Rodrigo soltó un bufido y se volteó hacia mí. El mismo mal pensamiento que yo albergaba en mi cabeza se hallaba ahora en la suya.

Desde su alto cargo en la Casa de Contratación, Jerónimo de Moncada, el esposo de Isabel, era el responsable de aprestar las flotas y las Armadas, proveyéndolas de todo lo necesario para los viajes. Este menester lo ejecutaba, según estaba ordenado, de acuerdo con el prior del Consulado de Mercaderes que, en este caso, por más, era su cuñado Luján de Coa, esposo de Juana. Al aprestar las flotas de la Carrera de Indias, Jerónimo de Moncada era, por tanto, el encargado de disponer y, en su caso, comprar las armas y la munición, lo que cerraba un perverso círculo en el caso de que le fueran vendidas por las fundiciones de Fernando Curvo, el mismo que con tanta amabilidad había fabricado la rejería de mi palacio.

—La artillería no sale sólo de las fundiciones del mayor de los Curvos —me aclaró Alonso—. Hay un famoso maestro fundidor en Sevilla, Juan Morel, del barrio de San Bernardo, que es el encargado de fabricar los cañones de bronce. Juan es hijo de Bartolomé Morel, el grande maestro fundidor de cañones y campanas y, por más, de muchas piezas para la Iglesia Mayor de Sevilla, como el Giraldillo que culmina la torre.

—¿Y qué artillería fabrica, pues, Fernando Curvo? —se impacientó Rodrigo.

—Los cañones y las pelotas de hierro. La Casa de Contratación, por orden de la Corona, suministra a Juan Morel el cobre y el estaño para fabricar el bronce. Fernando Curvo, en cambio, tiene sus propias minas de hierro en la sierra que hay al norte de Sevilla, en El Pedroso y en San Nicolás del Puerto. —Tomó aliento y, mirando por el ventanuco con ojos radiantes, continuó hablando—: Los mejores cañones son los de bronce, ya que pesan menos y resisten más; los de hierro, siendo más baratos, precisan de más hombres para ser manejados y acostumbran a soltarse de sus cureñas y retrancas en cuanto disparan pelotas de calibre grueso, por eso nadie los quiere en sus naos y Fernando Curvo funde cada vez menos cañones y mucha más munición: pelotas de hierro que van desde tres hasta cincuenta y seis libras,[31] según dictan las órdenes reales.

—En resolución —concluí para poner fin a la perorata—, el tal Juan Morel fabrica los cañones de bronce y Fernando Curvo la munición de hierro para los galeones de guerra.

—En efecto.

—¿Y conoces cuánta munición le vende a la Corona o, por mejor decir, a su cuñado Jerónimo de Moncada?

Alonso me contempló sorprendido.

—Erráis, doña Catalina —objetó—, al recelar que don Jerónimo de Moncada le compra la munición a Fernando Curvo. Don Fernando la fabrica sólo para la Corona y toda va y viene de los arsenales del rey. Don Jerónimo de Moncada, con los caudales del impuesto de la

31.   Desde un kilo y medio, aproximadamente, hasta los veintiséis kilos de la bala de cañón de mayor tamaño.

Avería que pagan los mercaderes y cargadores a Indias, le compra la munición al arsenal, no a su cuñado.

—En tal caso no hay beneficio ilícito —razoné.

—Lo que sí puedo deciros —siguió explicándome— es que se cargan unas mil pelotas de hierro por flota y el doble por Armada y que, de las flotas, vuelven las mil, en tanto que de las Armadas, que entran en batalla contra los flamencos, los berberiscos o los turcos, vuelven pocas o ninguna, de cuenta que las fundiciones de Fernando deben producir y vender varias docenas de miles al año y eso, a no dudar, le procura muy buenos y legítimos beneficios.

«No podrías encontrar en todo el imperio una familia de hidalgos mercaderes más honrada y digna, más admirable y de mayor virtud», escuché dentro de mi cabeza con la voz del marqués de Piedramedina.

Tras aquella tarde tan solazada y viendo que la noche se nos iba entrando a más andar, emprendimos el camino de regreso al palacio. No era fácil para el carruaje rodar por las calles de Sevilla debido a la grande animación que reinaba en la ciudad por el arribo de la flota de Nueva España. A pesar del gentío, los Villanueva, los Bécquer, los Arcos y otros tantos detuvieron sus coches junto al mío para saludarme. La ciudad entera ansiaba acercarse al puerto para contemplar las enormes naos y las riquezas recién llegadas, y los alguaciles y soldados tenían grande trabajo abriendo camino a los carros con las mercaderías de México que precisaban salir de allí para llegar hasta los almacenes de los cargadores. Finalmente, a Rodrigo no le quedó otro remedio que bajarse del coche y subir al pescante para ayudar a Juanillo, que tenía que habérselas con una exaltada muchedumbre.

Y fue una suerte que así lo hiciera pues, al poco, Juana Curvo, que intentaba allegarse con su hermana hasta el Arenal para reunirse ambas con sus esposos, envió a uno de sus lacayos para que mis cocheros detuvieran el carruaje, de cuenta que pudiéramos saludarnos por los ventanucos.

Y digo que fue una suerte que Rodrigo no estuviera dentro del coche pues su presencia hubiera estorbado y perjudicado el venturoso suceso que aconteció: el encuentro casual entre Juana Curvo y Alonsillo Méndez. No había previsto que tal concurrencia acaeciese tan pronto ni de aquella manera inesperada mas, si el destino obraba en mi favor, no debía yo contrariarlo por más que, sin razón sensata, me pesara tanto.

—Alonso —le dije al rubio y gentil lacayo, mirándole derechamente a los ojos azulinos—, es la hora.

Él se sobresaltó, mas me sostuvo la mirada sin vacilar. No sin reparos, con la generosidad propia de los mejores corazones, había accedido a participar en mi venganza desempeñando una tarea que, según él afirmó y yo comprendí, le iba a resultar muy ingrata. Aún era posible que aquel día nada aconteciera, pensé aliviada, que nos marcháramos de allí tal y como habíamos llegado, de cuenta que, yendo contra mis propios intereses, anhelé que así fuera y que mi propio ingenio no se ejecutara. Mas el espíritu de mi señor padre acudió en mi auxilio y, arrancándome de la cabeza tan desatinadas cavilaciones, me obligó a recobrar el juicio y a recordar que, si no había errado yo en mis barruntos y era la insatisfacción la que amargaba la vida de Juana Curvo, ésta se sentiría irremediablemente cautivada por la belleza de Alonso. ¿Acaso no había estado enamoriscada de un mozo muy gallardo y tan guapo como un arcángel antes de casar contra su voluntad con el viejo Luján de Coa por mandato de su hermano Fernando? ¿Acaso no era su marido, en palabras de la marquesa de Piedramedina, el hombre más virtuoso de Sevilla, que iba siempre con el rosario en la mano, ocupando todo su tiempo de asueto en rezos en la Iglesia Mayor? ¿Acaso no había asegurado la marquesa que Luján de Coa jamás había pisado las mancebías del Compás, ni siquiera cuando era mozo, y que no había sido tentado nunca por el pecado de la carne? ¿Acaso no había percibido yo un silencio helado, un frío y extraño dolor en los ojos de Juana al tiempo que su hermana Isabel y la marquesa alababan de esta suerte a su marido? ¿Acaso no la había visto empinar el codo mucho más de lo conveniente en todas y cuantas ocasiones había estado con ella? ¿Acaso no había tenido un único hijo hacía ya más de veinte años con aquel viejo marido que no parecía apremiado por la pasión ni siquiera dentro del matrimonio? Y, aunque sólo había que sumar dos más dos, en aquel punto de aquel día, por lo que en ello le iba a Alonsillo, hubiera deseado que el resultado fuera cinco o siete y no cuatro.

—¡Querida doña Catalina! —exclamaron ambas hermanas en cuanto alzamos a la par los lienzos de nuestros ventanucos.

—Qué grande alegría, señoras mías —manifesté con una sonrisa—. ¿También bajan vuestras mercedes al puerto, a ver la flota?

—En efecto, allí vamos —me confirmó la gruesa Isabel, cuyo maquillado rostro expresaba una notable alegría—. ¿Venís vos de allí? ¿Cómo está aquello?

Alonso se adelantó un tanto para liberarme de la molestia de sujetar el lienzo e hizo una leve y cortés inclinación de cabeza a las dos damas. Los ojos de Juana Curvo se posaron brevemente en él y... en él se quedaron. A no dudar, le traía a la memoria a aquel hermoso galán de su juventud.

—El puerto está abarrotado —expliqué, obligándome a encubrir un grotesco enojo—. No cabe ni un alfiler. Mas imagino que vuestras mercedes, por ser las esposas de los gentilhombres principales de tan grande acontecimiento, no encontrarán obstáculos para allegarse.

Juana Curvo arrancó con esfuerzo la mirada de Alonso (quien, a su vez, haciéndose el distraído, la escudriñaba comiéndosela con los ojos), y se dirigió a mí:

—Para allegarnos al puerto, querida doña Catalina —dijo, y volvió a echar una rauda ojeada a Alonso—, sufrimos los mismos inconvenientes que cualquiera.

—Una vez que crucemos la puerta del Arenal —terció entonces la feliz Isabel—, ya será otro cantar. Los soldados nos escoltarán hasta la orilla, junto a nuestros esposos.

No se me escapaba que Juana Curvo se distraía de nuestra charla para otorgar toda su atención a aquel hermosísimo lacayo que, con aparente respeto y temor, le dedicaba tímidas y dulces sonrisas cargadas de pecaminoso deseo. Por más que aquello me estaba matando, debía echarle un capote para prolongar el momento:

—Os veo muy bien de salud, querida doña Isabel. ¿Cómo os encontráis de vuestros dolores?

—¡Ah, doña Catalina, qué feliz soy! —La gruesa hermana Curvo se hallaba por entero ignorante de lo que acontecía a su lado—. Desde que vuestra criada Damiana me visita todas las semanas para darme de beber esa

201

asombrosa medicina del Nuevo Mundo me encuentro totalmente curada. No podéis figuraros hasta qué punto han desaparecido todos los dolores ni con qué premura camino ahora. ¡Mi esposo dice que pronto daremos una fiesta para celebrarlo! Naturalmente, os espero en ella. ¡Seréis mi invitada de honor, doña Catalina! Estoy en deuda eterna con vuestra merced. Don Jerónimo lo dice todos los días: «¡Cuánto tenemos que agradecer a doña Catalina Solís!» y yo estoy muy de acuerdo con él. Deseaba ardientemente volver a veros para contároslo.

Juana y Alonso seguían a lo suyo que, por otra parte, no dejaba de ser lo mío y era tal el ardor de sus atrevidas miradas y la indiscreción de sus audaces sonrisas que, aun conociendo que Alonsillo fingía, aquello me ofendía tanto que hubiera deseado hallarme a miles de leguas de allí. Con todo, la mayor de los Curvos no tardaría mucho en despertar de su extravío pues era una dama hidalga de la alta sociedad y, para un primer encuentro con un lacayo de librea —por gallardo que fuera el mozo—, empezaba a ser suficiente. Había que admitir que Alonso estaba obrando muy felizmente, mejor que un buen cómico de la legua, y, de no ser yo tan necia, me habría regocijado de que Juana hubiera sido cazada como un ciervo en la berrea.

—Me agradaría mucho —dije a las dos hermanas, fijando mi mirada en Juana Curvo para obligarla a salir de su embelesamiento— que vuestras mercedes vinieran alguna tarde a merendar a mi palacio. ¿Qué les parece mañana?

—¿Mañana? —preguntó Juana, ignorante del asunto que se trataba.

—¿No puedes ir mañana a merendar al palacio de doña Catalina? —se sorprendió Isabel.

—¡Oh, naturalmente que sí! —exclamó, contenta por primera vez desde que la conocía, insinuando incluso una sonrisa valederamente feliz entretanto acechaba fugazmente a Alonsillo de reojo.

Nada me complacía menos que invitar a las Curvo a mi palacio, mas el asunto había discurrido tan bien que no convenía aflojar el lazo que sujetaba a la presa. Por el contrario, interesaba atarla corto y enseñarle la zanahoria para que aquella deshonesta agitación que la embargaba perdurase y diese fruto. Advertir su rostro turbado por tan rancia emoción me procuraba un pérfido placer.

En cuanto nos alejamos del carruaje de las Curvo, Alonso me miró y tomó a reír muy de gana.

—¿Cómo te parece que ha ido? —le pregunté, forzando una alegre sonrisa.

—¡Oh, doña Catalina, cómo me voy a divertir! —exclamó gozoso el muy canalla—. La dueña no es un ascua de oro y tiene una pizca de bigote, mas, con todo, no es fea y evidencia que anda muy necesitada de cariño. Ya me entendéis. Con un par de tiernas miradas se ha encendido como un cirio. Llevármela al lecho será coser y cantar. ¿Podré quedarme con todo cuanto me obsequie?

—No naciste para ejemplo de mártires —me burlé, sintiendo una pena tan grande como la mar Océana.

—¿Acaso no os habéis fijado en mi padre, doña Catalina? Todas las mujeres se enamoran de él por su galanura y debéis reconocer que yo he salido en todo a él. Incluso dicen que tengo mejor porte —afirmó el deslenguado, reventando de risa—. Desde muchacho, nunca me han faltado hermosas zagalas y ninguna me ha cobrado jamás por sus servicios.

En aquel punto, de haber ido ataviada de Martín, le habría clavado la daga en el vientre y, cortando hacia arriba, se la habría sacado por la garganta.

Entre la arribada de la flota de Nueva España y la de Tierra Firme transcurrió mes y medio. Los galeones llegaron a La Coruña a los diez de octubre, donde los echó un viento contrario, mas, por los muchos inconvenientes que habría si se descargaba allí la plata, se ordenó que, aprovechando la ausencia de holandeses a la altura de Lisboa, pasaran a Sevilla acompañados por la Armada que estaba en Vigo. El día martes que se contaban treinta, los galeones de la plata de Tierra Firme iniciaron el ascenso por el Betis y para esta ocasión Rodrigo se opuso con firmeza y resolución a que yo bajara al puerto.

—¡No, no y no! —exclamaba en voz baja por no meter en rumor a los criados—. ¡No irás al puerto de ninguna de las maneras! ¡Asaz de locura sería intentar tal empresa! ¡Tierra Firme, Tierra Firme! ¿Acaso no lo comprendes? Esas naos vienen de Tierra Firme, de nuestra casa. De cierto que algunos marineros serán compadres nuestros.

Peleábamos sentados frente a frente en las sillas de terciopelo carmesí de uno de los pequeños gabinetes cercanos a mi cámara. Entre ambos, un hermoso tablero de ajedrez descansaba sobre una mesita cuadrada de un solo pie. Las piezas ya no estaban, guardadas ahora en su bolsa.

—Deliras, Rodrigo —le dije despectivamente—. ¿Quién tendría en voluntad cambiar aquello por esto? ¡Nadie! Y, por si me faltaban razones para bajar, estoy cierta de que esa flota trae nuevas de madre. ¡Debemos recoger su misiva!

—¡Ya mandaré yo a alguien para que lo haga, si es que madre está tan loca como para comprometernos de tal forma!

En este punto me enfadé de verdad.

—¡Madre lo habrá hecho bien, bellaco! ¡Es más lista que tú y que yo juntos! Y, por más, ¿a quién vas a enviar?... ¿A Juanillo, que no conoce el puerto?

—Bajaré yo si es preciso.

—¡Oh, sí, naturalmente! —proferí, levantándome de la silla—. ¡Ningún marinero de Tierra Firme que haya venido en la flota guardará tu rostro en la memoria! ¡Como si no hubieras estado mareando toda tu vida por aquellas aguas!

—Toda mi vida, no, mas muchos años sí. Olvidas que fui garitero[32] aquí, en Sevilla, hasta los diez y siete años.

Fingí una expresión de grandísimo asombro.

—¡Ah, cierto, cierto! Sólo has pasado treinta y seis años mareando por el Caribe. Qué errada andaba creyendo que te iban a reconocer. ¡Si ni siquiera recuerdas cómo moverte por esta ciudad!

—Por las calles principales, sí —porfió, terco.

—¡Sea, haz lo que te venga en gana! Baja tú al puerto, si es lo que quieres.

Rodrigo sonrió complacido.

—Pues ahora que has entrado en razón —anunció

32. Encargado de un garito de juego.

serenamente—, te hago saber que no bajaremos ninguno, ni tú, ni Juanillo, ni yo, como era mi deseo.

—¿Y las nuevas de madre? —me sofoqué.

—Si es tan lista como dices, y lo es, las nuevas llegarán hasta ti andando sobre sus propias patas.

No le creí, mas no había ninguna ganancia en disputar. De seguir Alonso con nosotros otro gallo nos hubiera cantado, mas como ahora trabajaba de lacayo en casa de don Luján de Coa, al servicio de doña Juana Curvo, no había manera de hablar con los esportilleros que descargaban las flotas. Juana Curvo, con muchas afectaciones y artificios, se había presentado en mi casa hacía cosa de una semana fingiendo un grande disgusto con su lacayo de librea, al que habían tenido que echar por robar unos saleros de plata de mucho valor. Su esposo, don Luján, al conocer por su boca la desgracia, se había enojado tanto que había querido denunciarlo a los alguaciles, mas ella se lo había impedido por no meterse en escándalos y porque, en verdad, habían recuperado los saleros robados. Destacó mucho la grande falta que le hacía un buen lacayo de librea para salir a la calle y lo difíciles que eran de encontrar y que no todo el mundo tenía la misma suerte que yo, que disponía de varios para mi uso personal. La vi tan apurada que porfié en ofrecerle alguno de los míos, pues era cosa muy cierta que, por tener tres, mis lacayos de librea haraganeaban en demasía, Alonsillo incluido. Ella se ofreció, dada su necesidad, a doblarle el salario al elegido, mas yo rehusé el cumplido y le aseguré que cualquiera de ellos estaría encantado de trabajar a su servicio por lo mismo que yo les pagaba. Mentí, dado que no quería que al bribón de Alonso todo le fuera de provecho en aquella historia pues, desde el encuentro en el carruaje, cuando Juana y él se conocieron, y la merienda en casa que tuvo lugar al día siguiente para avivar el fuego de su pasión, sólo transcurrieron dos semanas hasta que yacieron juntos por vez primera y, a partir de ese día, la mayor de los Curvo no había hecho otra cosa que agasajar al mozo con caros obsequios de los que él alardeaba sin tacto ni discreción.

Sacudí la cabeza para alejar de mí tales recuerdos y fijé la mirada en el vacío tablero de ajedrez.

—Por cierto —dijo Rodrigo a tal punto, arrellanándose cómodamente en el asiento—, tengo nuevas del pícaro.

¡Ésa sí que era buena!, me dije, contrariada. En ocasiones, Rodrigo parecía leerme el pensamiento.

—Espera —le pedí—. No sigas hablando. Haré venir a Damiana y a Juanillo para que podamos conocerlas todos.

Rodrigo se extrañó.

—No veo razón... —empezó a decir.

—¿No quieres conocer tú, acaso, las nuevas que ha traído Damiana sobre Diego Curvo? Yo, de cierto, sí quiero.

Dio un respingo y sonrió.

—¡Naturalmente!

—Pues por eso —sentencié muy decidida, agitando la campanilla.

Al poco ya estábamos los cuatro reunidos en el pequeño gabinete. Cuando tal ocasión se presentaba, la de estar juntos, yo me sentía bien, me sentía a salvo y en casa, como si aquel lugar no fuera Sevilla sino Santa Marta. Más de un suspiro se escapaba de mi pecho y era porque se me figuraba que, al fin, me hallaba lejos del mal mundo en el que me veía obligada a vivir, un mundo en el que apenas había nada que no estuviera sin mezcla de vileza, fingimiento o bellaquería.

—¿Quién habla primero? —pregunté, como si no supiera que Damiana callaría por ser ésta su natural condición.

—Empezaré yo —anunció Rodrigo, acomodándose y echándonos a todos una mirada de satisfacción. También él parecía hallarse más feliz cuando los cuatro nos encontrábamos a solas—. El hermano de Alonsillo, Carlos Méndez, vino esta mañana con nuevas de la casa de Luján de Coa y Juana Curvo. ¡Diablos, cómo se parecen todos los hermanos al padre fraile! Carlos conversó ayer con Alonso y éste le pidió que nos contara que todo está saliendo de perlas, que la dueña se halla perdidamente enamorada de él y que, en cuanto el viejo Luján sale de casa, se le abalanza como una chiflada para refocilarse juntos hasta que regresa.

Rodrigo empezó a carcajearse de lo que acababa de referir, el tonto de Juanillo le hizo el coro y yo procuraba ocultar mi tristeza. Al cabo, cuando por fin aquellos necios se calmaron, Rodrigo reanudó su cháchara:

—En resolución, que Juana Curvo está rendida de amor por el pícaro y que, como éste le satisface el gusto en cuanto ella se lo demanda, anda todo el día ardiendo de deseo por lo nuevo del fogueo y lo peligroso del trance. Alonso afirma que no la ve mortificada por estar pecando contra el sexto mandamiento ni por cometer alevosía contra su esposo, don Luján.

Tornaron ambos majaderos a reír y Damiana y yo a suspirar, cabalmente resignadas.

—Dice también que, pese a su locura de amor, Juana se cuida mucho de que el servicio de la casa no conozca lo que acontece cuando el Prior se marcha a las Gradas. Sólo una joven criada, su doncella de cámara, está al tanto del asunto y Juana la tiene amenazada con vender al esclavo negro al que ama si dice una sola palabra. Esa doncella es la que monta guardia ante la puerta para que nadie los sorprenda.

—De donde se infiere —aventuré—, que el precio de la doncella es el dicho esclavo.

—En efecto.

—Que Alonso le diga a esa muchacha que pronto recibirá una bolsa con los dineros suficientes para liberar a su amante y escapar de Sevilla, pues exijo que desaparezcan los dos de aquí en cuanto ella le haya comprado.

—Así se lo haré saber.

—¿Qué hay de la cámara de Juana?

—Dice Alonso que no podríamos encontrar otra mejor. Está en el piso alto, es muy amplia y tiene dos grandes ventanales, uno que da a la calle y otro al patio, cubiertos por hermosos tapices de Flandes. La cama es de tamaño medio, sin colgaduras.

Sonreí, satisfecha, alejando de mí los bajos pensamientos.

—¡Ya no falta mucho! —exclamé mirando a Damiana, que se revolvió suavemente en el asiento—. ¿Y tus nuevas, curandera? ¿Son tan buenas como las de Alonso?

—Mejores, señora —aseguró, arreglándose la albanega que le recogía el encrespado cabello—. Esta misma mañana, cuando servía a doña Isabel su pócima semanal de amala...

—¿Qué es eso? —la interrumpió Juanillo, curioso.

Damiana calló.

—Son unas semillas oscuras —le expliqué—, semejantes a almendrillas secas, que no permiten sentir los tormentos del dolor.

—Así pues —se sorprendió—, ¿estamos en verdad aliviando a Isabel Curvo de sus dolencias?

—En verdad que sí —repuse, contenta—. La poción de amala es muy buena y medicinal y, como hace sentir una grande felicidad, en el Nuevo Mundo se la daban a las víctimas de los sacrificios humanos antes de matarlas. Mas continúa hablando, Damiana, hazme la merced.

La negra sonrió por mis palabras.

—Como he dicho, estaba sirviendo a doña Isabel su pócima cuando, al punto, me ha confesado secretamente que su hermano, el conde de Riaza, se encontraba muy enfermo de un tiempo a esta parte y que le había hecho venir para que yo le viese.

—¿Cuándo fue su encuentro con aquella hermosa joven? —preguntó Rodrigo, arrugando el ceño.

—Ha más de dos meses que aconteció —respondió Juanillo.

—¡Pues ya está podrido hasta la médula! —soltó mi compadre con una carcajada.

El rostro carnoso de Damiana se contrajo con una mueca de asco.

—La enfermedad de bubas, en efecto, la tiene vieja y más que confirmada —declaró agarrándose las manos sobre la saya—. En sus partes bajas y deshonestas...

—¡Se las viste! —gritó Juanillo, espantado.

Damiana asintió.

—No son las primeras ni serán las últimas —dijo—. Soy curandera.

—Sanadora, Damiana —la corregí—, sanadora. Recuerda que aquí, en España, a las curanderas las quema el Santo Oficio. Mas continúa, hazme la merced.

—En sus partes bajas, en el miembro, tiene el conde llagas malignas, verrugas y costras con el cuero de alderredor descolorido. Tiene, asimismo, llagas muy virulentas y sucias en la boca, en las manos y en las plantas de los pies y sufre de grandísimos dolores de cabeza y de huesos que le afligen más de noche que de día. Se le ha adelgazado mucho el cuerpo y está perdiendo todo el pelo: ya se le han pelado las cejas, barba casi no le queda y el cabello se le cae a mechones gruesos. Le cuesta respirar y le han salido bultos y tolondrones en algunas partes.

—¿Vivirá hasta la Natividad? —pregunté.

—Se le está consumiendo el cuerpo con la calentura, los dolores, el poco sueño y el poco comer.

—Damiana —insistí—. ¿Vivirá hasta la Natividad?

—Algo se podría obrar —confesó—, mas sería poco. Si le diera también una pócima semanal de amala, aunque diciendo que es una poción para las bubas, él se sentiría grandemente aliviado y contento, de suerte que tendría para sí que se está curando y esa fe le prolongaría la vida.

—Pues óbralo. Sólo falta mes y medio. Debe resistir como sea. ¿Le ha visitado algún médico?

—Me ha dicho doña Isabel que, por intercesión de los marqueses de Piedramedina, le está tratando don Laureano de Molina, el cirujano de la Santa Inquisición, a quien pagan muchos caudales por sus servicios y su discreción.

—¿Y qué razón la mueve a confiar en ti y en tu reserva? —se extrañó Juanillo.

—El desaliento. Don Diego no ha mejorado ni con las sangrías ni con las purgas que le ha ejecutado don Laureano. Ni siquiera el jarabe de zarzaparrilla y palo santo, el guayacán que decimos nosotros en las Indias, le han aliviado los incordios. Está cada día peor y doña Isabel teme que las unciones de azogue, las que llaman mercuriales, acaben por matarlo pues se halla muy débil y don Laureano pretende que empiece a untarse ahora, aprovechando el otoño, que es el tiempo apropiado para la cura. Como tiene miedo, pidió permiso a su hermano don Fernando para consultarme y éste se lo denegó, pues ni él ni doña Juana quieren que se conozca el vergonzoso mal de don Diego por el daño que podría causar a la familia, mas ella, que confía mucho en mí, convenció al conde para que hoy, a escondidas de los otros, acudiese a su casa y se dejara ver. Me hizo jurar que no contaría nada.

—¿Y juraste? —quiso saber Rodrigo.

—Juré —admitió la cimarrona sin turbarse, como si faltar a voto tal no fuera cosa importante—. Juré y me dio esto.

Sacó una bolsa de entre los pliegues de su saya y la dejó caer sobre el tablero de ajedrez.

—¿Cuánto hay? —pregunté.

—Mil maravedíes.

—¡Buenos son! —profirió Juanillo, admirado.

—Quédatelos —le dije a Damiana, tomando la bolsa y ofreciéndosela—. Te los has ganado.

Mas Damiana no alargó la mano para cogerlos.

—No los quiero —anunció—. Esos caudales son la paga por un silencio que no he guardado y por una cura que no voy a obrar. Guárdelos voacé y gástelos en liberar esclavos negros de esta ciudad, pues hay tantos que la población se asemeja a este tablero de casillas negras y blancas.

—Sea. Añadiéndoles algunos más, servirán para comprar al amante de la doncella de Juana Curvo.

—Me place —manifestó Damiana, echándose hacia atrás en su silla.

La quietud de la tarde entró en el gabinete y quedamos los cuatro callados, cavilando cada uno en sus cosas. Todo estaba saliendo bien. A no dudar, el espíritu de mi señor padre nos cuidaba desde el Cielo y procuraba por nosotros y por la ejecución de su venganza. Le echaba mucho en falta. Intentaba no traerle a mi memoria para no deshacerme en lágrimas, mas añoraba los días en que mareábamos con la *Chacona* por el Caribe y él me gritaba y me daba órdenes y me trataba como a su probado y querido hijo Martín. Añoraba Tierra Firme, añoraba las aguas color turquesa y el aire de aquella mar. Sólo deseaba que llegara la Natividad y que todo concluyera para poder regresar a casa.

No oí los golpecillos en la puerta, mas torné de mi recogimiento cuando el vozarrón de Rodrigo dio permiso a la criada para entrar.

—Señora —dijo ésta doblando la rodilla—, un mercader desea ser recibido.

—¿Un mercader? —me admiré.

—Así es, señora, dice que viene de Tierra Firme y que precisa veros.

¡Las nuevas de madre! Miré a Rodrigo, que rebosaba arrogancia por haber profetizado que llegarían andando sobre sus propias patas, y me dirigí hacia la sala de recibir sin dar en preguntar la gracia del visitante por lo muy conmovida que me hallaba.

El indiano, por el frío de finales de octubre en Sevilla, se abrigaba con un grueso gabán que le cubría entero. Al oírme entrar se giró y entonces mis pasos se detuvieron en seco y solté una exclamación de sorpresa tan grande que, de seguro, se oyó por todo el palacio.

—¡Señor Juan! —grité, avanzando presta hacia él.

Juan de Cuba, el mercader que había impedido mi entrada en Cartagena de Indias para salvarme la vida, el mismo que me había vendido su propia zabra, la *Sospechosa*, para permitirme cruzar la mar Océana y rescatar a mi padre de su cautiverio en Sevilla, el mayor amigo, o mejor, hermano, que en este mundo tuvo mi señor padre y la persona bajo cuyo amparo y protección había dejado a madre durante mi ausencia, se hallaba en mitad de mi sala de recibir, en Sevilla, cubierto por ropas de los pies a la cabeza y sonriendo como un bendito.

—¡Voto a tal! —exclamó, estrechándome en un grande abrazo—. Quienquiera que seáis, señora, que yo no os conozco, ruego a vuestra merced que haga venir a mi compadre Martín Nevares, a quien traigo nuevas de Tierra Firme.

Me eché a reír y le solté para mirarle el rostro.

—¡Eh, mercader del demonio! —proferí con la voz de Martín, imitando las maneras de mi señor padre.

Juan de Cuba se emocionó.

—Hablas igual que él, muchacho. Igual que él. Siempre lo digo.

Bajó la cabeza y empezó a llorar en silencio, sin sonrojo ni moderación.

—Cuéntamelo todo, Martín —me dijo ignorando mis vestidos de dueña y mis suaves afeites—. Cuéntame cómo murió Esteban, punto por punto, y cuál es la razón de que no hayáis regresado a Tierra Firme. María Chacón no se puede quitar del pensamiento, ni habrá quien se lo quite hasta que te vea con sus propios ojos, que has muerto o que te hallas en grave peligro. Tiene por cierto que, de todo cuanto le escribió Rodrigo de Soria en aquella breve misiva que le hizo llegar con la flota, sólo la mala nueva de la muerte de Esteban era verdad y el resto o, lo que es lo mismo, las cuatro palabras con las que le decía que no regresabais a casa por unos asuntos menores que había que solventar, era un embuste y una patraña.

—¿Madre está bien? —pregunté temerosa.

—¡Ella es quien me ha enviado! Disfruta de muy buena salud y el mismo arrojo de siempre. Se halla totalmente recobrada, aunque sufrió mucho cuando conoció la muerte de mi compadre Esteban. Tuve para mí que no tornaría a estar nunca en su sano juicio y, para decir verdad, durante un largo tiempo así fue. Luego, una mañana, se despertó afirmando que tú también habías muerto y ya no descansó, ni me dejó descansar a mí, hasta que me vio subir por el planchón de la nao mercante que me ha traído hasta aquí. Me refirió toda tu historia, la verdadera, la de cómo Esteban te encontró en aquella isla siendo Catalina y como te prohijó más tarde como si fueras tu difunto hermano Martín para salvarte de un matrimonio por poderes con un descabezado de Margarita.

Se secó las lágrimas con las mangas del gabán y me escudriñó de arriba abajo.

—Y, ahora —ordenó con voz imperiosa—, cuéntame todos los pormenores de la muerte de tu señor padre y dame buenas razones para explicar tanto tu permanencia en Sevilla como este espléndido palacio y esta traza de marquesa que te das, con tantos lujos y tantos criados. No daba crédito a lo que veía cuando las gentes me han señalado esta casa como la de la viuda Catalina Solís. Haz que pueda perdonarle a María los tres meses de viaje con la flota y la renuncia a mi nao y a mis tratos.

—Es una larga historia, señor Juan —repuse, colgándome elegantemente de su brazo y tirando de él hacia el patio grande por mejor llegar hasta el gabinete donde Rodrigo, Damiana y Juanillo esperaban mi regreso.

—Pues haz memoria —replicó, inmisericorde— y que no se te pase nada.

—Así lo haré, señor Juan.

Cuando se conoció, a los primeros de noviembre, que el rey Felipe el Tercero había suspendido las situaciones que tenía hechas para pagar los doce millones de ducados que adeudaba a los banqueros de Europa, las gentes de España descubrieron con pesadumbre que el imperio estaba nuevamente en bancarrota. Pronto se rumoreó por las calles de Sevilla que las pagas de los ejércitos y de las otras costas de las guerras —que, a tales alturas, ya eran mucho más que precisas—, tampoco se iban a satisfacer. Como, asimismo, había dejado de llover y los labradores no podían continuar la sementera comenzada en octubre, las lenguas de los charlatanes, las beatas, los iluminados y los embaucadores se soltaron para señalar al culpable de tantas desgracias: cierto cometa que se veía en el cielo entre poniente y septentrión desde mediados del mes anterior. Cuando el cometa mudó de lugar y se le vio entre poniente y mediodía, las mismas lenguas dieron en gritar y gemir por las muchas tribulaciones que caerían pronto sobre el imperio y sus naciones. Se hicieron procesiones para pedir la lluvia, misas por el rey y por España, y se rezaron rosarios por nuestros arruinados Tercios, especialmente por los de Flandes, que tanto sufrían.

El señor Juan, como buen indiano recién llegado, no comprendía nada:

—¿Acaso no arribó la flota de Tierra Firme hace sólo quince días con más de doce millones de pesos de a ocho reales? —repetía sorprendido—. ¿Cómo puede estar el imperio en bancarrota? ¿Quién ha robado esos caudales?

Fatigada ya antes de comenzar a explicarle lo inexplicable, me retiraba discretamente y dejaba la pesada tarea en manos de Rodrigo, que, mucho más interesado que yo en estos asuntos de la Hacienda imperial, no se cansaba de lanzar severas razones sobre los más de veinte y dos millones de ducados de deuda que acumulaba la Corona por demoras e intereses y sobre los muchos tributos que tendrían que pagar las ciudades de España y sus gentes para satisfacer esos compromisos. Entretanto yo lidiaba todas las tardes con mi modista por las extrañas cualidades del nuevo vestido que debía confeccionarme, ellos dos, en compañía de Juanillo, se marchaban a dar largas caminatas por Sevilla buscando, según declaraban, buenas ocasiones para poner en ejecución tratos comerciales extraordinarios. A lo que se veía, el señor Juan, que no dejaba de ser mercader ni siquiera cuando se hallaba cumpliendo un encargo de amistad a miles de leguas de casa, había conservado los dos mil y quinientos escudos que yo le había pagado por su zabra la *Sospechosa* y deseaba sacar provecho del viaje comprando mercaderías para venderlas luego en Tierra Firme.

La tarde que Juan de Cuba llegó a mi palacio, una vez que estuvimos de nuevo sentados a la redonda del tablero en el gabinete, entre Damiana y yo le referimos punto por punto la muerte de mi señor padre en la Cárcel Real de Sevilla y fue digno de ver y de escribir en las crónicas de esta historia cómo saltó de su silla cuando escuchó sus últimas palabras y cómo se conmovió cuando le repetí el juramento que yo había hecho, y cómo lloró y me abrazó y me alentó a llevar a cabo mi venganza. Al igual que Rodrigo, también él, una vez sosegado, juró por su honor asistirme en todo cuanto precisara.

—¡Yo mismo mataré a los Curvos con mis manos! —exclamó, bravucón.

—Considerad, señor Juan —le dije cariñosamente—, que ya tenéis una edad avanzada y que no os conviene entrar en lizas. Dejad esa tarea en mis manos que ya la tengo bien encaminada.

Entonces pasamos a narrarle cómo estaban las cosas en aquel punto y se mostró tan complacido que trocó su tristeza en alegría y pidió vino para beber por el alma de su compadre Esteban Nevares y por las almas de los Curvos que pronto habitarían en el infierno para toda la eternidad. Preguntó en qué podía asistirnos y, como no había nada que confiarle, le invité a permanecer en mi palacio haciéndonos compañía hasta que todo terminara.

—¡Cómo disfrutaría María con esto! —afirmó cuando ya el mucho vino se le había subido a la cabeza.

De suerte que también bebimos a la salud de madre y, luego, por el recuerdo de las pobres mancebas asesinadas por los piratas, y por nuestros compadres de la *Chacona*, los añorados Mateo Quesada, Lucas Urbina, Guacoa, Jayuheibo, el pequeño Nicolasito, Negro Tomé, Miguel y el pobre Antón.

Al anochecer, ebrio como un odre, el señor Juan tornó a las lágrimas y a los sollozos:

—¡A lo menos mi compadre murió junto a su hijo! —gemía al tiempo que Rodrigo se lo llevaba hacia su aposento, sin cenar, para que durmiera el vino—. ¡Qué grande alegría para él, Martín, tenerte a su lado en el último momento! ¡Podría haber muerto solo como un perro! ¡Malditos Curvos! —gritaba—. ¡Malditos por siempre!

Dos semanas después, paseaba junto a Rodrigo por las calles de Sevilla envuelto en su nueva capa buscando sacar provecho a sus caudales. En nada me inquietaba que hablara con mercaderes y comerciantes pues en toda Sevilla sólo Diego Curvo le conocía el rostro y Diego se hallaba demasiado enfermo para abandonar su palacio.

Cierto día, a la hora de la cena, las animadas voces de los dos compadres recién llegados de la calle se escucharon en el patio pequeño dirigiéndose hacia el comedor donde los criados les habían advertido que debían esperarme. Aquella tarde, tras bregar de nuevo con la modista durante más de una hora, me encerré en mi cámara para escribir una nota a Luis de Heredia, el piloto de la *Sospechosa*, pues debía prevenirle de que tuviera dispuesta la zabra para antes de la Natividad, lista para el tornaviaje a Tierra Firme, y le participaba que, aunque salimos cuatro de la nao, regresaríamos cinco. Le advertía asimismo que, de no aparecer antes del día del Año Nuevo, que no nos esperara más, que zarpara rumbo a

Cartagena de Indias o al puerto que más le conviniera y que la zabra sería, desde ese punto, propiedad de María Chacón, de Santa Marta. Estábamos a jueves, día que se contaban veinte y dos del mes de noviembre y era tiempo ya de empezar a pensar en liar los bártulos y abandonar Sevilla. Aunque ocultaba a mis compadres el miedo que me ahogaba por no metérselo a ellos en el corazón, a solas cavilaba una y otra vez en todo lo que podía salir mal el día en que los Curvos de Sevilla debían de entregar sus almas al diablo.

Con la misiva en la mano salí de mis aposentos y me encaminé hacia el comedor seguida por dos de mis doncellas, que me dejaron en la puerta y se fueron hacia las cocinas, a cenar también. En cuanto entré, Rodrigo y el señor Juan, que conversaban de sus cosas junto a la grande chimenea encendida, se volvieron a mirarme.

—Felices os veo, señores —les dije con una sonrisa.

—¡Ha sido un día de grande provecho! —declaró el señor Juan dirigiéndose hacia su lugar en la mesa.

—Rodrigo, hazme la merced de entregar esta nota a Juanillo.

—¿De qué se trata?

—Dile que debe partir mañana o el día después de mañana hacia Lisboa para buscar a Luis de Heredia en Cacilhas y entregarle estas instrucciones. Dale caudales y todo cuanto precise para el viaje.

—¿Está mi zabra en Portugal? —preguntó Juan de Cuba sujetándose la servilleta al cuello. Tras un corto silencio, los tres nos echamos a reír—. Sea —admitió, pesaroso—. Tu zabra, no mi zabra.

—En efecto, señor Juan —le dije, tomando asiento en la cabecera—. Mi zabra, la zabra por la que pagué a vuestra merced muy buenos caudales, está en Portugal, en el puerto de Cacilhas, y el piloto, Luis de Heredia, se está haciendo pasar por su maestre desde que la dejamos allí fondeada.

—Pronto hará un año —comentó Rodrigo. Los lacayos entraron en el comedor con los platos de la sopa de menudillos y el vino—. De cierto que a Juanillo no le va a gustar tu recado.

—No tiene que gustarle —repuse—, sólo tiene que ejecutarlo.

Guardamos silencio hasta que volvimos a quedar solos, con la cena caliente frente a nosotros. El señor Juan metió la cuchara en el plato y empezó a sorber con grande ruido.

—¿Por qué no mandas a otro? —insistió Rodrigo—. Juanillo no querrá perderse la fiesta.

—No puedo valerme de nadie que no sea de los nuestros y recuerda que, cuando estábamos en Angra do Heroísmo, ya se le advirtió lo que tendría que poner en ejecución y allí mismo se mostró conforme. Ha llegado el día y debe liar el hato.

—¿No resultará necesario aquí? —preguntó el señor Juan con los labios brillantes por el caldo que le resbalaba hasta el mentón.

—No, porque acordamos que su servicio sería, justamente, el de llevar las órdenes a Luis de Heredia.

—Entonces, debe cumplirlo —sentenció el mercader, echando un mollete de pan blanco a trozos en el caldo. Rodrigo hizo lo mismo y pronto estaban los dos con los carrillos hinchados a reventar y muy ocupados tragando.

—Y qué, señores —les pregunté para ponerlos en un

aprieto—, ¿cuál ha sido ese grande provecho que han obtenido hoy?

Rodrigo intentó responder y se atragantó y el señor Juan, viéndole, tomó a reír muy de gana y se atragantó también. Acabaron ambos con las barbas y las servilletas tan sucias como los trapos de un recién nacido y entonces fui yo quien se rió de buena gana. El mayordomo asomó las narices por conocer qué pasaba, mas, viendo que todo cuanto hacíamos era montar alboroto, desapareció discretamente.

—He cerrado un trato —dijo el señor Juan cuando nos hubimos calmado y, ellos, por más, limpiado— que me reportará grandes beneficios en Cartagena.

—¿Y cuál es ese trato? —inquirí, rogando para que la mercadería no fuera un problema el día de nuestra marcha. Huir de Sevilla a uña de caballo arrastrando carretas con bienes de trato no me parecía precisamente oportuno.

—Uno muy bueno para el señor Juan —comentó Rodrigo, apartando la sucia servilleta y empleando el mantel para terminar de restregarse la barba—. Estábamos bebiendo algo en una de las tabernas del Arenal cuando, al punto, dos compadres que echaban un trago cerca, al conocer nuestro deseo de mercadear a Indias, nos advirtieron de que en el barrio de los compradores de oro y plata se vendían a buen precio las herramientas de un taller. Hacia allí nos encaminamos y resultó que un banquero llamado Agustín de Coria deseaba vender sus viejas herramientas para sustituirlas por otras nuevas pues, a no mucho tardar, le serán entregadas por la Casa de Contratación las remesas de metales preciosos que compró cuando arribó la flota de Tierra Firme.

No pude reprimir la sorpresa.

—¿Los banqueros compran el oro y la plata del rey? —exclamé con grande admiración.

—No, no es así es como se administra el asunto —me explicó el señor Juan—. Verás, los metales del Nuevo Mundo llegan en pasta hasta España, es decir, con forma de barras de plata y tejos de oro. Los banqueros pagan sumas enormes a la Real Hacienda para adquirir esas partidas y la Casa de Contratación se las entrega en cuanto los metales han sido numerados y anotados. Dicen que en la Torre del Oro los oficiales ya han terminado con los tejos y que en la Torre de la Plata les falta poco para acabar con las barras, por eso don Agustín tenía prisa por vender sus viejas herramientas y, como no encontraba a nadie que deseara comprárselas, le vine como caído del cielo cuando le ofrecí mil escudos por ellas.

—Entonces, ¿quién se queda con el oro y la plata de las Indias? —quise saber, cada vez más confundida—. ¿Los banqueros?

—No, el oro y la plata son del rey y el rey se los queda —me explicó Rodrigo—, pero no en pasta. Los banqueros tienen fundiciones y allí convierten los tejos y las barras en lingotes después de afinar los metales a la ley y al peso oficial. En cuanto los llevan a la Casa de la Moneda, recuperan lo que pagaron, que fue como una fianza, más una cantidad por el trabajo de fundir, afinar y fabricar los lingotes.

—Para eso se usan las herramientas que hoy le he comprado a don Agustín —apuntó el señor Juan muy complacido—, que será banquero y todo lo que se quiera, mas listo no lo es mucho, el pobre, pues podría haberme sacado hasta dos mil escudos, que las herramientas los valen, y sin embargo cuando le ofrecí mil, se conformó.

—Pues, ¿qué herramientas le habéis comprado? —me alarmé, temiendo lo peor.

—¡Oh, querido muchacho! —exclamó él complacido, ignorando, como siempre hacía, mi apariencia de dueña—. ¡Unas muy buenas! Hornillos, fuelles, crisoles, tenazas...

—... yunques, martillos, balanzas —siguió refiriendo Rodrigo con fingida calma—, rieleras para fabricar lingotes, calderas, palas...

—¡Santo Dios! —grité—. ¿Cómo pensáis que vamos a cargar con todo eso cuando nos marchemos?

Rodrigo sonrió jactanciosamente entretanto el señor Juan aparentaba una completa ingenuidad.

—¿Cuál es el problema? —preguntó candorosamente.

—El mismo que ya os señalé yo —le echó en cara Rodrigo—: el peso de las mercaderías.

—¿Se ha vuelto loca vuestra merced, señor Juan? —le espeté a la cara, voceando—. ¡No podemos acarrear esas pesadas herramientas!

—¡Ah, pues nada, nada! —declaró él alegremente—. Ya alquilaré yo unos carros y unas mulas y lo llevaré todo hasta mi zabra.

—¡Mi zabra! —estallé.

—Eso, tu zabra —confirmó—. Tú no te preocupes por nada, muchacho. Yo, como Juanillo, no te soy preciso aquí. Puedo, por consiguiente, abandonar Sevilla cualquier día de éstos y llegar a tiempo a ese puerto de Portugal que has mencionado.

Rodrigo se pasó las manos por la canosa cabeza.

—Tengo para mí que deberías consentirlo —me dijo

mi compadre—. Si permites que Juanillo retrase su viaje, podrían partir juntos y el señor Juan cuidaría del muchacho. Nadie sospecharía de un mercader que carga herramientas para vender en Lisboa.

Las puertas del comedor se abrieron y las criadas retiraron los platos sucios. Suspiré e intenté sosegarme. No era mala la proposición y, en verdad, Juanillo estaría mucho más seguro.

—Sea —dije recobrando la calma y procurando ordenar mis pensamientos—. Devuélveme la misiva para Luis de Heredia pues ahora tengo que escribir otra.

Los lacayos entraron con bandejas de quesos y naranjas y todo lo comimos remojándolo con vino fuerte.

—Una sola cosa más tengo que solicitarte, muchacho —masculló el señor Juan con la boca llena de nuevo—, y es que, antes de que le mates, me permitas vender las herramientas a Arias, el Curvo que queda en Cartagena. ¡De cierto que le saco a lo menos cuatro mil escudos!

—¿A Arias Curvo...? —No se me alcanzaba para qué podría querer Arias los útiles de un banquero.

—No me van a faltar ofertas —afirmó el señor Juan muy complacido—, pues de seguro que todos los que tienen granjerías en las minas del Pirú y acuden a los mercados de Cartagena van a sentirse muy complacidos pudiendo adquirir herramientas tan adelantadas como las mías, mas como Arias y Diego... en fin, Diego no, ya que ahora vive aquí y es conde; pues como Arias es uno de los grandes propietarios de plata de Tierra Firme, estoy cierto de que va a querer conseguirlas y eso significa muchos caudales para mí.

—¿Arias Curvo es uno de los grandes propietarios de plata de Tierra Firme? —inquirió Rodrigo, exponiendo con claridad la pregunta que a mí se me había quedado en el pico de la lengua.

El señor Juan nos observó a ambos con incredulidad.

—¿No lo conocíais?

Rodrigo y yo negamos con la cabeza.

—¡Por mi vida! ¡Si es cosa sabida! ¡Si yo mismo os lo relaté a ambos hace algunos años, cierto día que andabais por el mercado de Cartagena preguntando acerca de los negocios de Arias y Diego![33]

Rodrigo y yo nos miramos y, al punto, se nos iluminó la memoria. Fue el triste día en que mi señor padre quiso saldar sus deudas con Melchor de Osuna y recuperar así sus propiedades. El hideputa de Melchor no sólo se negó a devolvérselas sino que, por más, le dijo que rezaba todos los días por su muerte, pues cuando mi padre falleciera él pasaría a ser beneficiario absoluto de la *Chacona*, la tienda pública y la casa de Santa Marta. A mi señor padre le afectaron tanto esas palabras que salió de la casa del primo de los Curvos con el juicio totalmente perdido. Tras aquello, en cuanto lo dejé a salvo en la nao y Rodrigo regresó de comprar el tabaco que vendíamos de contrabando a los flamencos, le pedí a mi compadre que me acompañara al puerto para ver qué podíamos averiguar sobre aquellos dos ricos y poderosos familiares de Melchor de Osuna, Arias y Diego Curvo, pues sospechábamos que protegían a Melchor por tener con él negocios deshonestos, trapacistas y fulleros. Y, en el puerto, con quien topamos fue, precisamente, con el señor Juan, que estaba de charla con el tendero Cristó-

33. Véase *Tierra Firme* (Planeta, Barcelona, 2007), pp. 154-155.

bal Aguilera, amigo también de mi padre, y ambos nos contaron todo cuanto se decía en Cartagena de aquellos dos importantes mercaderes, de cuenta que, entre otras muchas cosas, nos relataron que, sin que hubiera forma de explicarlo, los Curvos disponían en todo momento de aquellas mercaderías que faltaban en Tierra Firme por no haber llegado suministro en las flotas y que podían vendérselas a quien tuviera los muchos caudales necesarios para pagar sus fuertes precios, generalmente mercaderes del Pirú que disponían de la plata del Cerro Rico del Potosí.

—¿Y tanta conseguían Arias y Diego a trueco de mercaderías —balbucí en cuanto me fue posible hablar— como para llegar a poseer tan grandes cantidades de ese metal?

—Pues sí debían de conseguirla, sí —aseguró el señor Juan—. Se rumorea en Cartagena que son muchos cientos de quintales de plata los que Arias atesora en sus bien guardados almacenes y así debe de ser puesto que, como es sabido, jamás ha declarado plata en sus cargamentos hacia España. Considera, por más, que las minas del Potosí se hallan en un lugar montañoso, de caminos imposibles, alejadas del resto del mundo y que allí todo se paga en metal puro pues no hay otra moneda y que si el mercader dice que unas botas de cuero valen una arroba[34] de plata y el minero tiene esa arroba y muchas más y camina descalzo, pues paga y se va tan feliz con sus botas o con su jubón nuevo o con su vino o su nuevo esclavo. La escasez de mercaderías hace que los precios los fije la necesidad.

34. Once kilos y medio.

—¿Y qué se le da de acumularla sin más en sus almacenes? —se interesó Rodrigo, echando el cuerpo tan hacia delante que casi se comía la mesa.

—Me pides mucho, compadre —renegó el señor Juan, limpiándose los labios y la barbilla con la falda del mantel, pues también él tenía la servilleta hecha una pena—. En el Nuevo Mundo las cosas van a su manera. Quien puede se aprovecha, como es normal. Si Arias enviara a Sevilla toda esa plata, tendría que pagar una cantidad extraordinaria de impuestos. Eso en el caso de que no le fuera incautada por el rey, que ya sabéis que acostumbra a confiscar el oro y la plata de los particulares en cuanto tiene ocasión. No sé qué se le da de acumularla sin más en Cartagena, pero la acumula. —Hinchó el pecho para tomar aire y dejó descansar las manos sobre la mesa—. Una vez, hace algún tiempo, oí decir a uno de sus esclavos que estaban embalando plata para mandarla a México y pensé que sería para venderla en Filipinas, pues en México ya tienen mucha y, por otro lado, del puerto de Acapulco sale el galeón de Manila todos los años. Mas, como aquel esclavo no era de mucho seso, no di valor a sus palabras.

—Imposible lo de Acapulco —declaró Rodrigo enfadado—, pues está prohibido mandar oro y plata a las Filipinas. Hay cédulas reales muy severas que sólo permiten viajar hasta allí con pequeñas cantidades para mercadear sedas, porcelanas y especias de la China.

—Que no se te cueza la sangre, compadre —le dije a Rodrigo muy tranquila pues ya lo había comprendido todo—. Arias no manda la plata de contrabando a Manila. Ten por cierto que esa plata de la que hablamos se halla toda en Sevilla, en las casas de sus hermanos, convertida en objetos decorativos o incluso en moneda.

Ambos quedaron en suspenso un instante, pasmados.

—¿Y cómo la hace llegar hasta aquí, eh? —me desafió el señor Juan—. ¡Nunca ha consignado plata en los registros de sus naos ni tampoco se la han hallado de contrabando ya que, de ser así, a estas horas estaría en la cárcel!

—Eso, señor Juan, es lo más increíble de todo.

Los dos Juanes (Juanillo y el señor Juan) partieron hacia Portugal el último día del mes de noviembre del año de mil y seiscientos y siete, quedando en volver a reunirnos a bordo de la *Sospechosa* antes de la fiesta de la Natividad, el veinte y cinco de diciembre como muy tarde. Juanillo, a desgana y un tanto despechado, nos deseó mucha suerte y se alejó del palacio Sanabria con lágrimas en los ojos.

Las dos semanas siguientes fueron de febriles diligencias. De la mañana a la noche mil y un quehaceres nos ocuparon a todos: Damiana, encerrada en su alcoba, preparaba sobre un hornillo las últimas y laboriosas pociones que ejecutaría en Sevilla; Rodrigo y yo practicábamos el arte de la espada en unas caballerizas ahora vacías por haberme desprendido de todos los coches salvo de uno (el más ligero y rápido) y de todos los caballos menos de los picazos. Tampoco había ya demasiados criados en palacio pues, con grande generosidad, a todos los había mandado a sus casas con quince días de adelanto para que celebrasen las fiestas con sus familias. Me probé mil veces mi nuevo vestido para no errar en sus artificios y ensayé mis personajes frente al espejo como lo ejecutaría un recitante de feria. Pretextando un retiro espiritual previo a la Natividad dejé de hacer visitas, de recibirlas y de asistir a fiestas; sólo en una ocasión acudí, disfrazada de humilde criada, a casa de Clara Peralta, y fue por despedirme de ella y por agradecerle lo mucho que me había favorecido. Le regalé el más valioso de mis broches, de oro y piedras preciosas, y ella, tras llorar abundantes lágrimas y abrazarme como una madre, me dio promesa de trasladar mi eterno agradecimiento al marqués de Piedramedina, para quien le entregué un valioso anillo como no había otro igual en Sevilla, salido derechamente del botín pirata de mi isla. También me hizo esperar un largo tiempo en tanto que escribía esforzadamente una cariñosa misiva para madre a quien sabía que ya no volvería a ver en vida pero a la que siempre llevaría en su corazón pues no hay afectos más grandes y duraderos, dijo, que los afectos nacidos en la juventud.

Fray Alfonso Méndez, a quien solicité el favor de actuar conmigo en una de las representaciones, acompañaba siempre a su hijo Carlos cuando éste traía nuevas de Alonso, que seguía feliz y encantado con su cometido de galán pues a doña Juana Curvo no sólo no se le pasaban los ardores sino que se le aumentaban y estaba cada vez más enamorada de él, de suerte que principiaba a despistarse en las cautelas y algunos criados de la casa comenzaban a recelar. El padre Alfonso, que era padre también en el sentido terrenal, apareció un día por mi palacio con sus dos hijos menores: Lázaro, a quien ya conocíamos, y Telmo, de hasta cuatro años de edad, tan avisado y dispuesto como sus hermanos mayores y, como ellos, rubio y de ojos zarcos. A buen seguro, con semejantes probanzas nadie podría poner en duda la paternidad del fraile. Lázaro y Telmo jugaron encantados en los fríos patios en tanto fray Alfonso, Rodrigo y yo arreglábamos los pormenores de nuestros asuntos. Al finalizar, ya levantados de los asientos, el franciscano se detuvo y echó una mirada en derredor de la sala de recibir.

—¿Qué haréis con todas estas propiedades cuando os marchéis de Sevilla, doña Catalina? —me preguntó.

—Abandonarlas —afirmé sin pesar, caminando hacia la puerta que daba al patio.

—¿Abandonarlas? —se maravilló—. ¡Dádmelas a mí!

Rodrigo y yo nos echamos a reír, pensando que se trataba de una broma.

—¿Dároslas a vos, fray Alfonso? —repuse, divertida—. ¿Acaso no os he dicho que voy a matar a ciertas personas por venganza y que la justicia me perseguirá el resto de mi vida? Todas mis posesiones en Sevilla serán incautadas y, a no dudar, pasarán a manos de la Real Hacienda en menos de lo que canta un gallo.

—Sí, eso es la verdad —admitió con disgusto—, mas me hubiera gustado ofrecerles a mis hijos una vida mejor.

—Lo lamento mucho, fray Alfonso —le dije—. Todos los objetos de valor ya me los han ido vendiendo de a poco desde el mismo día en que inauguré el palacio. Os aseguro que hay muchas alcobas completamente vacías. Sólo queda lo necesario para vivir y para evitar las murmuraciones de los criados y también aquello que no me puedo llevar y que doy por perdido.

Fray Alfonso apretó los labios y, a través de los cristales, miró hacia el patio en el que jugaban sus dos hijos con grande alboroto. Al punto, inspirado por algún súbito pensamiento, giró sobre sus talones y me echó una mirada de águila:

—¿Podría vuestra merced llevarnos a mis cuatro hijos y a mí a las Indias?

Quedé en suspenso, confundida por la solicitud.

—¡Dejad de decir sandeces, fraile! —exclamó Rodrigo frunciendo el entrecejo como hacía siempre que estaba enfadado o muy decidido, que para esos dos talantes él no mostraba diferencias en el rostro. Bueno, ni para los demás tampoco.

—¡En España jamás saldrán de rufianes, pícaros o criados! —vociferó el franciscano con el mismo tono altanero que Rodrigo—. En las Indias, a lo menos, hallarán una vida más digna y, trabajando duro, más oportunidades de prosperar y llegar lejos.

—¿Y tenemos que regalarles los pasajes en nuestra nao? —se ofendió mi generoso compadre—. ¿Conocéis lo que vale un viaje al Nuevo Mundo en cualquier mercante? ¡Cuatro mil y quinientos maravedíes por persona sin contar el sustento!

—Una suma que yo no podré reunir nunca confesando bribones —admitió el fraile.

—¡Sea! No se hable más —exclamé, pues de súbito la idea de llevarme al franciscano y a sus hijos en la *Sospechosa* no me pareció tan desatinada. Desde luego, viajaríamos con mayores apreturas aunque, a trueco, el bellaconazo de Alonsillo se vendría a Tierra Firme—. Nos acompañaréis, mas tened en cuenta que dos niños de tan corta edad serán una dura carga tanto el día que huyamos de Sevilla como en el tornaviaje por la mar Océana. No consentiré un solo perjuicio y, al primero que ocasione vuestra merced o cualquiera de sus hijos, daré orden para que los cinco sean desembarcados en el puerto más cercano. Tendréis, por más, que traeros vuestra propia cabalgadura para el día de la huida, así como las de vuestros dos hijos mayores.

—Soy más que contento, señora —declaró el padre Alfonso, inclinando la cabeza con agradecimiento—, de estas condiciones y conveniencias.

—Pues asunto arreglado —sentencié, y lo dije mirando a Rodrigo, que se consumía de enojo.

En cuanto fray Alfonso y sus hijos se hubieron marchado, mi compadre me dijo con desprecio:

—Con facilidad se piensa y se acomete una empresa, mas con dificultad se sale de ella las más de las veces.

—¿A cuál te refieres? —repuse—. ¿A la venganza o a cargar con los Méndez?

—Por llevar contigo a Alonsillo nos cuelgas del cuello a los otros cuatro. Procura que no estorben.

Para mi desazón, me dije de nuevo, Rodrigo volvía a leerme el pensamiento.

El segundo miércoles de diciembre Damiana no acudió a la casa de Isabel Curvo para atenderla a ella y a su hermano, el conde de Riaza. Envié recado a Isabel de que Damiana había partido apresuradamente hacia Cádiz para atender a un enfermo muy grave que había suplicado sus servicios y que tardaría a lo menos una semana en regresar. Isabel respondió diciendo que su hermano Diego se hallaba en tan malas condiciones que ese día ya no había podido ni visitarla y me suplicó que, en cuanto Damiana volviera, fuera a verle a su propio palacio. Con el mismo criado le respondí que no se preocupara, que, a más tardar, el día viernes que se contaban veinte y uno del mes, Damiana la vería a ella a primera hora de la mañana y, luego, sin demora, iría al palacio del conde de Riaza. Isabel me agradeció mucho el aviso y me hizo saber que así se lo había anunciado ya a su hermano para que, en esa fecha, la esperara.

Algunos días después, Carlos Méndez nos trajo nuevas de Alonso: ya estaba recluido en su casa, con su padre y sus hermanos, y el tonto de Lázaro, por mejor ejecutar su figura, se había empeñado en echarse en el jergón y hacerse pasar por enfermo no fuera el caso que doña Juana enviara a por su hermano o se presentara allí para verle y descubriera la mentira, pues la supuesta enfermedad de Lázaro era la excusa utilizada por Alonso para abandonar el servicio de su ama hasta el día viernes que se contaban veinte y uno.

También por entonces envié una misiva a Fernando Curvo pidiéndole ser recibida secretamente por él en su palacete el día viernes que se contaban veinte y uno a la hora de la comida. Sería un encuentro muy breve, le advertí en mi nota, tan sólo para referirle unos comprometidos asuntos sobre su familia que habían llegado hasta mis oídos, razón por la cual nadie, ni su esposa doña Belisa, ni su suegro don Baltasar, ni tampoco el resto de su familia debían conocer nuestra reunión pues sería mucho mejor mantenerlos de momento en la ignorancia sobre las aflicciones que, de no poner remedio a tiempo, caerían sobre todos ellos. Como esperaba, Fernando no pudo contener la impaciencia y me envió a su propio lacayo de cámara solicitándome la merced de ser recibido aquella misma tarde. Le dije al criado que resultaba completamente imposible pues aún debía ejecutar unas últimas averiguaciones, mas le pedí que le dijera a su señor una sola palabra, «plata», ya que él la comprendería. Advertí a Fernando también que, para no quedar comprometida y salvaguardar mi honra, acudiría acompañada por mi confesor. La respuesta del mayor de los Curvos se rezagó aún menos que la anterior y llegó con el mismo lacayo: el día viernes que se contaban veinte y uno, a la hora de la comida, me esperaba en la bodega de su casa, en la parte de atrás del palacete. No debía preocuparme por nada pues cuidaría de que no hubiera nadie ni en la susodicha calle trasera ni cerca de las cocinas, por donde él llegaría desde dentro cuando sonara la campanada que anunciara la una del mediodía.

Con todo y todos en su lugar, y con Rodrigo y yo preparados, amaneció el dicho viernes veinte y uno, de tristísimos y amargos recuerdos. Aquella noche no pude pegar ojo aunque tampoco me encontraba cansada cuando se dejaron ver las primeras luces del alba; una pujanza superior me robustecía volviéndome insensible a la fatiga. El fardo con mis cosas para el viaje se hallaba escondido, junto al de Rodrigo y al de Damiana, entre la paja de las caballerizas. Aquel día debía vestirme yo sola, sin la ayuda de mi doncella, pues las nuevas ropas hubieran llamado su atención y no convenía. Por fortuna, de tanto probármelas las encontré sencillas de usar y, por más, una vez puestas resultaron muy cómodas. Cuando bajé al comedor, Rodrigo, con unas feas bolsas negras bajo los ojos y con el rostro más blanco que el de un muerto, ya estaba allí, esperándome.

—¿Cómo te encuentras? —me preguntó.

—¿Y tú? —inquirí yo a mi vez—. Pareces de piedra mármol y sin pulsos.

—No he dormido.

—Tampoco yo.

—Va a ser un largo día —murmuró.

—Muy largo, en efecto.

—¿Saldrá bien?

—El cielo, el azar y la fortuna nos ayudarán —le aseguré, muy seria.

Damiana, en cambio, había dormido y descansado sin problemas. Nada alteraba jamás a la antigua esclava, como si hubiera vivido tanto, visto tanto y sufrido tanto que cualquier suceso que le aconteciera sólo pudiera parecerle bueno. Sonrió al vernos y, con su bolsa de remedios al hombro, nos siguió hasta las caballerizas. Rodrigo enganchó los picazos al coche, metió dentro los fardos, diez varas de cuerda, el cofre con los doblones y, luego, nervioso y preocupado, subió al pescante.

—Hora de irnos, señoras. Suban sus mercedes al carruaje.

Tengo para mí que fue en ese momento cuando el tiempo, o mi vida, se detuvo. No es que no acontecieran los hechos o que el sol dejara de cruzar despaciosamente el cielo de aquella triste mañana de diciembre sino que el crudo frío de la calle se coló de algún modo en mi alma y la dejó varada y en suspenso. Nada me afligía, nada me turbaba. Subí al coche y me senté. Antes de que llegara la noche, los cuatro Curvos de Sevilla estarían muertos.

Rodrigo sacudió las riendas sobre los picazos y nos pusimos en marcha. Lancé una última mirada al hermoso palacio Sanabria y, antes de perderlo de vista, cerré los ojos y me arropé con el manto. No deseaba ocupar mis pensamientos con nada que no fuera lo que debía ejecutar.

Llegamos presto a la morada del juez oficial de la Casa de Contratación. El coche entró en el patio y los criados se acercaron presurosos para atendernos, inclinándose en cuanto me vieron bajar con el rostro velado por una fina seda negra. Damiana bajó a continuación, de cuenta que el mayordomo, que ya salía por la puerta, al verla venir conmigo adivinó al instante quién era yo y le murmuró algunas palabras a una criada que desapareció a toda prisa en el interior de la casa.

—Doña Isabel la recibirá enseguida —me dijo el mayordomo, franqueándome la entrada.

No tuvimos que esperar mucho. La joven criada retornó con la instrucción de acompañarnos hasta la alcoba de Isabel, que se encontraba postrada en cama desde hacía una semana por falta de su pócima. No guardo en la memoria otro detalle que la abundancia de objetos de plata expuestos por todas partes como en la casa de Fernando Curvo, una plata que ahora sabía que era la razón última de todos los desmanes y fechorías de aquella familia. Los corredores que atravesamos estaban tan colmados de aquella purísima plata blanca del Pirú que, de no alumbrar la luz de la mañana, hubiéramos podido pensar que caminábamos por las profundas minas del Cerro Rico del Potosí. Como su hermano Fernando, Isabel Curvo atesoraba muchos millones de maravedíes en forma de saleros, muebles, lámparas y obras religiosas.

Cuando la criada nos abrió las puertas de la cámara (que no era demasiado grande aunque sí lujosa y recargada de tapices, colgaduras y tornasolados terciopelos), vi que Isabel nos esperaba sentada en el lecho, en camisa, con los cabellos recogidos por una albanega y recatadamente cubierta hasta los hombros con una mantilla blanca.

—¡Grande merced y grande alegría es veros en mi casa, querida doña Catalina! —exclamó feliz aunque, al punto, una mueca de dolor le contrajo el rostro—. Damiana, por

Nuestro Redentor, si algún aprecio me tienes, dame ya mi medicina pues me están matando los dolores.

—¡Querida señora! —proferí compasiva, quitándome vivamente los guantes antes de acercarme presurosa hasta ella para tomarla de las manos—. Damiana, aligérate con el remedio.

La negra, sin apremiarse en nada, se encaminó hacia el brasero que se hallaba en un rincón y emprendió sus quehaceres.

—Tú, muchacha —le dije imperiosamente a la criada que permanecía quieta a los pies del lecho—. Sal del cuarto.

—Es mi doncella de cámara —se justificó doña Isabel.

—Ya estoy yo aquí para serviros —objeté con determinación de cuenta que no se le ocurriera replicarme—. He venido para felicitaros la Natividad y para atenderos en lo que preciséis.

La doncella salió y cerró silenciosamente la puerta.

—¿Don Jerónimo no se ha quedado con vos? —me extrañé.

—¡Mi pobre Jerónimo! —dejó escapar ella que, por estar en la cama y enferma, no se había puesto afeites ni pinturas y mostraba un rostro arrugado y lleno de estrías que sólo desde muy cerca se le apreciaban. Sus ojos carecían de brillo y la ausencia de color y cera brillante en los labios los dejaba ver tan ajados como eran en realidad—. Hoy es el primer día que ha vuelto a la Casa de Contratación y sólo porque sabía que vendría Damiana. Desde que los dolores me impidieron caminar no se ha movido de mi lado, mas tenía ya muchos asuntos pendientes que no admitían demora.

—Tardará, pues, en volver.

—Si no le mando aviso por necesidad, no regresará hasta la noche. Así hemos quedado —me explicó, confiada, Isabel Curvo.

En ese punto, le apreté afectuosamente las manos, que aún conservaba entre las mías.

—¡Ay! —se lamentó y, con delicadeza aunque apremiada, me soltó y se llevó a la boca la yema del dedo anular izquierdo.

—¿Os he hecho daño, doña Isabel? —le pregunté, inquieta.

—No ha sido nada, doña Catalina —murmuró con amabilidad, mas una pequeña gota de sangre brillaba en su dedo—. Me he pinchado con uno de vuestros anillos.

—¡Qué torpe soy! Os ruego que me perdonéis. Mi deseo no era otro que confortaros.

—Lo sé, lo sé... —dijo sonriente, volviendo a llevarse el dedo a la boca.

Y, entonces, abrió los ojos en exceso, como si hubiera visto alguna maravilla, y ya no mudó el gesto. Así como estaba se quedó, como si se hubiera convertido en piedra, con el dedo en la boca y los ojos muy abiertos.

—Ahora está presa dentro de su cuerpo —murmuró Damiana a mi espalda.

—¿Nos oye? —susurré.

—Sigue viva y despierta, tal como os dije. Si le hubiera dado más curare,[35] la habría matado. Su cuerpo está rígido, mas ella, por dentro, se encuentra bien.

---

35. Sustancia obtenida de la cocción de ciertas plantas, raíces y tallos, utilizada en la caza y en la guerra por los indígenas de América del Sur. Paraliza el sistema nervioso y, en exceso, produce la muerte por asfixia mecánica.

—Sea —repliqué incorporándome. Observé a Isabel Curvo durante un momento y, luego, satisfecha al fin por ver llegado el momento de acabar con tantos malditos artificios y embelecos, me quité el anillo con la pequeñísima púa en la que Damiana había untado una chispa de ese peligroso curare y se lo entregué a la fiel cimarrona. Entonces, con la rabia y la ira albergadas durante un año entero en mi corazón, sujeté el rostro de Isabel con una mano y lo giré hacia mí para que sus ojos pudieran verme derechamente—. ¿Tenéis miedo, doña Isabel? —le pregunté aun sabiendo que no podía responderme—. Tenedlo, señora, pues vais a morir. Doy por cierto que no conocéis qué triste día es hoy, mas yo os lo voy a recordar. Hace exactamente un año, mi señor padre, el noble hidalgo don Esteban Nevares, murió como un perro en la Cárcel Real gracias al buen hacer de vuestra familia. ¿Que no sabéis de qué os hablo? ¡Oh, qué lástima, doña Isabel! Pues, aunque estoy cierta de que conocéis el asunto, en caso de no ser así tampoco estaríais libre de culpa. Mi padre, señora, era un honrado comerciante de trato de Tierra Firme a quien vuestro primo Melchor de Osuna robó todas sus propiedades y hundió en la desesperación. Yo soy Martín Nevares —y, diciendo esto, solté los corchetes que sujetaban mi saya de raso y desaté los lazos del corpiño para descubrir la camisa, el jubón, las calzas y las ocultas botas de cuero. Sólo me restaba desembarazarme el pelo de la toca de viuda y quitarle las cintas y adornos. Junto a mí apareció Damiana ofreciéndome la daga, oculta en su bolsa de los remedios desde que salimos del palacio—. ¿Habéis mirado bien, doña Isabel? ¡Catalina Solís no existe! Mi nombre es Martín Nevares, hijo de Esteban Nevares, muerto hace hoy exactamente un año. Tampoco os perdono la muerte de toda mi familia en Santa Marta a manos del pirata Jakob Lundch, que asaltó la villa para capturarme y matar a todos los vecinos por orden de vuestras mercedes, los hermanos Curvo.

Isabel, que no podía oponerse, ni gritar, ni defenderse, que no podía siquiera mover un dedo o cerrar los ojos, de algún modo me hizo llegar, con la mirada, un sentimiento de odio que reconocí al fin como la verdad de su corazón. En respuesta, alcé la daga ante sus ojos para que la viera bien.

—Deseo que conozcáis que, después de vos, morirá vuestro hermano Diego y, luego, vuestra hermana Juana. Para el final me reservo a Fernando, quien hizo juramento ante la Virgen de los Reyes de matarme con su espada por su misma mano. Vuestra querida familia, tan honesta, piadosa y benemérita, es un saco de maldades, avaricias y perfidias.

—Se está recuperando —me advirtió quedamente Damiana.

Nada en el cuerpo o en el rostro de Isabel Curvo anunciaba tal recuperación mas, si lo decía Damiana, así debía de ser.

—¿Está lista la infusión? —le pregunté.

—En las manos la tengo.

—Pues, en cuanto pueda tragar, dámela. —Escudriñé de nuevo a Isabel, por ver si reparaba en alguna mudanza de su estado cuando, de súbito, pestañeó—. Querida hermana, debemos decirnos adiós —susurré, sentándome en el lecho y cogiéndola delicadamente entre mis brazos—. Ha llegado para vuestra merced el final del camino. Por piedad, os he reservado la muerte más benigna. No sufriréis. Os daré a beber una agradable infusión endulzada con miel de azalea.

Isabel, que se recuperaba prestamente de la inmovilidad del curare, lució en su rostro, tan cercano al mío, una torpe mueca de terror.

—¡Ah, conocéis la miel de azalea! —exclamé satisfecha—. Entonces no será preciso explicaros lo mortífera que es. Su veneno acabará dulcemente con vuestra vida y, cuando lleguéis ante el Creador, explicadle, si os atrevéis, que, sin remordimiento alguno, trocasteis las vidas de gentes honestas por riquezas para vos, por plata para vuestra casa y por fiestas en los palacios de los nobles.

Le hice un gesto a Damiana y ésta, acercándose con la infusión, me entregó al mismo tiempo una cuchara sopera. Aquello olía bien. Me extrañó que la muerte oliera tan bien. Limpiándole los labios de vez en cuando con un pañuelo, le fui metiendo en la boca cucharada tras cucharada de la venenosa tisana. No llegó a recuperar el dominio de su cuerpo, que se fue reblandeciendo al tiempo que ella perdía la vida. Al final, pareció resignada. Cuando dejó de tragar, Damiana me dijo:

—Ha muerto.

Le devolví la cuchara a la cimarrona y cerré los ojos de la fallecida.

—Ésta es —murmuré al tiempo que dejaba caer a Isabel sobre la cama— la justicia de los Nevares. Un Curvo menos hollando la tierra, padre.

—Voy a disponerla como si durmiera —me dijo Damiana—. Vístase voacé con sus ropas de Catalina pues pronto será extraño que sigamos aquí.

Al tiempo que yo recuperaba mis vestidos, me los ponía de nuevo y componía mi pelo con los aderezos y la toca, Damiana, que había frecuentado a la muerta durante muchos meses para tratarla de sus dolores, la colocó con tiento en la postura en la que conocía que Isabel solía dormir y la cubrió con las ropas de la cama hasta dejar sólo un poco de cabello a la vista.

—Vayámonos —ordené—. Aún tenemos mucho que obrar.

Damiana tomó su bolsa, guardó en ella mi daga, dio una última mirada al cuarto y me siguió al exterior, donde la doncella de cámara, sentada en un taburete, seguía esperando a que su señora la llamara.

—Atiende bien, muchacha —le dije con tono firme—. Doña Isabel se ha dormido después de tomar su medicina. Se encontraba muy cansada tras tantos días de dolor y tantas noches en blanco. Déjala reposar, no la despiertes y no permitas que nadie la moleste hasta que ella te llame.

La doncella asintió. No parecía muy avispada, de cuenta que quedé cierta de que obedecería mis órdenes a pie juntillas.

Cuando Rodrigo nos vio salir, se aproximó hasta la portezuela del carruaje para abrírnosla y poner el escañuelo, pues no había peldaño entre la casa y el patio. Al pasar junto a él, entretanto inclinaba la cabeza para entrar en el coche, murmuré:

—El viento de la fortuna sopla en nuestro favor.

De reojo le vi sonreír.

—Uno menos —masculló entre dientes.

Nuestro carruaje recorrió a buen paso las calles de la ciudad, abarrotadas de gentes que se afanaban en sus trajines cotidianos y graciosamente adornadas para las fiestas de la Natividad. El conde de Riaza residía en el ilustre barrio de Santa María, a no mucha distancia del palacete de su hermano Fernando, aunque a la soledad y firmeza de la casa del mayor se oponía la fina elegancia del palacio del menor. El portalón de entrada al patio estaba coronado por una impresionante torre con un escudo de armas tallado en la piedra, armas que no pude apreciar bien y cuya presencia allí no dejaba de ser una burla, conociendo como conocía que los Curvos no eran cristianos viejos ni hidalgos sino descendientes de judíos.

En cuanto Rodrigo detuvo los caballos frente a la entrada del palacio y antes, incluso, de que algún lacayo pudiera poner la mano en la manija de la portezuela, una dama no muy alta, de rostro velado y tocada con mantilla negra hizo su aparición en el pórtico y quedó allí, quieta como una estatua.

—Es la joven condesa de Riaza —me anunció Damiana.

—¿La conoces? —me sorprendí.

—Alguna vez acompañaba a su marido cuando él acudía a casa de doña Isabel para recibir su poción.

—Saludémosla, pues.

Yo había conocido a la condesa en la fiesta que di en mi palacio el verano anterior, mas no guardaba en la memoria nada señalado de ella por ser sólo una pobre mujercilla cándida con el rostro arruinado por la viruela. Como ahora lo llevaba velado, en su porte sí se percibía el aire de su alta cuna aunque no tanto como hubiera cabido esperar de una noble condesa española. Hice una reverencia cuando bajé del carruaje y, al ponerme en pie, me retiré la seda del rostro; también ella se mostró y, al hacerlo, sentí lástima por aquella muchacha que, a no dudar, hubiera sido mucho más feliz ingresando en un convento que casándose con aquel hideputa de Diego Curvo. Quizá, me dije, su vida sería mejor de ahí en adelante: las viudas en España gozaban de muchos más privilegios y libertades que las solteras y las casadas, de cuenta que Josefa de Riaza, si resultaba ser un poco lista, podría disfrutar el resto de su vida de su hacienda con plena potestad y libre albedrío.

—Es un honor que visitéis nuestro palacio, doña Catalina —dijo con una vocecilla aguda que me hizo disimular un suspiro de resignación: sólo era una niña.

—A petición de vuestra cuñada doña Isabel, mi criada Damiana debía acudir hoy a tratar a vuestro señor esposo, el conde.

Ambas desviamos la mirada y bajamos la cabeza, reconociendo en silencio el vergonzoso mal que aquejaba al enfermo.

—En efecto, doña Catalina —aseguró ella, amablemente—, la estábamos esperando, mas no en vuestra grata compañía.

—Me ha parecido adecuado visitaros, señora condesa, para ofreceros en persona toda mi ayuda en estos momentos tan difíciles para vos, sobre todo porque se acerca la Natividad de Nuestro Señor y vuestra merced necesitará una mano amiga hallándose vuestro esposo en las condiciones en las que se halla.

Ella se sobresaltó.

—No habréis contado a nadie...

—Calmaos, condesa —la tranquilicé—. Nada he dicho, mas comprenderéis que tanto vuestra cuñada Isabel como mi criada me lo hayan referido todo.

La joven asintió. Damiana, dos pasos detrás de mí, esperaba pacientemente la resolución de la charla.

—¿Cómo se encuentra hoy vuestro esposo? —me interesé.

La condesa tornó a bajar la mirada.

—Se muere, doña Catalina. Como no tomó la medicina la pasada semana, los males han arreciado con tal virulencia que don Laureano de Molina, el cirujano de la Santa Inquisición que le ha estado visitando en confianza, nos anunció ayer a mi cuñado don Fernando y a mí que no llegará a la Nochebuena. Le quedan horas de vida. Un día o dos a lo sumo.

—Debéis ser valiente, señora condesa, y confiar en Damiana —le dije, apoyando mi mano enguantada sobre las suyas, cruzadas a la altura del vientre—. En el coche me decía que hoy le va a dar una nueva medicina casi milagrosa.

—Está muy mal —denegó ella, aunque sin demasiado dolor.

—Confiad en Damiana, condesa. ¿Acaso no visteis mejorar a vuestro señor esposo en cuanto ella le dio sus remedios?

—Sí, mejoró mucho —admitió la niña—, mas es voluntad de Dios que la vida acabe cuando Él lo designa y nada puede ejecutarse para mudar Su decisión, doña Catalina. Esta tarde viene el confesor de mi cuñado don Luján a procurarle los óleos de la Extremaunción. No quiere morir sin confesión.

—¿Quién querría, señora condesa? —convine, recordando que aquel mismo día, un año atrás, de no haber llegado yo a tiempo, mi señor padre hubiera muerto en el suelo de piedra de aquel rancho de la Cárcel Real llamado Crujía entre la suciedad, las ratas y el olor a excrementos y a animales muertos, rodeado de ladrones, locos y criminales—. Vayamos a verle, señora, y que Damiana le aplique sus curas pues, en el peor de los casos, mal no le van a hacer y, en el mejor, quizá le alivien.

—Tenéis razón, doña Catalina —dijo la joven, colocándose a mi lado para franquear la puerta del palacio—. Disculpadme por haceros sufrir los rigores del frío sin invitaros a entrar; tengo la cabeza muy trastornada por culpa de la enfermedad de mi señor esposo.

—¡Oh, no preocupaos! Vengo muy bien abrigada —le dije, y era cosa muy cierta, pues llevaba puestas las vestiduras de mis dos identidades.

Docenas de criados y un número sorprendente de esclavos zanganeaban por las estancias del palacio que, aun siendo hermoso y, cómo no, rebosante de plata por todas partes, presentaba tal desaliño y tal aire de desidia que más parecía una posada de camino que una morada de nobles. Allí nadie cumplía con sus obligaciones, nadie limpiaba, nadie ordenaba, nadie parecía preocuparse por atender a la condesa y ésta, indiferente a la confusión y al desgobierno de su casa, avanzaba por los corredores sin advertir las ropas y objetos que campaban por los suelos ni las telarañas que se mecían sobre su cabeza. Tuve para mí que criados y esclavos, conocedores del fin de su amo y de la poca sal en la mollera de su joven esposa, estaban arramblando con algunas de las cosas de valor y disponiéndose a huir en cuanto el conde hubiera entregado el alma. Aquel palacio era un desastre y sólo un mal señor, que ha gobernado con dureza y mezquindad, recibe un desprecio semejante de sus sirvientes en la hora de su muerte. ¿Acaso no había dicho fray Alfonso que Diego Curvo los había golpeado a todos con la vara hasta llenarlos de costurones? Tal era, pues, el pago que recibía por su crueldad. Mas, ¿cuál podía ser la razón para que los hermanos de Diego consintieran semejante desastre? Si Josefa de Riaza no sabía enderezar su casa, de caridad hubiera sido que Fernando, Juana o Isabel hubieran puesto remedio a la situación.

Arribamos, al fin, a la antecámara de Diego, donde una vieja esclava negra, grande como un mascarón de proa y con el rostro cruzado por un ramalazo de vara que la desfiguraba grotescamente, se empleaba doblando algunas camisas y guardándolas en un hermoso baúl. Al vernos entrar, se detuvo.

—Doloricas —la llamó la condesa—, ¿has dejado solo a don Diego?

—Alguien tiene que lavar la ropa —repuso tranquilamente la negra, dándose la vuelta y alejándose por el corredor con un cesto lleno apoyado en la cintura.

—Yo y mi esclava —me confió la condesa en voz baja, dando por cumplida la muerte de su esposo—, retornaremos a Santa Fe, en el Nuevo Reino de Granada, con la próxima flota de Tierra Firme. Mi madre vive allí y esta metrópoli no nos gusta.

Asentí con la cabeza, comprensiva, y yo misma abrí la puerta del aposento de Diego para dejar pasar a la ignorante, desventurada y necia doña Josefa. El olor que me golpeó derechamente en la nariz cuando franqueé la entrada fue repulsivo. En aquella alcoba no había limpiado nadie desde hacía mucho tiempo y tuve por cierto que el estado del menor de los Curvos debía de ser, como poco, indigno del más sucio leproso del peor de los lazaretos. A Rodrigo le hubiera gustado saberlo, me dije, pues aquel hideputa no merecía otro final.

Al punto me apercibí de que doña Josefa no tenía intención alguna de acercarse al lecho ya que le señaló el enfermo a Damiana y se quedó clavada junto a la puerta. Sentí bascas en el estómago y alguna que otra arcada cuando la cimarrona destapó a Diego Curvo para examinarle el cuerpo: nadie le había lavado en las últimas dos semanas y tenía las sábanas pegadas a la piel por los humores secos de las llagas malignas reventadas. Podían contársele uno por uno todos los huesos y tolondrones, de los que estaba lleno, porque ni su esposa, ni sus hermanos, ni los sirvientes se habían molestado en ponerle una humilde camisa. Al aproximarme, reparé en que estaba podrido de verrugas y costras y comido por la sarna. Respiraba afanosamente y una muchedumbre de piojos se nutría de su sangre ponzoñosa.

—¿Está despierto? —pregunté, asqueada, llevándome un pañuelo a la nariz.

—Lo estará —afirmó Damiana, comenzando con sus preparaciones en el brasero.

Era llegada la hora de echar de allí a doña Josefa y me congratulé de que no fuera a resultar tan arduo como me había temido pues se la veía, en verdad, deseosa de marcharse. Volví sobre mis pasos para colocarme junto a ella.

—Queridísima señora —le dije con grande pesar y dolor—, sois demasiado joven y dulce para permanecer aquí sin que vuestro corazón sufra y se conmueva. Deberíais salir de esta alcoba.

Ella sonrió y asintió.

—Tenéis razón, doña Catalina. Vayamos a mi sala de recibir, donde estaremos más cómodas entretanto vuestra criada alivia a mi señor esposo. Hablaremos del Nuevo Mundo, de su sol, de su calor...

—Necesitaré ayuda —terció Damiana por retenerme.

—Doloricas te asistirá en todo cuanto precises —repuso la condesa colgándose de mi brazo y tirando de mí hacia la antecámara. Debía impedir que me alejara del maldito Diego, así que me solté de ella con delicadeza y detuve mis pasos.

—Adelántese vuestra merced, condesa. A vuestro desdichado esposo no le vendrán mal unas cuantas oraciones. Por más, no puedo quedarme mucho tiempo, pues tengo otros compromisos antes de la comida.

La joven puso cara de pena. Que se sentía muy sola no podía dudarse, mas no sería yo la mosca que cazaría en su telaraña para aliviar su soledad por muy condesa que fuera y aún menos aquel día.

—¡Qué lástima! —exclamó contrariada.

—Esperadme en el estrado, condesa —insistí con afecto—. Ayudaré a Damiana y rezaré por el conde. Luego, me reuniré con vos y charlaremos un poco sobre Tierra Firme.

Sus ojos se iluminaron.

—¿Conocéis Tierra Firme? —se sorprendió—. Tenía para mí que habíais vivido en Nueva España con vuestro señor esposo.

—Y así es, mas visité una vez Cartagena de Indias y me pareció un lugar encantador.

La condesa sonrió con alegría.

—¡Cartagena! ¡Qué hermoso puerto!

Como vi que tenía intención de retenerme allí mismo con la plática, porfié para que se marchara.

—Esperadme en la sala, condesa. Damiana ya está dando a vuestro esposo su nueva medicina y esta alcoba, en la que reinan la enfermedad y la muerte, no es lugar para vos.

—Os aguardaré en el estrado —admitió complaciente.

Solté un suspiro de alivio cuando hubo desaparecido y cerré la puerta.

—¿Cómo va? —pregunté a Damiana, que, con muchos escrúpulos y desde una cautelosa distancia, daba la poción de amala a Diego Curvo con una cuchara.

—Ya empieza a encontrarse mejor. Pronto dejará de sufrir los dolores y la debilidad de la fiebre y recobrará el juicio.

Eché una mirada en derredor, buscando un asiento que pudiera acercar hasta el lecho del enfermo y sólo entonces, acostumbrada ya al nauseabundo olor y a la suciedad, me apercibí de los abundantes muebles, los hermosos cofres y los ricos tapices de figuras grandes que adornaban la estancia. También allí la plata, aunque negruzca por falta de limpieza, destacaba en forma de Crucifijos, estatuas de santos, candelabros y salvillas con copas y vasos. Junto al brasero había una silla de brazos que arrastré hasta la cama. Diego Curvo revivía a pasos de gigante; había abierto los ojos y, mirando intensamente a la curandera, tragaba con ansia la pócima que ésta le ofrecía.

—Serénese, señor conde —le decía ella—. Trague con calma que nadie le va a quitar su medicina.

—Damiana... —murmuró él débilmente al terminar—. Quiero agua.

Damiana me miró y, sin volverse hacia Diego ni darle el agua que pedía, tornó al brasero para recoger sus cosas. Yo coloqué la silla tan cerca del lecho como el asco me permitió.

—¿Cómo se encuentra, don Diego? —pregunté cortésmente. Los ojos del infame me buscaron y dieron conmigo. Le costó un tanto recordar quién era.

—¿Doña Catalina? —murmuró asombrado.

—La misma, señor conde —afirmé con una sonrisa.

—¿Qué hacéis vos...?

—¡Oh, no, señor conde, no gastéis vuestras últimas fuerzas en palabras inútiles! Os estáis muriendo, ¿acaso no lo conocéis?

Diego Curvo cerró los ojos.

—El infame mal de bubas os va a matar en uno o dos días. Eso es lo que acontece cuando se tienen tratos deshonestos con mujeres inficionadas.

—¿A qué habéis venido? —consiguió preguntar, extrañado de mi comportamiento.

—He venido a deciros que yo os he matado, que yo le dije a aquella mujercilla llamada Mencia, enferma del mal de bubas, que tuviera tratos con vos y que, por más, voy a quitaros las horas que os restan de vida pues hoy es un día grande y hemos de celebrarlo con vuestra muerte.

Al Curvo los ojos se le salían de sus cuencas y era tal el terror que expresaban que casi me di por satisfecha.

—¡Josefa! —gritó sin resuello—. ¡Doloricas!

—Podéis llamar, señor conde —le dije—, mas nadie vendrá. No pueden oíros.

—¿Qué locura es ésta? —jadeó.

—¿Locura, señor conde? —sonreí al tiempo que me ponía en pie y comenzaba a soltar los corchetes de mi saya—. ¿Recordáis a un honrado comerciante de trato de Tierra Firme llamado Esteban Nevares?

Diego Curvo, cobarde como era y enfermo como se hallaba, luchó por alejarse de mí moviéndose hacia el lado contrario de la cama, mas las fuerzas no le respondieron.

—Esteban Nevares, don Diego. Un anciano moribundo al que visitabais en la sentina de la nao capitana de la flota cuando veníais hacia la península. ¿Lo recordáis ya?

Él, incapaz de hablar, seguía intentando alejarse agarrándose a las sábanas.

—¡Favor! —gritó de nuevo, aunque sospecho que no se apercibía de la flojedad de su propia voz, tan baja que ni aun estando alguien al otro lado de la puerta hubiera conseguido oírle—. ¡A mí! ¡Josefa!

—Hoy hace exactamente un año que don Esteban Nevares murió en la Cárcel Real de esta ciudad. —Acabé de desatar los lazos del corpiño y quedé en jubón y calzas. Me quité la toca de viuda y los adornos del pelo. Con ambas manos me lo desarreglé y lo eché todo hacia atrás—. Damiana, mi daga.

La cimarrona me la tendió de la empuñadura.

—¿Conocéis quién soy, querido conde? —le pregunté con voz grave y su mirada extraviada me confirmó que sí, que conocía bien quién era yo—. Soy Martín Nevares, bellaco, el hijo de Esteban Nevares, y he venido hasta Sevilla para mataros.

—¿Cómo es posible? —gimió—. ¿Todo este tiempo os habéis hecho pasar por mujer?

—Nada os importa eso ahora, conde —murmuré acercándome a él—. Sólo deseo que sepáis que no hace ni una hora acabé con la vida de vuestra hermana Isabel y que, cuando vos hayáis muerto, antes de que se venga la noche, habré matado también a Juana y a Fernando, tal y como, hace un año, le juré a mi padre que haría.

Cuando regrese a Tierra Firme acabaré con Arias, mas, para entonces, vuestra merced llevará ya algún tiempo ardiendo en el infierno.

—¡Confesión! —exclamó, llorando—. ¡Por el amor de Dios, confesión!

—No, no habrá confesión para un gusano como vos —cada vez estaba más cerca.

—¡Pedid lo que queráis! ¿Queréis caudales? ¡Puedo daros cuanto deseéis!

—¿Darme cuanto desee? —Me reí—. Ni siquiera podéis salvaros a vos mismo. Lo único que deseo es vuestra muerte.

Ya estaba todo lo cerca de él que el borde del lecho me permitía. Hedía a purulencia y a heces.

—¡Si ya me habéis matado! —sollozó, haciendo un gesto hacia su cuerpo podrido—. ¿Queréis matarme dos veces? Dejadme salir en paz de este mundo.

—¿Veis mi daga, señor conde? —murmuré mostrándosela para, luego, en lo que tarda un pulso, clavársela con fuerza, de un golpe, en el centro del pecho. Su llanto cesó y me miró con desconcierto—. Ésta es la justicia de los Nevares.

Exhaló un lamento y la cabeza le cayó hacia un lado. La sangre brotó de la herida, manchando las ropas de la cama. Sin apenas apercibirme extraje la daga de su cuerpo consumido y quedé suspensa viendo cómo goteaba.

—Le habéis hecho un favor —escuché decir a Damiana desde la puerta—. La otra muerte hubiera sido peor.

—Con ésta se ha ido sin confesión y sin Extremaunciones —murmuré, satisfecha—. Estoy bien. He matado a un gusano y no siento remordimientos.

—Dadme el arma. Yo limpiaré esa sangre ponzoñosa. Voacé, vístase presto.

Cada nueva muerte me hacía sentir más cansada. Era cosa muy cierta que no había dormido, mas no podía ser ésa la única razón de aquella fatiga. Sabía que obraba bien y que, por más, el juramento hecho a mi padre me obligaba, así pues, ¿a qué aquella postración? No me agradaba matar, ni siquiera por justicia. Con todo, me consolaba el pensamiento de haber quedado vencedora de mi enemigo.

—Otro Curvo menos hollando la tierra, padre —masculié saliendo de la alcoba, mudada de nuevo en Catalina. Damiana se había encargado de cubrir a Diego y de empapar su parca sangre con ropas que por allí había, de cuenta que, como su hermana Isabel, desde lejos aparentaba estar durmiendo—. Voy a despedirme de la joven condesa.

—No os entretengáis —me aconsejó la cimarrona—, se va acercando el mediodía.

—No lo haré. Regresa con Rodrigo al carruaje que yo iré al punto.

Una criada que merodeaba por el corredor me acompañó hasta la sala de recibir de doña Josefa y le señaló a Damiana el camino hacia el patio de carruajes.

Cuando entré, la condesa se entretenía tocando un laúd.

—¡Ah, doña Catalina! —exclamó dejándolo a un lado, sobre los cojines—. ¿Cómo se encuentra mi esposo?

—Ha tomado su nueva medicina y se ha repuesto lo bastante como para beber un grande vaso de agua y pedirnos que le dejásemos dormir.

—¿Ha hablado? —se sorprendió.

—Ya os digo que ha pedido agua y que, tras beberla ansiosamente, nos ha rogado que le dejásemos solo pues quería descansar. Tengo para mí que nuestra presencia le incomodaba. Porfiaba en que no le molestásemos más y en que saliéramos de la estancia de una vez por todas. A no dudar, tiene un fuerte temperamento.

La condesa asintió.

—¡No lo sabéis bien, señora! —exclamó ella disimulando el susto—. Espero que no se incomode esta tarde con el sacerdote que va a venir a darle la Extremaunción. Mi señor esposo tiene un genio muy vivo, aunque estaba más sosegado desde que cayó enfermo.

—Pues de cierto que la nueva medicina le ha sentado bien —comenté con alegría—, ya que ha recuperado el enojo en grande medida.

El rostro de la condesa no pudo ocultar por más tiempo el temor que sentía.

—¿Se va a curar? —preguntó con un temblor en la voz.

—Así parece, desde luego —afirmé muy satisfecha—, y así lo ha declarado mi criada. ¡Alegraos, condesa! Recuperaréis pronto a vuestro gallardo marido. Mas no digáis nada aún. Dejad que el sacerdote decida si debe darle o no la Extremaunción.

La niña parecía haber perdido los pulsos. Su sueño de volver a casa, al Nuevo Mundo, se marchitaba y ese cruel y desalmado verdugo del que casi se había visto libre, retornaba a gobernar su vida. Apenas podía contener las lágrimas. Era el momento de irme.

—Debo marchar, doña Josefa —anuncié con fingido pesar—. Me reclaman asuntos inaplazables. Mejor será que no entréis en la alcoba de don Diego hasta que llegue el sacerdote o hasta que él os reclame. Dejadle descansar.

—Sí, sí... Nadie le molestará —estaba en verdad asustada.

—Y no me acompañéis hasta el coche, hacedme la merced. Seguid tañendo el laúd pues se ve que disfrutáis mucho con la música, que es una grande compañera del alma. Quedad con Dios, condesa.

Y, sin esperar réplica, giré sobre mí misma y abandoné la sala. Aunque ella aún no lo conociera, acababa de regalarle su libertad mas, con el poco seso que tenía, dudaba que lograra sacarle provecho. Era de esperar que aquella pobre niña llegara a ser dichosa algún día.

A toda prisa me introduje en el carruaje en cuanto salí del palacio. Rodrigo arreó a los picazos y partimos, como estaba previsto, en dirección a las Gradas que, por hallarnos en el mismo barrio de Santa María, no quedaban muy lejos. Damiana, sentada frente a mí, sonreía.

—¿A qué ese contento? —le pregunté.

—Me gustan las cosas bien hechas y aún me gusta más ver pagar a los infames. Hay mucha gente mala en el mundo haciendo daño sin contrición ni castigo. No está de más que alguna vez el buen corazón quebrante la mala fortuna.

A la redonda de la Iglesia Mayor, por la parte de afuera, todos los días que no eran fiesta de guardar los mercaderes hacían lonja para sus contrataciones. Mas no sólo eran mercaderes quienes allí se reunían al tañido de la oración, sino también rufianes, maestres, pícaros, banqueros, tratantes, almonedistas, pregoneros, vendedores de esclavos, autoridades locales, ladrones y aristócratas, de cuenta que una muchedumbre ruidosa abarrotaba las Gradas y sus alrededores. El tiempo nos apremiaba, así que Rodrigo detuvo el carruaje junto a una fuente y, haciéndonos balancear, se puso en pie en el pescante para buscar con la mirada a don Luján de Coa, el esposo de Juana Curvo y prior del Consulado. Temí que no le hallara pues, los días de mucho frío, el templo abría sus puertas para que los mercaderes pudieran negociar dentro. Por fortuna, el prior conversaba con otros comerciantes dando un paseo entre los muros y las gruesas cadenas que rodeaban la iglesia. Cuando Rodrigo le divisó, de un brinco se deslizó hasta el suelo y se encaminó raudo hacia él, y, poco antes de alcanzarle, le llamó y le retiró a un aparte y allí, señalando nuestro coche, le convenció con buenas razones para que le acompañara pues yo tenía algo muy importante que decirle y le estaba esperando.

Damiana se bajó discretamente del carruaje por el lado contrario y yo velé mi rostro con la seda y aguardé. Un caballero tan beato como don Luján requería de ciertos comedimientos.

Mucho le costó alzar las piernas para subir los escalones y se vio obligado a guardar su rosario en la faltriquera para agarrarse con las dos manos al marco de la portezuela.

—En nombre sea de Dios —le saludé—. Os agradezco que acudáis con tanta presteza a mi llamada.

—Para bien se comience el oficio, doña Catalina —repuso, resoplando y tomando asiento frente a mí—. Mucho me ha sorprendido la demanda de vuestro criado mas a fe que una solicitación vuestra siempre es grata de cumplir.

—No es por mi gusto, don Luján, os lo aseguro, y, en

cuanto conozcáis lo que debo referiros, tampoco vuestra merced estará contento de haberme complacido.

—Pues, ¿qué os ocurre, señora? —se alarmó el anciano.

—Tengo un primo por parte de mi padre —principié—, un mozo de Toledo de buen entendimiento y mejor fortuna, que casó no ha mucho con una hermosa joven de familia principal. Disculpad que no os diga los nombres pues de seguro conocéis a alguno de sus tíos, cargadores del Nuevo Mundo como vuestra merced con casa de comercio en Sevilla.

Don Luján asintió. Su rostro arrugado mostraba grande interés por mi historia.

—Mi primo estaba muy enamorado de su esposa —proseguí— y no veía sino por sus ojos y no vivía más que para ella, como ordenan los Mandamientos y la Santa Madre Iglesia.

El prior tornó a asentir, complacido.

—Cierto día que regresó pronto a su casa a la hora de la comida, no halló a su esposa por parte alguna y, para su mayor preocupación, no quisieron los criados darle razón de tal ausencia. Con el corazón saliéndosele del pecho se dirigió a la cámara de… llamémosla doña María si os parece bien. Pues le ocurrió que, llegado a la puerta de la cámara de doña María, una criada, la doncella, se opuso con firmeza a que mi desdichado primo entrara en ella. Él, temiéndose lo peor, apartó a la doncella por las bravas y quiso morir cuando, en el lecho, encontró a la hermosa doña María refocilándose con un joven lacayo a quien mi primo tenía en mucha estima. Viendo su honra perdida y doliéndose de la traición, mi primo se dirigió hacia el lecho para vengarse y, al tiempo que clavaba la espada en el pecho de su esposa, el maldito criado huyó por una ventana y escapó. Mi primo juró no descansar hasta acabar con el lacayo y limpiar su honra y la de toda su familia.

—No hay peor ofensa para los varones de un linaje —declaró, compasivo— que el deshonor de una sola de sus mujeres.

—Decís bien, señor, y por esa razón mi primo ha cabalgado muchas leguas hasta dar con el culpable, que, por mejor ocultarse, decidió volver a su tierra natal, Sevilla, y entrar a mi servicio, pensando que así mi primo no podría dar con él.

—¡Qué grande insolencia! —se indignó el prior.

—Pues aún es mucho peor, don Luján. Ese criado, lacayo de librea en mi casa, se las ingenió para seducir a una dama acaudalada de cuya amistad me preciaba yo ante toda la ciudad. La dama en cuestión, de una familia muy principal y benemérita, está casada con el hombre más virtuoso de Sevilla, el gentilhombre más honrado y digno de elogio que hayan conocido los tiempos y que vive desde hace meses en la ignorancia del adulterio de su señora esposa y de los grandes cuernos que lleva en la cabeza.

El rostro del anciano prior se había demacrado y su labio inferior, siempre colgante, temblaba como si fuera a echarse a llorar.

—¿Qué es lo que intentáis decirme, doña Catalina? —balbució, presa de una súbita desazón que se le trasudaba en estremecimientos.

—Esa dama, a quien yo consideraba una hermana, acusando falsamente a su propio lacayo de librea de robar unos saleros de plata de mucho valor, consiguió que su señor esposo echara a la calle al desdichado y, a continuación, con muchos y muy pensados artificios, me convenció de que, como le hacía grande falta un buen lacayo de librea, cualquiera de los míos le vendría como anillo al dedo. Como yo tenía tres y haraganeaban en demasía, me sentí muy gustosa de ayudarla y, cayendo en la trampa, porfié para que se llevara al que más le conviniera. Ella, tonta de mí, escogió a su amante y desde ese día se refocilan juntos ante las propias narices de su desdichado esposo. Hace algunas semanas —continué, aunque para entonces el viejo prior se hallaba al borde mismo de la muerte—, recibí la visita de mi primo de Toledo y, llorando, me contó su triste historia. Yo le ofrecí cobijo y ayuda en todo cuanto precisara pues, según me expuso, había descubierto que el traidor que había seducido a su esposa y a quien había jurado matar se hallaba viviendo en Sevilla. Me pidió discreción y se la he dado, de cuenta que nadie conoce su presencia en la ciudad salvo yo. Imaginaos mi asombro cuando ayer por la noche me dijo, por fin, que el nombre del infame era Alonso Méndez y que había sabido que se hallaba a vuestro servicio, don Luján, y, por más, acostándose con vuestra esposa y hermana mía, doña Juana Curvo.

El prior puso los ojos en blanco y se echó de súbito hacia atrás. Guardé silencio y esperé. Era propio de un mercader de grueso valorar el pro y el contra de cada una de sus acciones como en un importante negocio de trato. Conocía todo cuanto pasaba por su cabeza en esos momentos y debía dejarle llegar solo hasta el lugar en el que yo le estaba esperando.

—¿Y cómo sabéis que las palabras de vuestro primo

son valederas? —me preguntó, al fin, con voz llena de ira.

—No me creáis a mí, don Luján —murmuré apenada—. Acudid ahora mismo a vuestra casa, antes de la hora a la que acostumbráis a llegar, y con vuestros propios ojos contemplaréis la verdad.

—¡Mas yo sólo soy un viejo! —tronó encolerizado—. ¿Cómo voy a enfrentarme a ese infame?

—Mi primo, Martín Solís, os suplica que le permitáis acompañaros en la hora de vuestra venganza. Ocupaos vos de doña Juana que él se encargará del lacayo.

—¡Matar a Juana! —exclamó con furia, llevándose las manos a la daga que lucía en el cinto.

—Estáis obligado a quitarle la vida a vuestra esposa adúltera —porfié con su mismo tono—. La muerte limpiará vuestro nombre y el de la muy digna y honesta familia Curvo. Cuando se conozca la verdad, vuestros cuñados, don Fernando y don Diego, os agradecerán que hayáis resuelto el asunto sin remilgos ni dilaciones. Estas desgracias vuelan por el aire en Sevilla y los pecados contra el honor y la honra sólo se limpian con sangre, don Luján, como bien sabéis.

—Habláis con buenas razones —murmuró—, mas, por ser tan grande la ofensa y por padecer yo tantos achaques, considero que mi hijo Lope lo ejecutará todo mejor.

—Celebro oíros discurrir con tanta discreción —ahí quería yo que llegase, justo ahí, pues él no podía, en verdad, clavarle certeramente un puñal a la gallarda y brava Juana sin que ella lo echara al suelo de un empellón, mas Lope de Coa, el hijo de hasta veinte años que desde pequeño había deseado profesar en los dominicos, tenía la fuerza y la firmeza necesarias para acabar con su madre y restituir la dignidad a la familia.

—Mi hijo nunca tuvo buenas relaciones con su madre y ahora comprendo la razón: ella era malvada, siempre lo fue, y yo no supe verlo.

Aquellos pensamientos ya no me interesaban. El tiempo apremiaba.

—Conservad en la memoria, don Luján, y hacédselo saber así al joven don Lope, que el lacayo Alonso es de mi primo y sólo de mi primo. Buscad a vuestro hijo y acudid con él sin demora a vuestra casa. Martín os está esperando en la puerta. Él se os dará a conocer.

El viejo prior me miró, conmovido.

—Nunca, doña Catalina, podré agradeceros en lo que vale el favor que me habéis hecho. Estaré en deuda eterna con vos, no lo olvidéis.

—Marchad presto, don Luján, y que Dios os acompañe.

—Quedad vos con Él, queridísima señora —dijo abriendo la portezuela del carruaje.

Damiana, en ese punto, volvió a mi lado y ocupó el lugar dejado por el prior.

—No tardará en hallar a su hijo en las Gradas —dijo—. Mude voacé de ropa y partamos al punto.

Di dos golpes en el tejadillo para que Rodrigo nos sacara de allí y el coche tomó el camino de la puerta de Jerez para dirigirse hacia el lugar en el que habíamos acordado encontrarnos con fray Alfonso y sus hijos. Las calles eran estrechas y tortuosas y se fueron volviendo más solitarias y cenagosas según nos alejábamos de la Iglesia Mayor y del centro de la ciudad. Tuve tiempo de sobra para mudarme en Martín, protegiéndome esta vez del frío de la calle con un herreruelo[36] de buen paño, y de colgarme el tahalí con mi hermosa espada ropera forjada tanto tiempo atrás por mi verdadero padre en su taller de Toledo.

El coche se detuvo en una plazuela solitaria cerca de los muros del Alcázar Real. Allí nos esperaba fray Alfonso con Lázaro y Telmo, muy abrigados y quietos junto a su padre, sujetando por las riendas tres hermosos caballos que a saber de dónde habrían salido. Bajé prestamente del coche y me allegué hasta ellos. Los ojos de fray Alfonso no se apartaban de mí por lo mucho que le espantaba mi apariencia, mas yo sólo deseaba montar en una de aquellas cabalgaduras y partir hacia la casa de Juana Curvo, a no mucha distancia, pues pronto sería mediodía y todo podía acabar mal si nos retrasábamos.

—Tomad —me dijo el fraile entregándome una excelente yegua tordilla dispuesta con arreos de camino y estribos cortos, más adecuados para la posterior huida apresurada que para un paseo por la ciudad.

Sin mediar palabra monté ágilmente en la yegua y me volví hacia Rodrigo para mirarle y buscar aliento.

—Sígueme, compadre.

—Siempre detrás de ti, Martín.

Piqué espuelas y me alejé por las calles lodosas y malolientes, sola por primera vez en aquel extraño día. Debía llegar a la casa antes que don Luján y su hijo, que, como habíamos acordado, irían a pie y acompañados por sus criados de escolta. La muerte de Juana no me importaba un ardite, mas el pensamiento de encontrarla en el lecho con Alonso era un trago muy amargo que me producía congo-

36. Capa corta con cuello.

jas y tormentos. Yo misma había inventado aquel lamentable artificio aunque, cuando lo concebí, no recelé ni de lejos lo poco que iba a gustarme su resolución.

Conocía el palacete por haber pasado en coche por delante en repetidas ocasiones, de cuenta que distinguí al punto sus estrechos muros de tierra amasada, el blasón de la familia del prior encima de la puerta de la calle y los álabes del tejado de madera.

No se hizo esperar don Luján. En cuanto hube desmontado, un grupo de cinco o seis hombres torció la esquina y se allegó hasta mí a paso raudo.

—Mi nombre es Martín Solís —dije con voz grave en cuanto me alcanzaron.

Don Luján me observó sorprendido.

—¿Qué edad tenéis, señor? —me preguntó.

—La suficiente, don Luján, como para haber sido cornudo.

Un rayo de dolor le cruzó el rostro.

—Entremos —ordenó.

Lope de Coa podía no haber sido hijo del prior mas, de cierto, era hijo de Juana Curvo y sobrino de Fernando y Diego: el mismo porte alto y seco, el mismo rostro avellanado y los mismos dientes blancos y bien ordenados. Algo muy fuerte había en la naturaleza de los Curvos para que sus cualidades pasaran con tanta firmeza de una generación a otra. El mozo me miró sin vacilaciones y percibí su desprecio por la delicadeza de mis rasgos. Debió de sentirse más hombre junto a un alfeñique refinado como yo. Su mano diestra permanecía oculta bajo el recio gabán y un algo de locura brillaba en sus ojos. No se dignó saludarme ni dirigirme la palabra. Era un cabal heredero de su mala estirpe.

265

En cuanto entramos en el patio, lleno de macetas y grandes tinajas dispuestas a la redonda, los criados y esclavos negros que por allí había se barruntaron los problemas. Todos se mostraron asustados y desaparecieron de nuestra vista como por ensalmo. El secreto de Juana Curvo no había sido, a lo que se veía, tan secreto como ella tenía por cierto pues resultaba evidente que, menos el marido y el hijo, no había nadie en la casa que no estuviera al tanto de lo que venía acaeciendo en aquella alcoba del piso alto. Lope de Coa subió los escalones de dos en dos y, cuando los demás llegamos a la antecámara —yo respeté el paso tardo de don Luján—, lo hallamos empujando a un lado con grande violencia a la doncella que protegía la puerta, aunque la pobre muchacha, comprada con mis caudales, ni se le oponía ni gritaba para avisar a los adúlteros del peligro. Todo acontecía en un asombroso silencio, el mismo que reinaba en la casa entera, que parecía un monasterio de cartujos salvo por ciertos ruidos lujuriosos que salían de la alcoba.

Lope dio una firme patada a la puerta y las hojas se abrieron de par en par, dejando ver una estancia apenas iluminada por la luz de una vela (ventanales cerrados y tapices extendidos impedían que entrara la claridad del sol). Al punto, todo se tornó confusión y alboroto: Juana Curvo, pillada en flagrante alevosía, gritaba a pleno pulmón entretanto se esforzaba por cubrir su desnudez con las ropas de cama que yacían por el suelo; su hijo Lope, liberado del gabán, avanzaba hacia ella como un perturbado rabioso con un afilado puñal en la mano llamándola pérfida, adúltera, infiel y traicionera; los tres criados de escolta de don Luján se habían arrojado, entre gritos y exclamaciones, sobre Alonsillo, que, tan despojado como su madre le había traído al mundo, se debatía con todas sus fuerzas para liberarse de las garras de sus apresadores. Sólo don Luján y yo permanecíamos callados y detenidos en el umbral de la alcoba. El motivo de don Luján lo desconozco hasta el día de hoy; el mío era un dolor que me apretaba el corazón hasta hacérmelo reventar. Cosas muy extrañas me pasaban por la mente y me dolía como un ascua sobre la piel lo que tenía delante, mas, con todo, no podía apartar la mirada de aquel maldito Alonso, que tampoco retiraba de mí sus bellos ojos demandando en silencio mi pronta intervención. Me sentí torpe y necia por lo que me estaba aconteciendo, de cuenta que, con un esfuerzo sobrehumano, di un paso al frente y grité:

—¡Quieto todo el mundo!

Lope de Coa, que ya levantaba el puñal sobre el pecho de su madre, se volvió raudo hacia mí, admirado por la autoridad de mi voz.

—¡Quietos todos! —ordené de nuevo, avanzando—. Tú —le dije a uno de los apresadores de Alonso—, suelta a ése, dale su ropa y retira los tapices para que entre la luz. Tú —le dije a otro—, cierra la puerta de la alcoba y presta tu auxilio a don Luján, que no se sostiene en pie y está presto a caerse al suelo. Y tú —le dije al tercero—, retírate hasta el ventanal que da al patio y estate a la mira para que los criados no salgan de la casa hasta que todo concluya, no sea que vengan los alguaciles antes de tiempo.

Los tres hombres se volvieron hacia don Luján y éste asintió con la cabeza. Cuando entró, al fin, la luz de la calle, contemplé una estancia muy amplia en la que la abundancia, belleza y pureza de la plata que la adornaba hubiera trastornado el seso de cualquiera que no se hallara prevenido. ¿Qué había contado Rodrigo que le había contado Carlos Méndez que le había contado el bellaco de Alonso para que me lo contara a mí...? Que la cama era de tamaño medio, sí, poco aderezada y sin colgaduras, muy cierto. Aunque, ¿para qué ocultar que era toda de plata? ¡Una cama de plata labrada! Mas no era yo la única pasmada; los tres criados de don Luján habían quedado también en suspenso. Estaba cierta de que nunca se había visto cosa igual en todo lo conocido de la Tierra como no fuera en el palacio de algún sultán o en el de algún rey de la Berbería.

Un grito de Juana Curvo me sacó de mi arrobamiento. Al punto volvió a mi memoria dónde me hallaba y lo que acontecía a mi alrededor. Las riendas se me estaban escapando. El futuro dominico anhelaba poner fin a la vida de su madre y, si no lo contenía, su puñal acabaría con Juana antes de que yo pudiera conversar con ella.

—¡Deteneos, don Lope! —grité, acercándome—. Haced la merced de dejarme decir unas últimas palabras a esta adúltera que tanto me recuerda a otra que yo maté.

—¿Qué podéis querer decirle vos a mi señora madre? —objetó el joven demente—. ¡Aquí y ahora, sólo mi padre y yo diremos algo si es que hay algo que decir!

—¡Sea! —admití precipitadamente—. Don Luján, hacedme la merced de ordenar a vuestro hijo que me permita hablar con vuestra esposa antes de matarla.

El viejo prior, humillado, cornudo y rabioso, se allegó hasta su hijo y le puso la mano en el hombro.

—Deja que el joven le diga a esta ramera lo que le venga en gana.

Juana Curvo, siempre tan altiva y tan digna, lloraba, gemía y suplicaba por su vida desde el suelo, al que se había dejado caer, cubriéndose como podía la desnudez del cuerpo. De vez en cuando, miraba con adoración y a modo de despedida a su joven amante, Alonsillo, que ni siquiera reparaba en ella de tan asustado como se hallaba.

—Prepárese, mi señor don Lope —solicité al joven De Coa—, para clavar el puñal a su señora madre en cuanto yo termine de hablar con ella, pues sólo desprecio va a recibir de mí y procederá en consecuencia.

—Hacedme sólo una señal —masculló él, destilando odio. No era de extrañar que desde pequeño hubiera sentido el deseo de profesar en la orden de los dominicos, regente y alma de la Santa Inquisición. No hallaría un lugar mejor para sus inclinaciones, heredadas de su cruel tío Diego por una parte y, por otra, de su beato padre. ¡Y pensar que su tía Isabel me dijo de él cierto día que, de tan callado y piadoso como era, parecía un ángel! En aquella familia nadie veía sino lo que quería ver y como quería verlo.

Juana Curvo, que hasta entonces no se había fijado en mí por el mucho miedo que sentía y las amargas lágrimas que derramaba, abrió grandemente los ojos cuando, doblando una rodilla, puse mi rostro frente al suyo a tan corta distancia que nuestras narices se tocaban. Supo al instante que yo era Catalina Solís y eso hizo que tuviera para sí que había perdido por completo el juicio. En ese punto, por ayudarme, Alonsillo organizó un buen guirigay intentando huir de sus captores. Sin volverme, oí los gritos de los criados y los de don Luján y don Lope, así como los muchos golpes que le dieron.

—Sé que me conocéis, doña Juana —le susurré quedamente aprovechando el desorden—. En la hora de vuestra muerte debo confesaros que, en verdad, no soy sino Martín Nevares, el hijo del honrado mercader de trato Esteban Nevares, de Tierra Firme, a quien vos y vuestra familia ordenasteis prender y traer a Sevilla del mismo modo que enviasteis al pirata Jakob Lundch a terminar con la vida de las buenas gentes de Santa Marta.

El rostro sudoroso y mojado de lágrimas de Juana Curvo se desfiguró y abrió la boca para gritar mas se la tapé con una mano y se lo impedí. Sentía tanta rabia contra aquella malvada y avariciosa mujer que ni siquiera en aquella situación me inspiraba lástima.

—Debéis conocer —le dije ferozmente— que Alonso Méndez trabaja para mí, que yo preparé esta trampa en la que habéis caído y que yo he dispuesto vuestra muerte en el día de hoy, cuando se cumple exactamente un año del fallecimiento de mi señor padre en la Cárcel Real. Así pues, señora, haceos cuenta que Alonso jamás os ha amado. Sólo se ha reído de vos. Por más, no deseo que os vayáis de este mundo sin conocer asimismo que no ha mucho que he matado a vuestra hermana Isabel, que yace de cuerpo presente en su lecho, igual que vuestro hermano Diego, el conde, que enfermó de bubas porque yo le ofrecí una mujercilla enferma del mal. Ahora moriréis vos y, a no mucho tardar, mataré también a Fernando.

—¡Acabad de una vez, señor! —gritó don Lope, furioso—. ¿O es que le vais a recitar la Santa Biblia? Cuanto más me retrasáis, más le pesan los cuernos a mi padre y, a mí, la deshonra de la familia.

—Os dejo con vuestro hijo —le susurré a Juana con una sonrisa, haciéndole una seña a Lope con la mano que tenía libre para que ejecutara su venganza (que era la mía) y limpiara su honor, el de su padre, el de sus tíos y el de todos los demás varones de su ralea. No se hizo esperar y, antes de que pudiera ponerme en pie, clavó con tal rabia el puñal en el pecho de su madre que ella exhaló un rugido como de león y allí mismo murió, arrojando sangre a borbotones por la boca.

—Ésta es —musité sin que me oyera nadie— la justicia de los Nevares. Otro Curvo menos hollando la tierra, padre. Ya van tres.

El loco Lope, con el puñal y la mano chorreando sangre, se volvió hacia su padre y éste, hecho un mar de lágrimas, caminó hacia él y se fundieron en un abrazo llorando juntos por lo que acababa de acaecer. Era hora de partir de allí a uña de caballo.

Con voz firme y grande autoridad ordené a los tres criados que abandonaran al punto la alcoba. Como don Luján había respetado mis deseos en toda ocasión y ahora sollozaba con tanta amargura abrazado a su hijo, no quisieron incomodarle y, así, soltaron al pobre Alonsillo y me advirtieron que esperarían tras la puerta por si les necesitábamos. En cuanto se marcharon, me allegué rauda hasta el maltrecho pícaro y, con todo afecto, le sujeté por debajo de los brazos y me desplacé con él, que pesaba lo suyo, hacia el ventanal que daba a la calle. Lo abrí y el frío de diciembre nos golpeó a ambos en el rostro, obrando el beneficioso efecto de despabilarle un poco, de cuenta que parpadeó, sonrió, miró en derredor y murmuró:

—¿Y la cuerda que tenía que echarnos Rodrigo?

Estaba allí mismo, frente a nosotros, enredada entre las rejas de hierro. La agarré y, febrilmente, con uno de los cabos hice un buen nudo ciego en torno a una de las patas de la pesada cama de plata.

—¿Podrás descender sin caerte? —le pregunté con el alma en un hilo. La altura no era grande y abajo le aguardaban Rodrigo, su padre y sus hermanos, prestos a socorrerle.

—Me va en ello la vida —se burló y, tras pasasr el cuerpo magullado por encima de la reja, bajó por la cuerda hasta la calle.

Ni don Luján ni el loco Lope se habían apercibido de nada y, aunque yo había previsto salir por la puerta y despedirme de ellos gentil y agradecidamente después de la lamentable fuga del adúltero Méndez, a quien seguiría persiguiendo hasta el último día de mi vida, me pareció mejor bajar también por la cuerda y abreviar la situación pues, a esas alturas, ardía en deseos de culminar la última muerte y marcharme de una vez por todas de Sevilla.

Con diligencia y alivio me dejé caer hasta el suelo de tierra de la callejuela aledaña a la casa del prior. Todos los míos estaban allí (Rodrigo, Damiana, Alonso, fray Alfonso, Carlos Méndez y los pequeños Lázaro y Telmo), unos dentro del coche, otros en el pescante y los demás a lomos de cabalgaduras. Sus rostros expresaban respeto. Rodrigo, satisfecho, me hizo un gesto con el mentón para que entrara en el carruaje (aún debía vestirme una vez más de Catalina) y, como le vi alzar las riendas para arrear a los picazos, me apresuré a obedecerle.

Dentro, con la ayuda de Damiana, me quité el herreruelo y me ajusté la saya con sólo dos corchetes, dejándome el pelo desembarazado de lazos y adornos. No me puse el corpiño, pues en mi próximo encuentro no tendría tiempo para menudencias. Entretanto, el apuñeado Alonso, tumbado frente a mí, desde debajo de un grueso gabán verde de viaje con el que se había cubierto, hacía ver que no se enteraba de nada.

Cuando nuestra comitiva se detuvo en la solitaria callejuela trasera del palacete de Fernando Curvo, fray Alfonso desmontó el primero para disponerme el escañuelo que le entregó Rodrigo desde el pescante. Luego, envuelta en un lujoso manto negro que me cubría de la cabeza a los pies, salí del coche en el preciso momento en el que repicaron las campanas de la Iglesia Mayor dando la una. Por desgracia, el suelo de tierra estaba lleno de excrementos de caballerías, así que me manché las botas de cuero que ocultaba bajo la saya. En ese punto, una puerta de servicio muy maltratada por los fríos y los calores de Sevilla, se abrió de par en par sin que, por lo oscuro del interior, se viera a nadie del otro lado. Fray Alfonso avanzó junto a mí y entramos.

—En nombre sea de Dios —nos saludó el alto y enjuto Fernando Curvo.

—Para bien se comience el oficio, don Fernando —respondí, dejando caer el manto hasta los hombros aunque abrigándome bien, pues hacía allí mucho más frío que en la calle. Aquel lugar era una bodega amplia y oscura y no habría más de quince o veinte toneles de unas cien arrobas cada uno. Lo acostumbrado para una familia acomodada.

Fray Alfonso se quedó discretamente junto a la puerta y Fernando, con un gesto, me invitó a acompañarle hasta donde brillaba un farol de aceite dispuesto sobre una cuba. Algo me temí y me giré hacia fray Alfonso para que comprendiera que no las tenía todas conmigo. Le vi echar mano a la cintura por debajo de la capa, dándome a entender que iba armado y que estaba dispuesto a pelear por muy fraile que fuese. Y, en efecto, su gesto fue más propio de un bravo de mesón que de un fraile franciscano.

—¿Os gustaría probar el vino de mis tierras? —me preguntó cortésmente Fernando Curvo, a quien, sin embargo, se le notaban los apremios por conocer aquellos comprometidos asuntos sobre la plata y su familia que habían llegado hasta mis oídos.

Rehusé el ofrecimiento y me dispuse de manera que le diese a él la lumbre del farol y no a mí. Don Fernando vestía calzas, cuera color pajizo y botas grises, y portaba, como hidalgo que era, espada y daga, lo que revelaba que acababa de llegar de la calle. Valiéndome de la penumbra y del cobijo que me procuraba el mantón, me solté los corchetes de la saya y tenté la empuñadura de mi espada.

—Puedo ofreceros también vino de Portugal —continuó—, o de Jerez, de Ocaña, de Toro..., por si son más de vuestro gusto.

—Os quedo muy agradecida —le repliqué—, mas lo que en verdad me vendría en voluntad sería acabar con el asunto que me ha traído hasta vuestra bodega en un día tan triste para mí como el de hoy.

—Pues, ¿qué tiene de triste este día para vuestra merced? —me preguntó sorprendido y, al hacerlo, no sé cómo movió los ojos que me vino de súbito al pensamiento lo mucho que se le parecía su sobrino, el loco Lope. No sé para qué pensé en esto pues lo terrible de aquel momento era que me hallaba a solas, en Sevilla, con el hermano mayor de la familia Curvo, el culpable de todo cuanto de malo había acontecido en mi vida desde que fui rescatada de mi isla.

—Hoy hace un año que murió mi señor padre —le expliqué con sobriedad y aproveché para cerrar los ojos y, así, acostumbrarlos a la total oscuridad.

—Creía que vuestro padre y vuestra madre habían muerto antes que vuestro señor esposo —se sorprendió.

—No, no fue así. Mi esposo falleció antes, en Tierra Firme —seguía con los ojos cerrados, aparentando un grande dolor—. Mi señor padre murió aquí, en Sevilla, en la Cárcel Real, tal día como hoy hace un año. Vino en la misma flota en la que llegó vuestro hermano, el conde de Riaza.

Fernando quedó mudo. Casi podía escuchar cómo su mente evocaba tiempos y sucesos y se afanaba por atar cabos.

—En aquella flota —murmuró— sólo venía mi hermano Diego con su esposa y un reo condenado a galeras.

—En efecto, don Fernando —sonreí, abriendo los ojos y dejando caer mi manto—. Aquel reo condenado a galeras era mi señor padre, don Esteban Nevares.

Ahora veía muy bien. Él dio un salto hacia atrás y, desnudando el acero de su espada, me amenazó.

—¿Quién sois? —gritó. Nadie podía oírle pues él mismo así lo había dispuesto. También yo desenvainé mi espada y le reté.

—Soy Martín Nevares, el hijo de Esteban Nevares, el mismo a quien buscabais por toda Sevilla hace sólo un año, cuando escapé de la Cárcel Real tras la muerte de mi padre.

Tenía los ojos descarriados, como si no pudiera creer nada de lo que veía y oía.

—¿Y doña Catalina Solís? —preguntó retrocediendo un paso—. ¿Es vuestra hermana o sois la misma persona?

Tomé a reír con grandes carcajadas y avancé bravuconamente el paso que él había retrocedido.

—¿A qué esas preguntas, don Fernando? Dejaos de monsergas y cumplid vuestro juramento, aquel que hicisteis ante la Virgen de los Reyes de matarme vos mismo con vuestra espada. ¿Tan mal tenéis ya la memoria que lo habéis olvidado?

Su rostro adquirió el mismo color ceniza que su bigote y su perilla. Miró a fray Alfonso, que seguía firme en la puerta, y, viendo que el fraile no se acercaba, se persuadió de que no intervendría en la disputa.

—Si en verdad sois Martín Nevares —repuso fríamente—, contestad a una pregunta, pues no quisiera, por una burla, matar a otro que no fuera tal enemigo.

—Preguntad —concedí, sin bajar la espada.

—¿Qué sabéis vos de la plata y qué se le da a Martín Nevares de ella?

Aún reí con más fuerza al escucharle.

—No me interesa vuestra plata más que para arrebatárosla. Debéis conocer que esta misma mañana he matado a vuestros tres hermanos, Diego, Juana e Isabel, cuyas casas rebosan de esa purísima plata blanca que Arias os envía ilícitamente desde Cartagena de Indias. Como vais a morir, os contaré también que sé cómo os la hace llegar y que, desde hoy, vuestro suegro Baltasar de Cabra y vuestros descendientes no recibirán ni una sola arroba más del preciado metal pues voy a matar a Arias, y podéis estar tan cierto de eso como de que vuestros otros hermanos están muertos y de que vuestra merced no saldrá vivo de esta bodega. Os confieso asimismo, don Fernando, que pienso apoderarme de la última remesa de plata y que nadie sabrá nunca cómo lo obré.

No pude decir ni una sola palabra más. Furioso como un perro con rabia, no sé si por la muerte de sus hermanos o por la pérdida de su riqueza, vino hacia mí para ensartarme con su espada, mas yo, prevenida, caí en guardia con tanta seguridad y firmeza que se desconcertó, de cuenta que pude parar el golpe y, sin dilación, comencé a atacarle vivamente. Rodrigo me había dicho que, siendo él un hombre viejo, mi lozanía y vigor se impondrían, mas lo que Rodrigo no había sospechado era que el mayor de los Curvos, siendo viejo, era asimismo uno de los mejores espadachines que yo había conocido en toda mi vida. La torpeza de sus piernas la compensaba con un sagaz conocimiento del arte de la espada. Pronto, en vez de atacar, me hallé defendiéndome. Tenía delante un adversario formidable.

Dos golpes terribles que me tiró fueron a dar, por agacharme a tiempo, contra la madera de dos toneles que se abrieron y aún abrí yo otro más con un fendiente que le tiré desde arriba y del que escapó porque se me fue el pie, pues nos medíamos sobre charcos de vino de Portugal, de Jerez o de Toro, que tanto daba su origen a la hora de hacernos resbalar.

Con esfuerzo le fui conteniendo los golpes, tirando estocadas por ver si le daba aunque fuera desde lejos, mas no lo conseguí. Me determiné, pues, a continuar parándole una y otra vez para no concederle un solo momento de tregua y que no hallara descanso. Si su odio y su rabia eran intensos más lo eran los míos, así que, por respeto a mi padre muerto, a mis compadres de la *Chacona* y a las mancebas de Santa Marta, no podía perder aquella contienda y, con aquel pensamiento, mi mano se tornó rauda como el rayo y mi cuerpo mucho más diligente. Al cabo de poco tiempo, el Curvo dejó de golpear con fuerza y las piernas empezaron a traicionarle. Tomaba el aire a grandes y ruidosas boqueadas y supe que era llegado el momento de hacerle perder la calma obligándole a ejecutar continuas paradas. Aunque apenas nos movíamos del cerco de luz que esbozaba el farol, en cuanto nos salíamos y chocábamos los metales, se veían brillar las chispas en el aire.

Entonces él resbaló en el vino y faltó un pelo para que le atravesara con mi espada, de cuenta que comprendió que perdía fuelle y conoció que yo lo conocía. Se lo noté en el sudor que le bañó el rostro y en su mirada iracunda y fiera. Aquél era el final. Lo vi venir... aunque no del todo. Jadeando, se echó hacia atrás torvamente y, en un arrebato, me asestó cuatro o cinco violentos puntazos que resolví de milagro. El sexto no lo pude parar. Sentí un dolor vivo y ardiente en el ojo izquierdo, tan intenso que lancé un desgarrador grito de agonía que hizo soltar una carcajada de júbilo al maldito Fernando. El pensamiento de que un instante después yo estaría muerta y él vivo me hizo desear no morir únicamente sino morir matando y, así, estiré el brazo con tanta furia que, aun sin ver, le atravesé el pecho de parte a parte. Lo adiviné. Adiviné que le había matado antes incluso de oír su estertor y el ruido que hizo su cuerpo al dar contra el suelo. Yo también había caído, aunque sólo de rodillas.

Con las manos me tapaba el ojo herido para contener el río de sangre. Al punto, noté las manos de fray Alfonso, alzándome en el aire.

—¡Vamos, vamos, doña Catalina! —me apremió—. Levantaos y salgamos de aquí. ¡Damiana debe curaros esa herida! ¡Parece grave!

—¿Está muerto? —pregunté con un hilo de voz.

—¡Muerto y bien muerto que está!

—Pues, entonces, recoged mis ropas y recuperad mi espada. Luego, nos iremos.

Le oí trasegar y consideré que iba a perder el sentido, mas, antes de perderlo del todo, con la boca llena de mi propia sangre, murmuré:

—Ésta es la justicia de los Nevares. Otro Curvo menos, padre. Ya van cuatro.

Luego, todo se tornó negro.

Me sacaron de Sevilla escondida dentro del carro y, durante el viaje, Damiana terminó de vaciar la cuenca del ojo para que no se me inficionara y, luego de limpiarla bien, la rellenó con unas hierbas de su bolsa y la tapó con un fino paño negro que me anudó detrás de la cabeza. Como me había hecho beber una de sus pócimas, no sentía ningún dolor y sí una muy grande alegría por la venganza felizmente cumplida: los cuatro hermanos Curvo de Sevilla habían muerto y, sin ellos, los negocios familiares estaban acabados pues, de todos sus descendientes, sólo el loco Lope se hallaba en edad de convertirse en mercader y no parecía ser tal su deseo.

—Curaréis pronto —me vaticinó Damiana el mismo día en que arribamos a Cacilhas.

—Lo sé —asentí, tocando con la mano la tela que cubría el nuevo hueco de mi rostro—, mas me acobarda mirarme en el azogue.

—No os preocupéis —me consoló ella—. Estáis igual, aunque con un solo ojo.

Aún vestía las ropas manchadas de sangre y ardía en deseos de llegar a mi cámara en la *Sospechosa* para lavarme y tenderme en la cama.

Todo se ejecutó con premura. Juanillo y el señor Juan, desde el bordo de estribor, nos saludaron con los brazos en cuanto nos vieron llegar. El piloto, Luis de Heredia, había cuidado bien de la nave y, conforme a mis órdenes, todo estaba listo para zarpar.

—No tienes buen aspecto, muchacho —me dijo el señor Juan en cuanto pisé la cubierta.

—He perdido el ojo en el duelo con Fernando —le expliqué, afligida.

Él guardó silencio un instante y, luego, mirándome de arriba abajo, sonrió.

—¿Le mataste?

—Sí. Maté a los cuatro.

—Pues, ¿qué se te da de perder un ojo si has ganado la paz para tu padre? ¡Levanta esos ánimos! Ahora eres una hidalga tuerta y hallarás a un hombre que te amará así.

Sentí un enojoso aguijonazo en el hueco del ojo perdido y del otro, del sano, me cayó una lágrima.

—Vamos, vamos... —intentó consolarme—. No es momento de llantos ni de dolores. Está soplando un buen viento de tierra y debemos aprovecharlo para zarpar.

—Encárguese vuestra merced —repuse, triste—. Yo voy a lavarme. Saldré para la cena.

En cuanto entré en mi cámara, lo primero que hice

fue quitarme el paño negro y buscar un espejo y, al verme reflejada, no pude sino espantarme y echarme a llorar. Nunca volvería a tener un rostro proporcionado, libre de aquella abominación. Nunca volvería a ver con dos ojos, de cuenta que más me valía acostumbrarme a esa fatigosa visión de costado de la que disfrutaba ahora pues aquella desgracia era un accidente irreparable que duraría lo que durara mi vida. Estaba condenada a llevar un pañuelo o un parche para ahorrar a los demás el asco y el horror que mi nuevo aspecto producía. Por más, llorar obraba el extraño efecto de causarme grandes y agudas punzadas en el ojo ausente a pesar de haber tomado la poción de Damiana, así que me serené, me sequé la mejilla derecha y, dejando el espejo sobre la mesa, juré que no tornaría a lamentarme por la pérdida ni a derramar una sola lágrima para no resentirme en un trozo de mí que ya no tenía. Ahora yo era deforme y así debía aprobarme y debían aprobarme quienes me quisieran. Nunca lograría atraer a Alonso, ni conseguiría que se fijara en mí. ¿Quién podría amarme viendo aquel huevo huero lleno de hierbas y costurones? Quise llorar de nuevo mas el juramento hecho me lo impidió.

Aquella noche, a la hora de la cena, sentados todos a la redonda del palo mayor, bien abrigados para no morir de frío, el señor Juan, Rodrigo y Juanillo mostraban su contento por regresar a casa, a Tierra Firme, al dulce calor del Caribe, y se felicitaban por el acertadísimo final de aquella historia. Al oírlos desvariar, me eché a reír a carcajadas.

—¿Final? —dije con la boca llena de carne—. ¿Qué final?

Alonso, Rodrigo, Damiana, Juanillo, fray Alfonso y el señor Juan quedaron de una pieza.

—Pues, ¿queda algo por poner en ejecución que no sea matar a Arias? —preguntó Rodrigo de mal talante.

—Sólo atacar una flota del rey.

Fue tan grande el silencio en el que quedamos que se oyó toser a los marineros bajo la cubierta.

—¿Atacar una flota? —repuso, al fin, el señor Juan con una risilla floja.

—Atacar la próxima flota de Tierra Firme en cuanto emprenda el tornaviaje.

EPÍLOGO

—

Arribamos a Cartagena de Indias a finales de febrero de mil y seiscientos y ocho, un año y cuatro meses después de nuestra partida. Por culpa de la orden de apresamiento que seguía pendiente contra mí no pude bajar a tierra como hubiera sido mi gusto para correr en busca de madre y conocer cómo se hallaba. La travesía fue buena; seguimos la derrota desde Canarias hasta Tobago, aprovechando los propicios vientos que empujan sin esfuerzo las naos hacia el Nuevo Mundo. ¡Qué grande alegría desprendernos para siempre de mantos, gabanes y demás ropas de abrigo! En el Caribe no eran menester y el calor se acrecentaba conforme nos allegábamos. Al poco, había borrado Sevilla y España de la memoria. En cuanto mareamos por aguas de Margarita supe que, en verdad, nos hallábamos en casa. Pasamos, sin detenernos, cerca de La Borburata, Curaçao, Cabo de la Vela, Santa Marta... y, al fin, atracamos en el fondeadero de Cartagena el día que se contaban diez y ocho de febrero. ¡Qué grande animación y alegría reinaba en el puerto! ¡Y cuánto había añorado yo aquel regocijo y aquellas hermosas aguas turquesas!

No bien madre hubo subido a bordo, cesaron de

todo punto mis penas, cuitas y desazones. Ahora podía dejarlas en sus manos y liberarme de tan pesada carga. Ella se regocijó tanto de volver a verme, incluso sin el ojo, que se echó a llorar conmovida, y yo, al abrazarla después de tan largo tiempo, hubiera deseado hacer lo mismo, mas cumplí mi juramento de no derramar una sola lágrima. Madre quiso conocer punto por punto la muerte de mi señor padre y, así, en la misma cubierta de la *Sospechosa*, en tanto los hombres iban y venían de un lado a otro terminando las faenas de la nao, principié con el extenso relato de aquellos diez y seis meses pasados en la metrópoli. Fue muy triste recobrar de la memoria los amargos momentos sufridos en la Cárcel Real de Sevilla así como verme obligada a decirle que no conocía el lugar al que habían ido a parar los restos de su amado Esteban. Ella no me lo reprochó. Desde el primer momento comprendió la peligrosa situación en la que nos habíamos encontrado Rodrigo, Damiana, Alonso, Juanillo y yo, y no me pidió razones cuando le relaté cómo habíamos huido de la plaza de San Francisco perseguidos por la justicia buscando la casa de Clara Peralta. En este punto, al oír el nombre de su hermana, soltó un grito de alegría y otro más cuando le entregué la misiva que doña Clara me había dado para ella.

¡Cómo lloró leyéndola! Un pedazo grande de su vida y de su juventud retornaban hasta su corazón en aquel papel, que apoyó sobre su pecho todo el tiempo que yo estuve hablando, que fue mucho. Luego, debió de guardarlo porque, en algún punto, dejé de verlo y nunca me confió qué le había escrito su queridísima hermana. Sin apercibirnos, se allegó la hora de la comida. Todos estaban en tierra pues querían enseñar Cartagena a los

Méndez, con quienes se habían trabado buenas amistades durante el viaje. En verdad, los hermanos menores no habían ocasionado perjuicio alguno e incluso el pequeño Telmo se puso a trabajar en la nao desde el mismo día en que zarpamos. Todos pagaron su pasaje bregando duro y Rodrigo tuvo que admitir que lo habían hecho bien.

Durante la comida, servida discretamente en mi cámara por Damiana, madre y yo continuamos hablando. Al principio, se rió mucho de mis nuevas y elegantes maneras en la mesa mas dejó de hacerlo en cuanto le expliqué que las había aprendido de su hermana Clara, que era toda una dama sevillana cuya finura superaba a la de muchas marquesas y condesas que había tenido ocasión de conocer. Entonces dio comienzo el capítulo de la alta sociedad sevillana, de las fiestas, las meriendas, las recepciones... Se hizo de noche y aún no había terminado de referirle todo cuanto deseaba conocer. Rodrigo y los Méndez regresaron a eso de las ocho y se sumaron a la plática.

Llegó entonces la relación de la muerte de los Curvos. Los ojos de madre relampaguearon de odio y satisfacción cuando fue escuchando los pormenores de cada discurrida venganza. Dos o tres veces se levantó de su silla y se allegó hasta mí para darme un abrazo lleno de orgullo y alabar mi honrosa determinación. Concluí, poco más o menos, al filo de la medianoche, con Lázaro, Telmo y Juanillo dormidos a pierna tendida en el suelo de mi cámara. Sólo se oía el romper sereno de las olas contra los costados de la nao.

—Y bien —dijo madre, estirándose en el asiento—, ¿qué vas a obrar para acabar con el hideputa de Arias?

—No es Arias quien me preocupa ahora, madre —repuse, ajustándome el pañuelo negro que me tapaba la cuenca del ojo—. Lo que deseo, antes de matar a Arias, es averiguar cuándo saldrá la próxima flota hacia España.

—¿Y qué se te da a ti de eso? —se sorprendió.

—Quiero dejar bien cerrado el asunto de Sevilla.

—No te comprendo —rezongó.

—Voy a atacar la flota de Tierra Firme.

Madre dio un respingo y me miró indignada.

—¿Atacar la flota? —soltó—. ¡No sabes lo que dices! ¡Has perdido el juicio!

—No habrá peligro alguno —le aseguré.

—¡Qué! —exclamó, poniéndose una mano tras la oreja como si se hubiera quedado sorda—. ¿Alguien ha escuchado a una insensata afirmar que va a atacar una flota real y a salir bien parada del suceso?

Los demás guardaron silencio.

—¿Soy yo, acaso, quien ha perdido el juicio? —porfió, mas todas las bocas siguieron cerradas—. ¿Qué demonios está acaeciendo aquí? ¿Es que no conocéis que las flotas son invencibles y que por eso jamás han sido atacadas? ¿Qué buena razón disuade a ingleses, franceses y flamencos de acometer semejante empresa?

—Te digo, madre, que no nos sucederá nada. Confía en mí.

Ella se puso en pie de un salto.

—¡Que confíe, dice! ¡Que confíe! ¿Cómo voy a confiar en que los poderosos galeones del rey no hundirán esta ridícula zabra con un solo disparo de cañón? ¡Pues no me dice que confíe! ¡Anda y adóbame esos candiles!

—No atacaré la flota con esta zabra, madre —le expliqué de buen talante.

—¿Y cómo tienes pensado ponerlo en ejecución? —se burló—. ¿Comprarás galeones reales en algún astillero del Caribe? ¿O acaso mil naos artilladas? ¿Quizá dos mil?... ¿Y soldados? ¿Dónde hallarás soldados bastantes para ese ataque? ¿Y maestres para gobernar las naos durante la batalla? ¿Y marineros?... ¿Acaso no ves que vas a una muerte cierta? ¡Y todo por hundir una flota que transporta la plata ilícita de los Curvos! ¡Nadie te seguirá en semejante locura! ¡Ni siquiera los esclavos o los extranjeros por muchos caudales que pagues!

Suspiré con resignación y la miré derechamente cuando se me plantó delante con los brazos en jarras y aires de desafío.

—No emplearé galeones ni naos artilladas, madre. Tampoco soldados o marineros. Y puesto que nadie me seguirá, te ruego que me sigas tú. Ven conmigo en la nao y quédate a mi lado durante el ataque.

—¡Antes me dejo rebanar el cuello! —gritó y tengo para mí que pudieron oírla en la ciudad de Cartagena.

Los tres meses y medio siguientes, hasta que arribó por fin a mediados de junio la flota de Tierra Firme, los pasamos mareando arriba y abajo de nuestras costas, fondeando en cada poblado de indios entre Nombre de Dios y Dominica para comprar a buen precio esas grandes naos que los caribes llaman canoas en las que caben holgadamente cincuenta o sesenta remeros. Doce indios se unieron a nosotros sin conocer cuál era nuestra empresa, sólo por el afán de prosperar y de aprender nuestra lengua. Resultaron ser excelentes pilotos, grandes conocedores de aquellas aguas y de las estrellas del cielo, de cuenta que no les arredraba marear en la negrura de la noche. Tras tres meses de mercadeo habíamos conseguido cuarenta y siete canoas en buen estado y el señor Juan y el piloto Macunaima, con el patache *Santa Trinidad* que había quedado en Cartagena, las fueron llevando a la sirga hasta una pequeña isla llamada Serrana, a ciento veinte leguas al noroeste de Cartagena. Allí, en aquella isla o, por mejor decir, en aquel islote despoblado cubierto de arena muerta y sin sombra a la que ponerse, ocultamos igualmente el resto de mercaderías que compramos por toda Tierra Firme. Tres indios quedaron al recaudo de los muchos toneles, odres, pipas y botijas acopiados en la isla Serrana.

Por fin, promediando junio, el día que se contaban doce del mes, arribó la flota a Cartagena de Indias. En verdad, la flota no era sino una temible Armada de treinta y ocho galeones reales al mando del general Jerónimo de Portugal que portaba azogue para las minas de plata del Potosí y esclavos para vender en Cartagena. No traía naos mercantes en conserva y, por eso, aparte del azogue y los esclavos, no se halló cosa alguna que tratar en la feria de Portobelo que se celebró dos semanas más tarde. Según conocimos, la dicha Armada había zarpado de Cádiz en marzo y su único propósito era recoger el tesoro de Su Majestad y emprender prestamente el tornaviaje a España pues urgían los caudales ya que el imperio se hallaba de nuevo en bancarrota y el rey Felipe estaba muy agobiado por los millones de ducados que se adeudaban a los banqueros de Europa. De cierto que las riquezas del Nuevo Mundo no salvarían al rey de la ruina, mas aliviarían fugazmente su comprometida situación.

La inesperada nueva de la muerte de los cuatro hermanos Curvo de Sevilla arribó a Cartagena con la dicha Armada. Pronto no se hablaba de otra cosa y, a las pocas semanas, era asunto conocido en toda Tierra Firme. En cuanto la *Sospechosa* fondeó en la desembocadura del grande río Magdalena, en la secreta zona de las barrancas donde años atrás entregábamos las armas al rey Benkos y ahora las canoas y mercaderías al *Santa Trinidad*, el señor Juan, impaciente, empezó a gritar desde la orilla en cuanto vio allegarse nuestro batel:

—¡El loco Lope está en Cartagena de Indias con Arias Curvo!

Salté al agua, cerca de la orilla, y caminé hacia él. No daba crédito a lo que oía.

—¿El loco Lope está aquí? —repetí, sorprendida.

—Ha venido en la capitana de la Armada y trae una orden real contra doña Catalina Solís por el asesinato de Fernando, Juana, Diego e Isabel Curvo.

—¡Si fue él quien mató a su madre! —protesté.

—Han ocultado la deshonra y te han colgado a ti el muerto. Dicen que fuiste de visita y le clavaste un puñal en el corazón.

—¡Ésta sí que es buena! —me reí—. Ya verá vuestra merced la cara que pone Alonsillo cuando se lo cuente.

—El rey ha ordenado que se hagan averiguaciones en todo el Nuevo Mundo para conocer quién es esa viuda de Nueva España llamada Catalina Solís y qué razones tenía para matar a los hermanos Curvo. Dicen que Sevilla entera quedó conmocionada y que el cardenal don Fernando Niño de Guevara ofició funerales públicos para que todas las gentes pudieran asistir y expresar su dolor e indignación, que eran muy grandes. Las autoridades sevillanas declararon seis meses de luto riguroso, que ya se habrán cumplido, y tanto la Casa de Contratación como el Consulado de Mercaderes ofrecen valiosas recompensas por tu captura. Muchos andan buscándote para hacerse ricos.

—¡No puedo ser más afortunada! —reí—. Me buscan como Martín por contrabandista y como Catalina por asesina, tanto en España como en el Nuevo Mundo. ¿Dónde me guardaré?

—Bueno, muchacho —repuso el señor Juan limpiándose el sudor de la frente con la manga de la camisa—, ahora eres tuerto y nadie, salvo nosotros, conoce que te falta un ojo. Eso te ayudará. ¡Ah, qué descuido el mío! Madre me ha dado algo para ti —y sacó de su faltriquera lo que me pareció un pañuelo muy arrugado.

—¿Qué es? —pregunté.

—Unas piezas para el hueco del ojo.

—¿Parches?

—En efecto. Uno de bayeta negra y otro de sarga.

Madre había cosido unas cintas a un par de triangulillos de tela. A lo menos podría quitarme de la cabeza el paño que tanto calor me daba.

—¿Y se conoce la razón —le pregunté al señor Juan— para que Lope de Coa haya venido a Tierra Firme?

—No, no se conoce. Dicen que para ocupar el lugar de Diego junto a su tío.

Lope de Coa, el loco Lope, conocía algo que los demás ignoraban: que no había sido Catalina Solís quien había estado hablando con su madre antes de que él la matara sino un tal Martín Solís, primo de Catalina y cornudo como su padre. El tal Martín, alegando querer matar al criado adúltero, le había salvado la vida huyendo ambos por el ventanal de la alcoba. El loco Lope estaba en edad de conocer los secretos de su familia y, si así era, a no dudar se había barruntado que Martín Solís era Martín Nevares y que Martín Nevares debía de haber retornado al Nuevo Mundo para matar a su tío Arias, el último de los Curvos, y así, en cuanto tío y sobrino hubieran hablado de lo acaecido en Sevilla, comenzarían a preguntarse quién era aquella tal Catalina y qué la unía al hijo de Esteban Nevares. Como en Tierra Firme todo el mundo se conocía, sólo era cuestión de tiempo que averiguaran que Catalina Solís era una acomodada viuda de Margarita que había desaparecido poco después de que el viejo mercader de Santa Marta hubiera sido hecho preso y llevado a España. Quizá no se les alcanzara de momento que Catalina Solís era, al tiempo, Martín Nevares, mas sin duda adivinarían que ambos habían estado detrás de las muertes de Fernando, Juana, Diego e Isabel. El loco Lope había venido al Nuevo Mundo para prevenir a su tío del peligro y para buscar por su mismo ser a Catalina y a Martín, pues tenía para sí que ambos le habían engañado haciéndole matar a su propia madre. Lope de Coa ansiaba venganza.

Todo estaba listo cuando, a finales de julio, cierto día antes de la salida del sol, la Armada del general Jerónimo de Portugal zarpó de Cartagena de Indias rumbo a La Habana,[37] con más de nueve millones de ducados en oro y plata. Los treinta y ocho galeones, que artillaban unos cuarenta cañones por nao, levaron anclas y se hicieron a las velas, mareando hacia el noroeste por la derro-

---

37. Las flotas de Tierra Firme y Nueva España hacían una última escala en La Habana para aprovisionarse antes de emprender el largo viaje de regreso por el Atlántico.

ta oficial que los llevaría derechamente hasta los bajíos de la Serrana, donde se hallaba la isla del mismo nombre en la que se guarecían nuestros pertrechos. A bordo de la *Sospechosa*, que había zarpado un poco antes y que ahora cruzaba la mar a todo trapo varias leguas por delante de la imponente Armada Real, viajaba madre con sus dos grandes loros verdes posados en los hombros. No había más que mirarla para apercibirse de lo muy dichosa y calmada que se hallaba entretanto contemplaba con embelesamiento cómo rompía el día y cómo el cielo se iluminaba con las primeras luces.

Tardamos poco más de tres jornadas de viaje en arribar a la isla Serrana, donde nos esperaban impacientes el señor Juan, el piloto Macunaima y los tres indios caribes que ya habían principiado los trabajos con las canoas. Todos los que arribamos en la *Sospechosa* pusimos manos a la obra de inmediato y durante los cuatro días subsiguientes trajinamos sin descanso colmando las canoas con barriles de aguardiente, cargas de leña y fardos de esparto que empapamos con sebo, resinas y aceite. Por las noches, a la redonda de la hoguera, cenábamos carne asada de tortuga y cangrejo, pues sólo esos animales habitaban aquel despoblado islote castigado por el sol. Acabamos de fabricar nuestros cuarenta y siete brulotes pocas horas antes de la aparición en el horizonte del rojo estandarte real que ondeaba en el palo mayor de la nao capitana de la Armada. Era casi media tarde y sólo quedaban, por más o por menos, dos horas de luz.

—¡Vienen! —gritó Alonsillo echando a correr por la playa hacia nosotros—. ¡Ya están aquí!

Un escalofrío me recorrió la espalda y mis piernas se aflojaron. Había llegado el momento.

—¡A las naos! —chillé—. ¡Presto, presto! ¡A las naos!

Todos los que nos hallábamos en la arena nos lanzamos hacia los bateles para bogar hasta la *Sospechosa* y el *Santa Trinidad*. Ambas naos tenían amarradas a la popa las cuarenta y siete canoas mudadas ahora en brulotes para arrastrarlas a la sirga: la *Sospechosa*, veinte y cuatro y el *Santa Trinidad*, veinte y tres. Pronto mareábamos con rumbo sudeste cuarta del sur, derechamente hacia la Armada que no parecía haberse apercibido de nuestra presencia. El tiempo era largo y soplaba un venturoso viento del sudoeste que hinchaba las velas. Por precaución, tomé la altura del sol y determiné que nos hallábamos en diez y seis grados escasos. El *Santa Trinidad*, al gobierno del señor Juan, mareaba lento para demorarse y quedar rezagado y nosotros, en la *Sospechosa*, echábamos de continuo la sonda en tanto íbamos velozmente a la vuelta buscando la menor profundidad. Cuando nos hallamos en diez brazas[38] de agua, Rodrigo dijo que era suficiente y que fondeáramos. Yo me negué. Sabía que la Armada nos había visto y que estábamos a menos de dos leguas, mas, como no temían ser atacados, los galeones mantenían serenamente su rumbo. Hasta que me anunciaron cinco brazas no ordené soltar escotas y el *Santa Trinidad*, al vernos, comenzó a orzar para poner la proa al viento.

—¡Martín! —me gritó Rodrigo desde cubierta—. ¡Estaremos a tiro muy pronto!

No se me alcanzó su alteración. De cierto que los cañones de proa de los primeros galeones, en cuanto se allegaran un poco más, podían dispararnos y hundirnos,

---

38. La braza española es equivalente a 1,67 metros.

aunque ¿para qué malgastar munición? Sólo éramos una zabra y un pequeño patache que arrastrábamos algunas decenas de canoas indias. Mi intención era esperar hasta hallarnos a trescientas o trescientas cincuenta varas,[39] momento en el que ya no podrían virar.

—¡Los arqueros, preparados! —ordené.

Tres indios caquetíos de la isla de Curaçao, los mejores flecheros de todo el Nuevo Mundo, se dispusieron en la popa y Carlos Méndez, a toda prisa, les colocó detrás un pequeño brasero lleno de ascuas.

Los galeones se allegaban inexorablemente, grandes como monstruos marinos, firmes y poderosos con sus colosales velas cuadras. Los vigías de las cofas debían de estar preguntándose qué demonios hacían aquellas pequeñas naos mercantes que no variaban el rumbo. La noche se cernía ya sobre el Caribe y pronto no tendríamos otra luz que la de los fanales y los faroles. Los arqueros necesitaban claridad para conocer dónde apuntaban. Si oscurecía, no podrían disparar a los brulotes incendiarios. A menos de un cuarto de legua miré a madre, ella sonrió y me volví hacia la popa.

—¡Cortad las sogas! —grité—. ¡Incendiad los brulotes!

Alonso y Carlos Méndez, espada en mano, fueron truncando los cabos y soltando las canoas al tiempo que los caquetíos prendían fuego en el brasero a la punta de sus flechas y disparaban una tras otra. Las resinas y los aceites acopiados en las canoas se inflamaron y, al punto, soltaron grandes llamas y humo. Era tiempo de partir.

39.   Medida de longitud. Una vara equivale a 0,838 metros.

—¡Largad velas! ¡A todo trapo!

El *Santa Trinidad*, al ver nuestro fuego, prendió el suyo y sus veinte y tres canoas pronto estuvieron tan en llamas como las nuestras. Era tarde para la Armada, que sólo entonces se apercibió de la hostilidad de nuestras intenciones. La *Sospechosa* se puso a barlovento y se alejó del lugar al tiempo que los galeones, atrapados mortalmente entre nuestros brulotes y los del señor Juan, que se les arrimaban por la banda de estribor gracias a las corrientes, descubrían que, a la sazón, sólo podían obrar una única cosa: lanzar andanadas para tratar de hundir aquellas flamígeras naos antes de que chocaran contra ellos. No era tan difícil; sólo debían apuntar bien y disparar una y otra vez hasta conseguir arrasarlas y, por más, aunque alguna de ellas se topara con un galeón, no sería imposible apagar las llamas a tiempo.

Se había hecho de noche entre la confusión, de cuenta que, desde la segura distancia a la que nos hallábamos, sólo se veía el resplandor del grandísimo fuego de las canoas. Se oía, asimismo, el estruendo de los tiros y, cuantos más se oían, más gritos de alegría soltábamos nosotros.

—¡Disparad, disparad! —cantaba Alonso, zapateando con su hermano sobre la cubierta. Los caquetíos y los otros cinco indios que nos acompañaban se unieron al baile pues es cosa sabida que una de las más grandes aficiones de estas tribus caribeñas es bailar al compás de la música.

Las andanadas continuaron casi dos horas más, hasta que se extinguió el último destello de fuego. La Armada había luchado bravamente contra los brulotes y de cierto tendrían que reponer toda su munición en los arsenales de La Habana antes de partir hacia España pues el pertinaz incendio los había obligado, conforme a las cuentas hechas por Alonsillo (que, si no cambiaba de inclinación, algún día sería artillero del rey), a utilizar toda su munición, las dos mil pelotas de hierro que cargaban las Armadas.

Sólo que, en este caso, no eran pelotas de hierro. Eran de plata.

Arias Curvo enviaba a Sevilla cientos de quintales de plata de contrabando, sin declararla ni registrarla, ahorrándose los gravosos impuestos y las incautaciones del rey. Esa plata era la misma que yo había visto hermosamente labrada en las casas de sus hermanos y que enriquecía ilícitamente a la familia encumbrándola en la alta sociedad. Arias la obtenía vendiendo mercaderías escasas a precios muy elevados y la guardaba en sus almacenes de Cartagena, donde, a no dudar, la fundía y la convertía en munición pintada de negro para que pareciesen de verdad. Como las flotas jamás eran atacadas, la seguridad del porte resultaba intachable. Yo misma había visto, cuando arribó a Sevilla la flota de Nueva España, cómo se amontonaban sobre la arena, por calibres, aquellas pelotas de hierro que, por más, eran fabricadas en las fundiciones de Fernando Curvo. Como, por orden real, las naos se despojaban de todas sus defensas cada vez que arribaban a un puerto, las pelotas bajaban a tierra en Sevilla y también bajaban en Cartagena de Indias y, luego, tras haber permanecido bajo custodia de los oficiales reales de ambos puertos, regresaban a los galeones de la flota. ¿Y a quién había visto yo en Sevilla a cargo del asunto de la custodia? A don Jerónimo de Moncada, el esposo de Isabel Curvo, juez oficial de la Casa de

Contratación. Nada más fácil para don Jerónimo que permitir el cambio de unas pelotas por otras en alguno de los momentos en que se hallaban a su cuidado. No conocía cómo lo ejecutaría Arias en Cartagena, mas un mercader tan poderoso como él no encontraría grandes dificultades para llevar a cabo en una ciudad del Caribe lo que precisaba de un juez oficial en la Sevilla española, que para eso el banquero Baltasar de Cabra le había comprado el cargo a don Jerónimo, como él mismo me había contado durante aquella comida en casa de Fernando Curvo.

Una vez que las pelotas de plata llegaban a Sevilla, sin duda pasaban a la fundición de metales preciosos de don Baltasar, quien, como todos los banqueros y compradores de oro y plata, tenía en su poder las herramientas precisas para afinar los metales y convertirlos en lingotes (las mismas herramientas que el señor Juan había comprado a aquel tal Agustín de Coria el día que salió en busca de buenos tratos con los caudales que yo le había pagado por su zabra). De cierto que no sólo eran lingotes lo que, en este caso, salía de la fundición de Baltasar de Cabra sino, por más, todos esos preciosos objetos de purísima plata blanca que adornaban los hogares de los Curvos. Era costumbre que los fundidores fueran, al tiempo, famosos orfebres.

Así pues, tal y como le juré a Fernando el día que le maté y que él me arruinó el ojo, iba a apoderarme de la última remesa que Arias podría enviar desde Cartagena de Indias antes de morir y nadie sabría nunca cómo lo había obrado.

Algunas horas después de la batalla, una vez que la Armada retomó su impasible derrota hacia La Habana, nos encontramos con el *Santa Trinidad* en medio de los restos incendiados de los brulotes. El señor Juan hizo bajar su batel y vino hasta nuestra nao con fray Alfonso y el resto de su dotación y allí mismo pasamos la noche, celebrando nuestra victoria con aguardiente y música, la música de las canciones de Carlos Méndez, que cantaba acompañado por la guitarra de su hermano Alonso. Bailamos danzas de todas clases entre palmas y zapateados, y hasta madre se lanzó a dar con el señor Juan unas vueltas muy desvergonzadas. Cuando principió a romper el día bostezamos y nos desperezamos y alguien, tengo para mí que Rodrigo, sacó una redecilla atada a una larga cuerda y la dejó sobre la cubierta, junto al palo mayor. Tumonka, un indio guaiquerí de Cubagua, hermano o medio hermano de nuestro desaparecido Jayuheibo, la agarró sin que le dijéramos nada y se lanzó al agua por la banda de babor. Los guaiqueríes eran notables pescadores de perlas que se sumergían hasta grandes profundidades para trabajar en los ostrales. Todos nos acercamos a mirar y allí nos quedamos, quietos, mudos, en suspenso, contemplando la mar y los restos de la batalla que flotaban por todas partes, a la espera de ver salir a Tumonka. En aquel lugar, la sonda nos había dicho el día anterior que sólo había cinco brazas de agua hasta el lecho rocoso y cinco brazas no eran nada para un guaiquerí, por eso elegí ese punto para soltar los brulotes.

Al cabo de un largo tiempo, vimos al indio subir hacia nosotros. El agua era tan clara que se distinguían las sombras del fondo. El indio sacó la cabeza con brío y la sacudió varias veces entretanto tomaba una grande bocanada de aire.

—¡Arriba! —gritó Rodrigo y cuatro o cinco de nosotros sujetamos el cabo y tiramos de él con todas nuestras fuerzas. Entre tantos, no fue costoso izar la redecilla y su contenido. Una pelota que soltaba un agua negra como el hollín cayó pesadamente sobre la cubierta con un golpe seco. Era una esfera de plata de más de cincuenta libras manchada aún en algunas de sus partes por un tinte negro que bien podía ser de bayas de jagua, el mismo que usaban los caribes para pintarse rayas en el cuerpo y en el rostro.

—¡Es de plata! —exclamó madre arrimándose e inclinándose para tocarla.

—¡Es plata! —gritó Rodrigo, mirándome con una grande sonrisa.

—¡Plata, plata! —voceaba el señor Juan a los cuatro vientos.

¡Plata! La palabra cruzó la nao de proa a popa como un rayo cruza el cielo un día de tormenta.

—¡Plata! —dejé escapar desde el fondo de mi corazón.

¡Miles de libras de plata! ¡La plata de los Curvos se hallaba en mi poder!

—No sé cómo te las arreglas —declaró un felicísimo Rodrigo, viniendo hacia mí—, mas siempre terminas encontrando un tesoro.

Yo me eché a reír muy de gana.

—¡Cierto! —exclamé, alzando la mirada de mi único ojo hacia el cielo limpio de la mañana—. Vuelvo a ser muy rica.

—Y, sin embargo —dijo muy cerca la voz de madre—, no has cumplido aún el juramento que, en el momento de su muerte, le hiciste a tu señor padre.

Bajé la mirada y hallé a una tiesa y bravía María Chacón clavada frente a mí con sus dos loros en los hombros.

—No te preocupes, madre —le dije, contenta—. Si he matado a cuatro Curvos puedo matar a cinco. Ahora voy a por Arias. Ha llegado su hora y lo sabe. Quédate tranquila pues no falta mucho para la próxima Natividad. Y no, no diré más, pues ésa ya es otra historia.